KB260872

아켈다마

김/명/섭/장/편/스/릴/러/소/설

1

아켈다마

김/명/섭/장/편/스/릴/러/소/설

1

황금가지

차 례

프롤로그
2005년 8월 19일

밤은 깊고 세상은 고요했다.

북해(北海)의 여름에 걸맞지 않은 안개비가 벨기에 북서쪽 해안 근처에 위치한 고도(古都) 브뤼헤의 하늘을 가득 덮었다. 하늘에 닿을 듯 우뚝 솟은 예리한 첨탑들 아래로 가파른 지붕들이 한없이 이어지고, 그 지붕을 이고 선 중세풍 건물들 사이로 좁은 골목이 거미줄처럼 나 있었다. 물에 젖은 채 검게 빛나는 돌들이 깔린 길에는 차도, 사람도 전혀 보이지 않았다.

마루청이 미세하게 삐걱 댔다. 복도 위로 미끄러지는 랜턴 불빛을 좇아서 검은 그림자 셋이 어둠을 밟았다. 복도 구석에 있는 성모 마리아 도자기 상에 랜턴 불빛이 머물렀다가 벽 쪽으로 옮겨 갔다. 칠흑 같은 어둠 속에서 홀로 불빛을 받은 성모의 미소가 묘하게 일그러져 보였다.

조심스레 마루 위를 이동하던 그림자들은 마침내 복도 끝에 자리 잡은 방문 앞에 멈춰 섰다. 맨 앞에 선 그림자가 왼손에 든 작은 랜턴을 이용해 먼저 방문의 열쇠 구멍을 찾아냈고, 오른손에 든 열쇠를 잽싸게 열쇠 구멍에 밀어 넣었다.

방 안에서 살구 냄새가 풍겨 나왔다. 그림자들은 소리 없이 방 안으로 들어섰다.

머리 위를 훌쩍 넘는 천장 높이에 맞춘 커다란 창문에는 커튼이 조금 열린 채 드리워졌고, 그 틈으로 거리 쪽에서 오렌지색 가로등 불빛이 스며들었다. 불빛은 침대 두 개를 가로질러 점점 좁아지다가 방 안 구석의 깊은 어둠 속으로 사라졌다. 침대에는 이불도 거의 덮지 않은 여자 둘이 잠들어 있었다. 그들은 방 안 온도가 약간 높은지 속옷만 걸치고 있었다. 이불 밖으로 비어져 나온 우윳빛 하체가 희미한 불빛에 빛났다.

뒤에 선 두 검은 그림자가 각자 맡은 침대로 다가갔다. 순간 낡은 마룻바닥이 미세한 소리를 냈다. 잠들어 있던 여자 하나가 몸을 한 차례 뒤척였다. 그림자가 잠시 멈칫했다가 다시 발을 내딛었다. 그러자 마룻바닥이 삐걱 하고 좀 더 큰 소리를 냈다. 방금 몸을 뒤척였던 여자가 흠칫하면서 몸을 한 차례 부르르 떨더니 간신히 눈을 떴다.

잠에 취해 아직 흐릿한 여자의 시선 끝자락에 어두운 그림자 셋이 악몽처럼 서 있었다. 공포의 전율이 여자의 머리끝에서 발끝까지 일순간에 흘러내렸다. 비명을 지르려는 순간 커다란 손이 여자의 얼굴을 내리눌렀다. 진한 가죽 장갑 냄새가 여자의 콧속으로 파고들었다. 여자가 거세게 발버둥치기 시작했다. 그림자는 한 손에 든 검은색 고무 방망이로 여자의 머리를 강타했다.

실종

2005년 8월 20일

프랑스 파리 북역을 출발한 탈리스 급행열차가 벨기에 브뤼셀의 미디 역으로 들어가고 있었다. 파리에서 브뤼셀까지 한 시간 25분밖에 걸리지 않았다. 도착을 알리는 안내 방송이 프랑스어, 플라망어, 영어 순서로 차례로 나오면서 열차 문이 열렸다. 김진영은 열차 끝에 자리 잡은 7호차의 이등석 좌석에서 일어나 짐칸에서 작은 녹색 배낭을 내렸다. 브뤼헤로 연결되는 지방선으로 갈아타기 위해서였다.

주변은 마치 인종 전시장 같았다. 백인, 흑인, 중국인, 라틴계, 심지어 남미의 인디오들까지 서로 다른 피부색의 사람들이 바삐 오가고 있었다. 주위에서 들리는 언어 역시 플라망어, 프랑스어, 영어, 독일어, 스페인어 등 최소한 열 종류 이상은 되는 것 같았다. 진영과 마찬가지로 배낭을 멘 젊은이들이 많았다. 여름철 유럽의 기차역들이 흔히 그렇듯 브뤼셀 역에도 젊은 배낭여행객들이 붐비고 있었던 것이다.

여름 막바지답게 건조하고 뜨거운 공기가 역 청사 내로 쉴 새 없이 흘러 들어왔다. 15분 정도 기차 시간이 남은 것을 확인한 진영은 맛좋기로 유명한 벨기에 맥주를 한잔 마시고 싶어졌다. 브뤼헤 행 기차의 플랫폼 번호를 확인하고 근처 간이 카페에 자리를 잡았다.

번잡한 역 청사 일부에 놓인 간이 탁자와 의자가 전부인 카페였다. 진영은 금발의 여종업원에게 호에가르덴 맥주 한 잔을 부탁했다. 레몬을 띄워서 마시는 하얀색 벨기에 맥주로 오늘처럼 더운 여름날에 잘 어울리는 맥주였다. 기분 탓인지 파리에서 마셨던 것보다 훨씬 감미롭게 느껴졌다.

잔을 비운 다음 진영은 배낭 앞부분 작은 주머니에서 수첩을 꺼내 들고, 수첩 중간의 사진 한 장을 빼들었다. 어깨 아래까지 늘어진 기다란 생머리에 크고 시원한 눈매, 오뚝한 콧날의 여자 사진이었다. 광대뼈가 약간 도드라져 고집스러워 보였지만 눈동자는 신비할 정도로 반짝이고 있었다. 진영과 오랫동안 사귀어 온 혜정이었다.

진영은 여름 방학 동안 아르바이트를 했다. 합기도 4단인 그는 파리 바티뇰 거리에 있는 17구 구청에서 여름 방학을 맞아 17구 구청에서 개설한 청소년 특별반의 사범을 맡았다. 수강생들은 주로 여름 휴가를 떠나지 못해 파리에서 여름을 보내는 저소득층 아이들로 흑인 및 아랍계 아이들이 대부분이었다. 마침 어제 강좌가 끝났고 진영은 9월 초 개학 전까지 2주일 동안 혜정과 함께 보내기 위해 벨기에로 온 것이다. 혜정이 한국에서 온 친구 유진과 함께 한 달 보름 전부터 배낭 여행 중이었기 때문이다.

진영은 사진에 살짝 키스를 하고는 수첩에 어제 받아 적은 민박 집 이름과 주소를 확인했다.

브뤼셀 역을 출발한 지방선 기차는 한 시간 정도 후에 목적지인 브뤼헤 역에 들어섰다. 플랫폼에 내린 진영은 주위를 두리번거렸다. 붉은 벽돌로 지어진 브뤼헤 역사는 단층의 아담한 규모였으며 역무원도 거의 보이지 않았다.

사람들이 길어진 그림자를 끌면서 철로 위로 놓인 건널목을 넘어가고 있었다.

도착 시간에 맞추어 마중 나오기로 한 혜정의 모습은 보이지 않았다. 진영은 서두르지 않고 붐비는 사람들을 뚫고 역 청사를 빠져나갔다. 하지만 역 앞 광장에도 동양인처럼 보이는 여성은 없었다. 몇 차례 고개를 갸웃거리던 진영은 손목시계를 내려다보았다.

오후 4시 50분.

5분 정도 기차가 늦게 도착한 것이다.

진영은 역 앞 광장 한쪽에 놓인 화단 턱에 걸터앉아 필립 모리스 담배를 꺼냈다.

그는 '또 이 모양이군.' 하는 낭패한 표정으로 담배를 빨았다. 여행 초입을 싸움으로 시작해서 망치고 싶은 생각은 없지만 혜정과 진영은 여행 중에 다투는 일이 유난히 많았다. 다른 연인들도 그러는지 궁금할 정도였다.

브뤼헤는 벨기에 북부 해안 지방에 있는 무역항이었다. 중세의 무역 도시 연합인 한자 동맹의 거점으로 한때 아드리아 해의 베니스와 더불어 유럽에서 가장 부유한 도시였다. 그러나 계속 퇴적되는 토사들 때문에 항구의 기능을 잃은 지 오래였다. 시간의 지층에 그대로 묻힌 채로 남게 된 것이다.

지나가는 사람들을 구경하던 진영은 멀리 큰길 너머 펼쳐진 붉은 건물들로 눈길을 돌렸다. 군데군데 첨탑들이 솟아 있었다. 그 낯설고 위압적인 첨탑들을 보고 진영은 자신이 고딕의 세계, 즉 중세의 세계로 들어왔음을 실감했다. 시간이 정지한 것처럼 이 도시는 중세 그 자체로 남아 있었다.

도시 서쪽 나무숲 위로 여름의 긴 해가 걸리면서 진영의 마음은 짜증에서 불안으로 바뀌었다. 약속 시간에서 벌써 두 시간이 지났다. 혜정이 간밤에 한 약속을 잊어버렸을 리는 없었다. 무언가 이상했다.

진영은 역 앞 광장에 있는 관광 안내소로 가서 물었다.

"안녕하세요. 민박을 하려고 하는데요. 방이 있을까요?"

"네. 하지만 오늘은 숙소 사정이 별로 좋지 않습니다. 어느 급의 숙소를 찾아드릴까요?"

얼굴 가득 미소를 짓고 있는 30대 후반의 금발 여자가 안내 데스크에 있다가 대답했다. 진영은 어제 혜정에게서 들었던 민박집 이름을 이야기하면서 친구들이 이미 어제 도착해 있을 거라며 방이 남아 있느냐고 물었다. 그녀는 정확한 숙소 이름과 위치를 브뤼헤 시내 지도에 표시해 준 후 어딘가로 전화를 걸었다. 플라망어라서 알아들을 수 없었지만 자신의 방을 예약하고 있음을 느낄 수 있었다. 잠시 후 여직원이 고개를 들고 말했다.

"뇌샤텔 성관(城館, 15세기부터 17세기 초까지 서유럽에서 군주나 귀족이 살던 별장)은 단순한 민박집이 아닙니다. 역사도 오래된 데다 매우 아름다워서 브뤼헤에서도 손꼽히는 명소에 속한답니다. 소유주가 거길 민박으로 쓰지 않고 호텔로 개조해서 운영한다면 엄청난 돈을 벌 수 있을 거예요. 하지만 여름 한철에만 잠깐 민박 숙소로 개방되지요. 당신은 아주 운이 좋은 거예요. 친구들도 그렇고요."

진영은 관광 안내소를 빠져나와 걸었다. 사람들의 그림자가 이끼 낀 돌들이 오밀조밀 깔린 도로 위로 눕고 있었다. 붉은 벽돌로 만든 플랑드르식 건물들이 줄줄이 늘어서 있었고, 군데군데 하늘로 뻗어 올라간 고딕식 초대형 첨탑들도 보였다. 고딕 건축물의 나라인 프랑스에 유학한 지 거의 10년이 되어 가는 진영에게도 브뤼헤 시가 풍경은 경이의 연속이었다. 잠시 어지러움을 느낀 진영은 지도를 다시 꺼내 보고 방향을 가늠했다.

뇌샤텔 성관은 큰길에서 골목으로 30미터쯤 들어간 막다른 곳에 있었다. 높이 솟은 검은색 철제 대문 뒤로 자리 잡은 거대한 건물을 보면서 진영은 깜짝 놀랐다. 조그마한 자갈이 촘촘하게 깔린 작은 정원 너머로 짙은 회색빛 돌로 쌓아 올린 건물이 궁전같이 버티고 있었던 것이다. 퇴색했지만 아름다운 원형 탑이 건물 양 옆에 자리 잡았고, 5층 정도 높이의 건물에는 사암으로 만든 기사

석상들이 곳곳에 자리 잡고 있었다.

대문에는 민박과 관련된 아무 표시도 없었다. 잠시 주저하던 진영은 굳게 닫힌 대문 옆으로 난 작은 통행문을 밀었다. 문은 스르르 열렸다. 정원에 깔린 자갈을 밟으며 그는 현관 쪽으로 걸어갔다. 그리고 잠겨 있는 현관문을 두드렸다.

집 안에서 개 짖는 소리가 육중하면서도 낮게 들려오더니, 현관 유리 뒤로 회색 털의 커다란 마시프종 개가 나타났다. 눈빛이 유순하고 몸짓이 부드러운 개였다. 곧이어 낡은 흰색 울 카디건을 걸친 노인이 나와 문을 열어 주었다. 건물 안에서 바싹 마른 가죽 냄새와 목조 가구용 광택제 냄새가 뒤섞인 채 쏟아져 나와 콧속을 파고들었다.

"안녕하십니까? 조금 전에 관광 안내소를 통해 방을 예약했습니다."

진영은 붙임성 있는 미소를 지으며 말을 건넸다. 대머리에 비쩍 마른 노인이 살짝 웃으며 인사를 받았다.

"어서 오십시오. 위베르라고 합니다. 자, 들어오십시오."

위베르는 진영에게 달려들려는 개의 목줄을 잡아당기면서 현관문을 활짝 열고 옆으로 비켜섰다.

진영은 위베르의 뒤를 따라서 짧은 복도 옆에 있는 큰방에 들어섰다. 성관의 응접실에 해당하는 곳이었다. 높다란 천장에는 오래된 크리스털 샹들리에가 매달려 있었고, 네 벽에는 사슴이나 멧돼지의 머리로 장식한 사냥 트로피들과 갖가지 그림들이 걸려 있었다. 정면의 대형 벽난로는 오랫동안 사용하지 않은 듯했지만 잘 정리되어 있었다.

"무슈 김이 묵을 방은 310호로 3층 우측 복도 끝에 있습니다. 화장실하고 욕실은 방 바로 앞에 있고요. 내일 아침 식사는 오전 7시부터 9시까지 가능합니다. 식당은 여기 옆입니다."

위베르는 응접실 안쪽 문을 가리키면서 말했다.

"방 열쇠는 여기 있습니다. 저기 있는 엘리베이터를 이용하시면 됩니다. 외출하실 때는 열쇠를 저한테 맡기고 나가시고, 늦어도 밤 11시 이전에는 들어오셔야 합니다. 저도 자야 하니까요."

위베르는 웃으면서 아이처럼 두 손바닥을 모아 한쪽 뺨에 대는 시늉을 했다. 진영이 물었다.

"저, 뭐 좀 물어봐도 될까요? 제 친구 둘이 어제부터 여기에서 묵는다고 했는데요. 혹시 몇 호실인지 알 수 있겠습니까?"

"글쎄요. 어떤 분들이지요? 여름철에는 손님들이 100명 정도 묵으셔서……."

위베르는 말끝을 흐리면서 진영의 눈을 지그시 바라보았다.

"둘 다 저와 같은 한국 사람이고 젊은 여자들입니다."

"브뤼헤에는 아직 동양 여행객들이 그리 많지 않습니다. 가끔 일본 단체 관광객들이 지나가지만 여기 묵는 경우는 거의 없지요. 한국 아가씨라면 한번도 본 적이 없습니다."

진영은 잠시 머리가 멍해졌다. 그리고 배낭에서 수첩을 꺼내 혜정의 사진을 위베르에게 건네주었다.

"이 아가씨가 그중 한 명입니다. 키는 저보다 좀 작고요."

위베르는 지그시 사진을 보다가 서서히 고개를 가로저었다.

"이렇게 매력적인 동양 아가씨라면 잊어버렸을 리가 없습니다. 하지만 처음 보는 얼굴입니다."

진영은 더 이상 묻지 않고 숙박비를 지불한 후 방 열쇠를 받아 들었다.

방에 들어선 진영은 침대 옆에 배낭을 집어던지듯 내려놓고 창문가에 가서 섰다.

제법 큰 방이었다. 천장에는 놋쇠 장식이 달린 소박한 샹들리에가 걸려 있었다. 창 밖으로 건물 뒤쪽의 아담한 정원이 눈에 들어왔다. 무성하게 자란 잔디와 가꾸지 않은 화단을 보니 관리에 크게 신경 쓰지 않는 듯했다. 정원은 사방이 건물로 막혀 있었는데, 뇌샤텔을 제외한 나머지 세 건물은 정원 쪽으로 창문이 없었다. 정원 오른쪽 구석에는 작은 목조 건물이 있었다. 정원 관리에 사용하는 여러 가지 장비를 넣어 두는 창고인 듯했다. 창고 옆으로 조금 전 보았던 커다란 개가 어슬렁어슬렁 돌아다녔다.

뇌샤텔에서 나온 진영은 혜정이 어디에 묵는지 알아보기 위해 우선 브뤼헤 시청 뒤쪽의 관광 안내소로 갔다. 다행히 아직 문을 닫지는 않았지만 퇴근 준비를 하는 분위기였다.

브뤼헤 시내에 있는 민박집은 200개가량 되었다. 물론 여기에 등록되어 있지 않은 민박집도 많을 것이었다. 민박집 목록을 무릎에 올려놓고 진영은 뇌샤텔(NEUCHATEL)과 비슷한 발음이 나거나 비슷한 철자로 되어 있는 숙소들을 차례로 적어 나가기 시작했다. 벨기에는 프랑스어, 독일어, 플라망어를 공용어로 쓰는 나라인데, 이곳 브뤼헤는 플라망어 사용 지역에 속했다. 진영이 찾고 있는 뇌샤텔은 프랑스어 이름이기 때문에 비슷한 이름을 가진 숙소가 그렇게 많지는 않았다.

관광 안내소를 나올 때 진영의 수첩에는 숙소 다섯 군데의 이름과 주소가 적혀 있었다. 그는 지도에 그곳들 위치를 표시한 뒤 동선을 고려하여 움직였다. 브뤼헤는 인구 10만 정도의 도시로 원래 작은 데다가 민박집들이 거의 시내에 몰려 있어서 그다지 많이 움직이지 않아도 됐다. 첫 번째 민박집은 시청 광장에서 채 5분 거리도 되지 않았는데 2층으로 된 작은 가정집이었다. 약 한 시간에 걸쳐 다섯 군데 민박집을 다 살펴본 후 진영은 다시 시청 앞 광장으로 왔다. 어느 곳에서도 혜정의 행방을 찾을 수는 없었다.

진영은 시청 뒤 운하 옆에 위치한 경찰서로 걸음을 옮겼다. 20세기 후반에 건축된 4층짜리 최신 건물이었지만, 브뤼헤 시 전체 분위기에 맞추어서 빨간 벽돌로 지어져 있었다. 유리문을 밀고 들어가자 하늘색 상의를 입은 경찰이 앉아 있다가 인사를 건네 왔다.

"무슨 일을 도와드릴까요?"

"친구들을 찾고 있습니다."

진영은 혜정과 유진에 대한 이야기를 꺼냈다. 두 사람이 유럽 일주 여행 끝에 어제 브뤼헤에 도착해서 뇌샤텔 민박집에 묵는다는 전화를 받았고, 오늘 진영을 마중 나오기로 해 놓고 사라졌으며, 시내 여기저기 두 사람이 묵을 만한 곳을 찾아보았으나 찾지 못했다는 것 등을 차례로 설명해 나갔다. 진영의 이야기를 들은 그 경관은 전화로 누군가와 이야기를 나누기 시작했다.

잠시 후 짧은 금발 머리에 청바지와 티셔츠 차림을 한 30대 후반 남자가 안쪽 문에서 나왔다. 양 팔뚝엔 동양식 문신이 그려져 있었고, 오른쪽 귀에는 작은 금 귀고리가 달려 있었다. 그는 진영을 보자마자 악수를 청하며 자신을 소개했다.

"브뤼헤 경찰청의 얀 경사입니다. 안으로 들어갑시다."

진영은 두꺼운 강화 유리로 된 문을 지나 얀 경사의 뒤를 따라 갔다. 계단으로 한 층을 올라가자 그의 사무실이 있었다. 책상이 몇 개 더 있었지만 토요일 저녁이라 그런지 아무도 없었다. 경찰 서 전체가 비어 있는 것이 아닐까 싶을 정도로 조용했다.

얀 경사와 진영은 책상을 사이에 두고 앉았다. 얀 경사는 여권 을 받아서 컴퓨터에 진영의 신상 정보를 입력했다. 진영은 브뤼헤 에서 혜정이 사라졌다는 사실을 다시 한 번, 그러나 좀 더 자세히 설명했다. 진영의 이야기를 다 들은 얀 경사가 입을 열었다.

"유럽에서 배낭여행을 하는 사람들을 매년 300만 명 정도로 추 산합니다. 대부분이 유럽 연합 소속 국가 사람들이지만, 다른 지 역에서 온 사람들도 적지 않습니다. 이유는 잘 알 수 없지만 아시 아 권에서는 한국 학생들이 유난히 많습니다. 그런데 배낭 여행객 들 중에 살인, 강도, 강간, 절도 등의 범죄 피해자가 1년에 10만 명 정도에 이릅니다. 서른 명 중에 한 명 정도는 피해를 입는다는 것 이지요. 대다수는 소매치기를 당하는 정도지만 살인, 강간, 실종 등 강력 범죄로 입는 피해도 상당합니다. 벨기에의 경우 한 달 평 균 50여 건에 이르고, 프랑스의 경우에는 한 달에 무려 600여 건이 나 됩니다. 정말 심각한 문제지요. 특히 요즘에는 실종 신고가 상 당히 많은 편입니다. 다행히 브뤼헤는 상당히 안전한 편에 속하지 요. 저희 경찰들이 한가할 정도니까요. 김진영 씨의 신고를 정식 으로 접수하기 전에 몇 가지 확인을 했으면 합니다. 친구 분들이 브뤼헤에서 전화한 게 틀림없습니까?"

"네. 혜정이랑 어제 오전과 밤에 두 번 통화했는데, 그때 브뤼헤 시 이야기를 들었습니다. 그때 들은 것과 오늘 제가 본 건물과 운하의 모습이 똑같습니다."

"혹시 갑자기 여정을 바꾸었을 가능성은 없습니까?"

"그럴 리가 없습니다. 오늘 역에 마중 나오기로 했습니다."

"기차 도착 시간을 착각한 것은 아닐까요? 아니면 친구 분에게 들은 뇌샤텔이라는 이름은 정확합니까?"

"혜정이가 기차 도착 시간을 착각했을 리도 없고, 제가 이름을 잘못 들었을 리도 없습니다."

진영은 초조함을 느끼면서 마음이 답답해졌다.

"혹시 오늘 중 진영 씨 친구들이 다른 친구들을 만나지는 않았을까요? 남자일 수도 있고요."

진영의 얼굴을 쳐다보는 얀 경사의 눈빛이 한없이 진지했다. 진영은 불쾌감을 참으며 대답했다.

"우리는 5년이나 사귀었습니다. 10대 아이들도 아니고요. 이런 이야기를 계속해야 한다면 여기 있을 필요가 없는 것 같군요."

진영이 약간 거칠게 내뱉자 얀 경사는 겸연쩍게 웃으며 두 손을 내저었다.

"미안합니다. 하지만 실종 사건을 정식 접수 하기 전에 반드시 거쳐야만 하는 질문이니 양해해 주십시오."

그 다음으로 얀 경사는 혜정과 유진의 인적 사항과 신상 착의를 물었다. 진영은 자신이 아는 한 최대한 자세하게 질문에 답했다. 마지막으로 얀 경사가 진영의 파리 주소와 전화번호 등을 물어보고 나서 말했다.

"자, 김진영 씨의 신고는 정식으로 접수되었습니다. 하지만 저로서는 며칠 후 '그 친구들 연락을 받았어요. 사실은 이렇게 됐지 뭡니까?' 하는 전화를 받았으면 좋겠습니다. 제 명함입니다. 무슨 일이 있으면 전화주십시오. 저도 진전이 있으면 전화드리겠습니다."

"감사합니다. 잘 부탁드립니다."

경찰서 밖을 나오자마자 진영은 담배를 피워 물었다. 순간 현기증과 심한 허기가 느껴졌다. 시계를 보니 밤 10시가 넘어 있었다. 진영은 역 앞 카페의 가장 바깥쪽에 앉았다. 식욕은 없었지만 허기는 채워야 한다는 생각에 샐러드와 스테이크를 시킨 후 알코올 도수가 높은 시메 맥주를 한 잔 추가했다. 제법 더웠던 낮 기온과 달리 북해 쪽에서 불어오는 밤바람은 서늘했다.

악마 사냥꾼

2005년 8월 21일

프랑스 파리 경찰국 소속 알랭 뒤푸르 경사는 비어 있는 플라스틱 커피 잔을 휴지통에 집어던지고는 시계를 쳐다보았다.

오전 7시 10분이었다. 시간이 지났는데, 아직 교대자가 오지 않고 있었다. 어젯밤 11시부터 지금까지 거의 여덟 시간 내내 교통 통제실 전면에 놓인 일흔 개 정도의 폐쇄 회로 모니터들을 차례로 바라보고 있었다. 새벽 1시 30분쯤에 페리페릭(파리 순환 고속 도로)의 포르트도를레앙 지점에서 접촉 사고가 일어난 것 말고는 별 사건 없이 지나간 밤이었다.

여름 휴가가 절정에 이른 지금 파리의 교통 사정은 마치 철 지난 바닷가 풍경 같았다. 파리 한가운데 시테 섬에 있는 경찰국도 별다른 사건이 없어서 아주 조용했다. 알랭은 조장인 자기 쪽으로 고개를 자꾸 돌리는 부하 직원들의 눈빛을 느꼈다.

전화기에 대고 욕이라도 한 차례 퍼부어 주려는 순간에 뒤쪽 출입문이 열리고 교대 인원 여섯 명이 차례로 들어왔다. 그러고는 각자 자신이 맡은 자리로 이동하여 인수인계를 하기 시작했다. 5분 정도 후 피곤에 지친 야간 근무조는 하나둘씩 통제실을 나갔다. 알랭은 교대조 조장인 미셸 경사와 간단한 인사를 나눈 후 상황 통제 장치를 넘겼다.

"조용한 밤이었어요. 졸릴 정도였다고요. 그럼, 수고하세요!"

"오늘도 운동하고 들어갈 건가? 스파링 파트너도 없을 텐데?"

알랭은 건성으로 대답하면서 통제실 문을 나서서 경찰국 동관 지하의 체력 단련장으로 내려갔다. 창 밖의 하늘은 구름 한 점 없이 맑은 푸른색이었다. 키 175센티미터에 보통 체구인 그는 킥복싱의 고수였다. 짧게 깎은 갈색 머리는 앞부분이 많이 벗겨진 상태였지만 운동으로 단련된 강철같이 단단한 몸매와 예리한 눈빛은 삼십 대 후반인 그를 훨씬 젊어 보이게 했다.

체육관에서는 대여섯 명 정도가 간편한 옷차림으로 운동을 하고 있었다.

알랭은 스트레칭과 왕복 달리기, 줄넘기 등으로 몸을 푼 다음 구석에 매달린 샌드백 앞에 가서 섰다. 그러고는 가벼운 정권 가격으로 시작해 점점 강도를 높이면서 샌드백을 두드렸다. 무릎과 발뒤꿈치로 샌드백을 차기도 했다. 무아지경에 이를 정도로 연습에 몰두하던 알랭은 온몸의 근육이 활짝 열린 상태에서 엄청난 양의 산소를 빨아들이는 것을 느꼈다. 잠시 후 알랭은 폐활량의 한계에 이르러 숨을 헐떡이면서 서서히 움직임을 멈추었다.

눈을 감고 심호흡을 하면서 잠시 그 상황을 즐기던 알랭은 마무리 스트레칭 동작에 들어갔다. 17년간 하루도 빠지지 않고 하는 운동이지만 느낌은 매일 달랐다.

한 시간쯤 지나서 체육관을 나온 알랭은 샤워 후에 구내식당으로 갔다. 거기서 그는 오렌지 주스를 한 모금 마시고 휴대폰의 메시지를 확인했다. 강력부장 티볼트 총경의 메시지가 하나 있었다.

"지금 운동 중이겠군. 퇴근 전에 내 방에 잠깐 다녀갔으면 하네."

부드럽고 향기로운 크로아상 냄새가 커피 냄새와 함께 식욕을 자극했지만 알랭은 더 이상 식욕을 느끼지 못했다. 강력부 특수 2팀은 그가 반년 전까지 근무하던 곳이었다. 그는 경찰 생활 14년의 대부분을 그곳에서 보냈다.

반년 전쯤 알랭은 보이지 않는 압력 때문에 5년 동안이나 추적해 오던 사건의 수사를 중단할 수밖에 없었다. 그가 강력하게 항의했다. 그러자 갑자기 지금의 교통 통제실로 인사 발령이 났다. 그 후 알랭은 건물 북관 6층에 있는 강력부 쪽은 쳐다본 적도 없었다. 물론 그쪽에서도 연락이 없었다.

방에 들어서자 티볼트 총경은 모니터에서 눈길을 떼지 않은 채 인사를 건넸다.

"잘 있었나."

알랭은 책상 앞에 있는 의자에 털썩 주저앉아서 티볼트 총경을 빤히 바라보았다. 대머리에 갈색 눈동자가 아주 정력적인 느낌을 주는 얼굴이었다. 티볼트가 하던 일을 모두 마친 듯 고개를 들면서 말했다.

"조금 전 벨기에 경찰국의 얀 경사에게서 연락이 왔네. 그쪽에서도 여자 실종 사건이 발생한 모양이야. 어제 프랑스 유학생 한 사람을 포함한 동양 여자 둘이 사라졌다더군. 릴, 칼레 등 프랑스 북부 지방에서도 실종 신고가 계속 늘고 있네. 파리에서도 마찬가지고. 수사를 다시 해야 할 것 같아. 게다가 자네가 오랫동안 추적해 왔던 스너프 영화가 인터넷에 나돌기 시작했어. 정말 역겹더군. 오늘부터 수사를 다시 진행해 주게. 자네 방과 책상은 그대로 놔두었네. 열쇠는 여기 있어. 자네 배지도 여기 있고……."

그러나 알랭은 손을 내밀어 열쇠와 배지를 잡지 않았다.

"국장님 뜻이 바뀐 겁니까?"

"아니야. 이따가 내가 국장실에 가서 이야기할 생각이야. 이번에는 국장님도 막을 수 없을 거야. 안 그러면 내 사표도 수리해야 할 테니까."

"얀 경사는 무슨 일로 연락해 온 것입니까?"

"어제 접수된 실종자 중 한 명이 파리에 살았어. 강혜정이라고. 국립 미술 학교 학생이라는군. 국적은 한국이고 유학 온 지 7년 됐어. 같이 실종된 여자는 강혜정의 친구로 한국인 여행객이야."

"벨기에 경찰의 대응이 빠를 때가 다 있군요. 별일이네요. 스너프 필름이 다시 나돈 지는 얼마나 됐습니까?"

"자, 여기 자료가 있네. 직접 파악해 보게. 2주일 정도 된 모양이야."

알랭은 티볼트가 내미는 파일을 받아 들었다. 서류 뭉치 한 묶음과 시디롬 몇 장이 담겨 있었다. 잠시 서류를 뒤적이던 알랭은 자리에서 일어서면서 배지와 열쇠 뭉치를 챙겨 넣었다.

"밤새웠을 텐데. 피곤하면 쉬고 오후에 다시 와도 돼."

티볼트는 컴퓨터 모니터 쪽으로 눈길을 돌리며 이야기했다. 아무 대답도 없이 알랭은 파일을 옆구리에 끼고 사무실을 나섰다.

파리 북역에 도착한 진영은 지하철 2호선으로 갈아타고 집으로 향했다. 그의 집은 쿠르셀 대로를 사이에 두고 몽소 공원과 마주 보고 있는 화려한 아파트촌에 있었다.

진영은 쿠르셀 대로를 천천히 걸어 내려가서 커다란 녹색 문 앞에 섰다. 문 위쪽에 80이라는 숫자가 적힌 파란 번호판이 붙어 있었다. 진영은 출입구 오른쪽에 설치된 입력 장치에 네 자리 숫자를 차례로 눌렀다. 짤깍 하면서 문이 열리자 바깥보다 약간 서늘한 공기가 부딪쳐 왔다. 익숙한 느낌이었다.

진영은 예전에 마차와 말들을 세워 두었던 건물 안 공터를 지나 계단을 올랐다. 한 층을 올라간 그는 2층 우측에 있는 문을 열쇠로 열고 들어갔다.

겨우 하루밖에 지나지 않았지만 왠지 낯설게 느껴졌다. 진영은 거실 책상에 놓인 작은 오디오의 스위치를 올렸다. 귀에 익숙한 소프라노 색소폰 소리가 흘렀다. 케니 G가 연주하는 영화 『사랑을 위하여』의 오리지널 사운드 트랙이었다. 혜정과 함께 즐겨 듣던 음악이었다.

진영은 책상 위에 있던 봉투 하나를 집어 들고 의자에 걸터앉았다. 봉투 안에는 제법 많은 사진들이 있었다. 그중 진영은 사방 1미터도 안 되는 기계 안에 혜정과 검은색 빵 모자를 눌러 쓰고 붙어 앉아 있는 사진을 오랫동안 들여다보았다. 장난기 가득한 두 사람 얼굴이 연속으로 네 번 찍혀 있었다. 4 유로어치의 동전을 넣으면 연속 네 번 플래시가 터지고 5분 후에 사진을 찾을 수 있게 만든 지하철역의 증명사진용 즉석 사진기에서 찍은 것이었다.

그 겨울날을 진영은 생생히 기억하고 있었다. 아마 지금까지 진영이 보냈던 하루 중 가장 행복한 하루였을 것이다.

6년 전 진영은 프랑스 중부 지방에 있는 투르에서 파리로 올라왔다. 투르는 수많은 교육 기관이 밀집해 있는 전형적인 교육 도시였다. 흔히 사람들이 잘못 알고 있는 것과 달리 파리가 아니라 투르 지방 언어가 프랑스의 표준말이다. 그러다 보니 외국에서 온 많은 유학생들이 첫 유학 장소로 투르를 택하곤 했다.

한국 학생들도 마찬가지였다. 한국 사람들이 많아서 프랑스어에 익숙해지기도 힘들고 물가도 비싼 파리 대신에 투르에서 어학 공부를 한 후 파리에 있는 학교로 옮겨 가곤 했다. 진영은 2년 동안 투르에서 어학 연수 과정을 마치고 파리 3대학 불문학 석사 과정에 편입했다. 프랑스에 온 지 두 해 만에 비로소 파리에 온 것이다. 에펠 탑이나 개선문을 본 것도 이때가 처음이었다.

파리에 올라오자마자 진영이 가장 먼저 한 일은 자취방을 구하는 것이었다. 혜정을 만난 것은 그 와중이었다. 파리에서 발행하는 한국 교민 신문에는 꽤 많은 임대 주택 안내 정보가 게재되어 있었다. 그중 조건에 맞는 집을 찾아 몇 군데 전화를 걸어 보다가 세 번째인가 네 번째인가 전화를 걸었을 때 혜정이 받았다. 아파트와 스튜디오를 여러 채 보유하고 있던 프랑스 인 집주인의 부탁을 받고 한인 신문에 광고를 낸 것이었다.

그때 혜정에게서 소개받은 집이 지금 진영이 사는 곳이었다. 여러 사람이 집을 보고 갔다는 말에 한달음에 달려간 집 앞에서 전화를 하자마자 한 여자가 나왔다. 청바지에 스웨터를 입고 긴 생머리를 찰랑이는 모습이었다. 순간 진영은 거짓말처럼 가슴이 두근거렸다. 처음이었다. 그녀의 안내를 받아 아파트를 구경하는 내내 진영은 정신이 몽롱했다. 입을 벌릴 때마다 공기 중으로 퍼져 나오는 그녀의 숨결과 머리 향기가 진영의 오감을 마비시켰다. 텅 빈 아파트에 앉을 자리가 없자 혜정은 자기 집으로 진영을 초대하여 커피를 대접했다. 그녀의 집은 한 층 위에 있었다.

이틀 후 진영은 서둘러 아파트 임대 계약을 했고, 그 다음 날 승용차 한 대 분의 이삿짐을 가지고 이사를 왔다. 첫눈에 사랑에 빠진 여자와 이웃에서 살게 된 것이다. 그 후 3년 동안의 치열하고 가슴 아픈 짝사랑이 시작된 날이기도 했다.

알랭은 다섯 시간 내내 컴퓨터 앞에 앉아 있었다. 모니터 위로 사진 몇 장이 나타났다 사라졌다. 티볼트 총경에게서 받은 시디롬에 담겨 있던 것으로, 한 여자와 두 남자가 나왔는데 얼굴 부분을 지워 버렸기 때문에 누군지 알아볼 수 없었다. 주로 성욕을 자극하는 내용으로 매우 자극적이었지만, 전혀 연출된 느낌이 들지 않았다.

화면이 바뀌면서 다시 사진 여섯 장이 모니터에 나타났다.

여자는 X자형 나무틀에 사지가 묶여 있었고, 두 남자는 손에 기구를 들고 여자의 몸을 고문하고 있었다. 묶여 있는 금발 여자의 코와 성기에 구멍을 내고 고리를 다는 중이었다.

사진이 뒤로 넘어갈수록 수법이 한층 잔혹해지면서 여자의 몸에서는 피가 흘러나왔다. 여자는 입을 크게 벌린 채 비명을 질러 댔다. 두 남자는 바늘과 송곳 등으로 여자의 가슴과 얼굴을 꿰뚫는 한편 여자가 피를 과도하게 흘리지 않도록 지혈을 했다. 마침내 두 남자는 정육점에서나 쓸 만한 칼을 들고 여자의 몸 일부분을 베어 냈다. 여자의 사지는 차례로 몸통에서 떨어져 나갔다. 그리고 마지막으로 잘려서 땅바닥에 떨어진 머리통에 두 남자가 오줌을 갈기는 장면으로 끝났다.

알랭은 치밀어 오르는 구토를 간신히 참아 내고 모니터에서 고개를 돌린 채 담배를 물고 불을 붙였다. 과거의 사진과는 차원이 달랐다. 현재 프랑스 경찰청 소속 컴퓨터 전문가들이 얼굴을 되살리는 작업을 하고 있으니까 곧 범인들의 얼굴을 볼 수 있을 터였다. 알랭은 담배를 끄고 일어서서 창문을 열었다. 유유히 흐르는 센 강과, 강 건너에 있는 분수가 눈에 들어왔다. 분수 한가운데에는 성 미카엘 천사장이 갑옷을 입고 긴 창을 든 채 악마를 짓밟고 있었다.

알랭은 책상으로 돌아와 책상 오른쪽 하단의 파일 서랍을 열어 두툼한 서류 뭉치를 꺼냈다. 두꺼운 종이로 된 겉장이 너덜너덜했다. 반년 전에 넣어 둔 것이었다. 파일 안에는 5년 전부터 반년 전까지 발생한 젊은 여자들의 실종 사건과 스너프 필름의 연관성을 추적한 자료들이 가득했다. 모두 자신이 작성한 것이었다.

처음에 알랭은 인터넷 범죄 수사과로부터 공조 의뢰를 받고 수사를 시작했다. 그러나 수사가 시작되고 다섯 달 정도가 지나자 인터넷에서 스너프 필름 자료들이 자취를 감추었다. 간혹 나오는 것들도 러시아나 동유럽에서 제작해서 유통한 것들뿐이었다. 프랑스 등 서유럽에서 제작되어 유통되는 것으로 추정할 만한 것들은 모두 사라진 것이다. 단속 때문에 사라진 것이 아니었다. 스스로 사이트를 폐쇄하거나 자료를 삭제하는 식이었다. 그에 따라 공조 수사의 필요성은 없어졌다. 인터넷 범죄 수사과는 다른 수사에 매달렸고 알랭이 속한 강력부 특수 수사과는 그 일에서 손을 뗐다. 그러나 알랭은 수많은 희생자들의 얼굴 사진들을 절대로 잊을 수가 없었다. 그들을 그렇게 처참하게 파괴한 후 살해해 버린 악마들을 놔둘 수가 없었던 것이다.

그 후 4년간 알랭은 독자적으로 수사를 계속해 왔다. 그러다가 갑자기 상부에서 수사 기록을 인터넷 범죄 수사과에 넘기고 본래 임무에 충실하라는 명령이 내려왔다. 폭주하는 동유럽 마피아들의 조직 범죄에 온 힘을 쏟아야 하는 상황이라는 이유였다. 맞는 말이었다. 유고슬라비아 내전 이후 발칸 반도에서 넘어오는 난민들과 함께 범죄 조직도 같이 들어온 것이다. 이들 동유럽 마피아들은 매춘, 인신매매, 마약 밀매, 무기 거래 등 돈 되는 일은 뭐든지 하는 데다 프랑스 토착 마피아나 러시아 마피아들과 세력 전쟁까지 벌였다.

알랭은 그 명령을 거부했다. 수사 기록이 타 부서로 넘어감과 동시에 커다란 캐비닛 속으로 들어가 다른 서류들에 묻힐 것임을 잘 알고 있었기 때문이었다. 게다가 알랭이 부서 업무를 완전히 미뤄 둔 채 그 일에만 매달린 것도 아니었다. 부서 최고의 베테랑답게 그 와중에도 세르비아계 범죄 조직을 둘이나 소탕했던 것이다. 그러나 상부에서는 그가 부하들을 거느리고 독자적인 수사팀을 구성해서 좀 더 강력하게 범죄 조직에 대처하라는 명령을 내렸고, 알랭은 팀을 조직하는 대신 사표를 던졌다. 스너프 필름 관련 수사를 포기할 수 없었던 것이다.

그날 이후 여섯 달 만에 알랭은 다시 제자리로 돌아왔다. 수사를 시작한 이래 거의 사라졌던 스너프 필름이 다시 인터넷에 떠돌기 시작한 것이다.

주불 대사관
2005년 8월 22일

다음 날 아침 일찍 진영은 그레넬 거리에 있는 한국 대사관으로
갔다.

대기실 탁자 위에는 몇 달 지난 한글 잡지 몇 권과 신문이 흩어
져 있었고, 여행 중 여권을 분실해서 재발급하러 온 여행객 셋이
소파에 앉아 있었다. 영사실은 생각보다 크지 않았다. 40대 초반
쯤 되어 보이는 영사는 손짓으로 소파에 앉기를 권했다. 금테 안
경이 잘 어울리는 편안한 인상이었다.

"안녕하십니까, 영사님? 김진영이라고 합니다."

"안녕하십니까? 주영복 영사요. 실종 사건이라고 들었는데 어
떤 상황이지요?"

진영은 그제와 어제 브뤼헤에서 겪었던 일들을 자세히 설명해
나갔다. 진영의 설명이 끝나자 주 영사는 침묵을 지키며 생각에
빠졌다. 그러고는 전화기를 들고 어디론가 전화를 걸었다.

"프랑스 대사관 주영복 영사입니다. 박 영사 좀 부탁드립니다. 아, 박 영사, 오랜만이야. 그동안 잘 있었어? 애들도 꽤 컸겠네. 다름 아니라 그제 벨기에 브뤼헤에서 우리 나라 여학생 두 명이 실종됐다는 신고가 들어왔어. 실종된 학생들 친구가 브뤼헤에서 만나기로 했다는데 나오지도 않고 지금까지 연락도 없대. 그래. 그 사람이 신고했어. 담당자는 브뤼헤 경찰서에 있는 얀 경사래."

주 영사는 수화기를 잠깐 내려놓은 후 진영에게 얀의 전화번호를 물어보았다. 진영은 얀의 명함을 꺼내 건넸다. 주 영사는 다시 전화기를 들고 번호를 불러 준 다음 조금 전 진영에게서 들었던 사건 개요를 간략히 설명해 나갔다.

"그래. 그러자고. 박 영사가 그쪽에서 좀 맡아 주고, 나도 이쪽 프랑스 경찰을 통해 조처해 나갈 테니까. 그럼 자주 연락하자고."

그는 전화를 끊은 후 진영에게 몇 가지 질문을 했다. 주로 혜정에 대한 질문이었다. 문답이 모두 끝나자 주 영사는 사고 신고서를 작성했다. 서류 작성이 끝나자 주 영사가 물었다.

"커피 한 잔 하시겠습니까?"

"아니요. 감사합니다. 물이나 한 잔 마셨으면 좋겠습니다."

"그래요?"

주 영사는 사무실 밖으로 나가더니 직접 물 두 잔을 플라스틱 컵에 가져왔다. 진영에게 물 컵을 건네며 주 영사는 한결 부드러운 목소리로 이야기를 건넸다.

"김진영 씨, 정신적으로 아주 피곤한 상황일 텐데 이렇게 신속히 신고해 주셔서 고맙군요. 그나저나 참 걱정입니다. 사실 여학생들만의 배낭여행은 좀 위험하지요."

"이런 실종 사건이 자주 있습니까?"

"일 년에 두세 건 정도입니다. 대개는 미제로 끝납니다. 끔찍한 일이지요. 김진영 씨, 연락처 좀 주세요. 무슨 일이 있으면 연락드리겠습니다. 그리고 이건 제 명함입니다. 휴대 전화 번호도 있으니까 급한 일은 이쪽으로 연락해 주세요."

진영은 주 영사와 인사를 나눈 다음 대사관 밖으로 나왔다.

북해에 떠오르다
2005년 8월 27일

자정에 가까운 시간이었지만 얀 경사는 스포츠 전문 채널에서 중계하는 PGA 골프 경기를 보고 있었다. 아직 미혼일 뿐만 아니라 애인도 없는 얀이 가장 좋아하는 것은 골프였다.

얀이 눕혀 놓았던 일 인용 소파의 등받이를 다시 세우고 화면에 빠져들려는 순간, 휴대 전화가 울렸다. 얀은 눈동자를 화면에 고정한 채 소파 옆 탁자를 더듬다가 휴대 전화와 같이 놓여 있던 과자 봉지를 떨어뜨렸다. 터키 양탄자 위로 노란 과자가 좍 하고 흩어졌다. 얀은 가벼운 욕지거리를 내뱉으며 바닥에 떨어져 울리고 있는 휴대 전화를 들었다.

"얀 경사님, 지금 곧 성 카트린 병원으로 오셔야겠습니다. 동양 여자 한 사람이 조금 전 체브뤼헤에서 발견되었습니다. 일단 병원에 옮겨 놓았는데 아마도 며칠 전 실종되었다는 여자인 것 같습니다."

당직 근무 중인 에릭 형사였다.

"그래? 상태는 어떻지?"

"혼수상태로 발견되어 응급실에 이송된 이후 아직 보고받은 바 없습니다. 외상은 그렇게 크지 않은 것 같다고 병원에 있는 순찰 경관에게 들었습니다."

"알겠네. 지금 바로 출발하지."

여름이었지만 다소 쌀쌀한 한밤의 바닷바람을 생각해서 얀은 바지와 티셔츠 위에 방풍 재킷을 걸친 후 경찰 신분증과 형광색 작전용 완장, 그리고 스미드 웨슨 38구경 리볼버를 챙겨 넣고는 급히 현관 밖으로 뛰어나갔다.

어둠 속에 있는 성 카트린 병원은 브뤼헤의 다른 건물들처럼 붉은색 벽돌로 지어져 있었다. 얀은 유일하게 환히 조명이 밝혀져 있는 응급실 입구에 차를 대고 천천히 병원 안으로 걸어 들어갔다. 대기실 입구에는 정복 차림의 순찰 경찰 두 사람이 종이컵에 담긴 커피를 마시고 있었다.

"수고하네. 응급조치는 끝났나? 피해자 상태는 어떤가?"

"나오셨습니까, 경사님? 아직 아무것도 모릅니다. 들어간 지 한 시간 정도 됐는데 아직 의사가 나오지 않고 있습니다. 30분 전에는 대기 중이던 인턴들이 더 들어갔습니다."

"발견 당시 상황을 이야기해 주게. 누가 발견했지?"

"이 사람이 발견한 사람입니다. 낚시하러 가는 중이었대요."

경관 하나가 서류 판을 넘겨주었다. 거기에는 목격자의 인적 사항과 간단한 진술이 적혀 있었다.

"21시 30분쯤 체브뤼헤의 2번 부두 하역장을 지나 방파제 쪽으로 가고 있었는데, 방파제 입구의 파도 막이용 콘크리트 구조물 틈에 뭐가 보이더랍니다. 처음에는 바닷물에 빠져 죽은 사람인 줄 알았는데 자세히 살펴보니 아직 죽지 않았더랍니다. 그래서 여자를 자기 차로 옮겨서 병원으로 데리고 왔답니다. 오면서 휴대 전화로 신고를 했고요."

"목격자는 돌아갔나?"

"네, 22시 15분쯤 저희가 도착해서 지금 보시는 그 서류를 작성하고 나서 귀가하라고 했습니다."

얀은 서류에 쓰인 인적 사항을 유심히 들여다보았다. 그럴 가능성은 거의 없지만 실종 사건에 관련된 인물일 수도 있는 것이다.

"인적 사항은 확인했겠지?"

"물론이지요. 휴대폰 번호까지 확인했습니다."

"언제 돌아갔나?"

"집으로 돌아간 지 30분쯤 되었을 겁니다."

얀은 휴대 전화를 꺼내 들고 목격자에게 전화를 걸었다.

"베르미어 씨? 늦은 시간에 죄송합니다. 브뤼헤 경찰서에 근무하는 얀 경사라고 합니다. 여자를 발견하신 장소에 저와 지금 좀 가 주셨으면 해서 전화드렸습니다."

"지금 말입니까?"

"네, 죄송합니다만 부탁드리겠습니다. 15분쯤 후 댁 앞에 차를 대겠습니다. 고맙습니다. 잠시 후 뵙겠습니다."

얀 경사는 경관들에게 몇 가지 지시를 하고는 밖으로 나갔다.

차가 집 앞에 이르자마자 초로의 사내가 집 밖으로 나왔다. 줄곧 바깥을 내다보고 있었던 것 같았다. 얀은 조수석 쪽 창문을 내리면서 인사를 건넸다.

"타시지요. 얀이라고 합니다."

"물고기 대신 여자를 낚았으니 잠은 포기할밖에. 자, 갑시다."

검은색 방수 파카를 입은 베르미어는 야채 도매상이었다. 머리 앞쪽이 완전히 벗어진 대머리에 혈색 좋은 붉은빛 얼굴이었다.

"낚시하기에는 좋은 날씨가 아닌 듯한데요?"

차를 출발시키면서 얀은 강한 바람이 부는 것을 염두에 두고 이야기를 꺼냈다. 파도도 제법 높을 것이었다. 얀은 바람이 강하고 파도도 높은 밤에 낚시를 한다는 것이 이해가 되지 않았다.

"뱀장어를 별로 좋아하지 않는 모양이군요. 오늘 같은 밤이 뱀장어 잡기에는 아주 좋지요."

얀은 말없이 고개를 끄덕였다. 브뤼헤 사람치고 장어 요리를 싫어하는 사람은 없다. 소금을 뿌려서 숯불에 구워 먹든지, 아니면 파슬리와 마늘을 넣은 크림과 함께 졸여 먹든지 뱀장어 요리를 즐기는 방법은 아주 많았다. 물론 얀도 장어 요리를 무척 좋아했다.

여자가 발견된 체브뤼헤는 항구 지역이었다. 체(Zee)는 바다라는 뜻이다. 500년 전만 해도 브뤼헤는 바다와 깊은 만과 운하로 연결된 항구 도시였지만 모래와 점토가 계속 유입되고 바다 밑에 쌓여서 앞바다를 메우는 바람에 더 이상 항구로 불릴 수 없게 되었다. 그러다가 20세기에 들어와서 브뤼헤 북쪽으로 15킬로미터 떨어진 해안에 현대식 항만이 들어서면서 그곳 이름을 체브뤼헤라고 붙인 것이다. 브뤼헤 옛 시가지와는 달리 살풍경한 산업 지구로 공장과 창고들이 어지럽게 이어져 있는 데다 민가도 거의 없는 곳이었다.

출발한 지 약 20분 만에 두 사람은 체브뤼헤의 제2번 부두에 도착했다. 방파제 너머의 시커먼 바다가 하얀 거품을 날리면서 꿈틀대고 있었다.

얀은 베르미어의 뒤를 따라 넓은 하역장을 지나 방파제 입구 쪽으로 갔다. 베르미어가 육중한 콘크리트로 된 방파제 상단의 오른쪽 아래편을 가리키면서 말했다.

"저기요. 파도 막이 구조물이 엉켜 있는 곳 말이오. 흰색 티셔츠 하나만 달랑 입은 여자가 바닷물에 흠뻑 젖은 상태로 누워 있었소. 처음엔 죽은 줄 알았소. 조금 겁이 났지만 모르는 척할 수가 있어야지. 재빠르게 다가가서 뒷목을 만져 보니까 미세하게나마 체온이 느껴지더구려. 그 직후 손끝이 떨리는 걸 보고 살아 있구나 하고 생각했소."

얀은 왼손에 들고 있던 경찰 작전용 고광도 플래시로 한 차례 비추어 보고 나서 그 장소로 내려갔다. 파도가 높은 탓인지 방파제 윗부분까지 물에 젖어 미끈거렸다. 조심스럽게 내려간 얀은 주변을 샅샅이 훑어보고 나서 다시 방파제 위로 올라왔다.

"눈에 띄는 것은 별로 없군요. 베르미어 씨, 발견 당시 주변에 특이한 물건 같은 건 혹시 없었나요?"

얀이 자동차 쪽으로 발길을 옮기면서 물었다. 베르미어는 그 뒤를 따르면서 성의 없이 대답했다.

"거참, 60 평생에 이런 일은 처음이오. 줍기는 뭘 주워요. 주변엔 아무것도 없었소. 혹시 뭐가 있었더라도 파도에 다 쓸리어 갔을 거요."

차에 탄 얀은 실내등을 켜고는 다이어리와 볼펜을 꺼냈다.

"베르미어 씨, 처음 피해자를 발견했을 때부터 병원으로 옮길 때까지 계속 같이 있었습니까?"

"그렇소, 물론이오. 한 번도 떨어진 적이 없었소."

"계속 혼수상태였습니까? 무슨 말 같은 것은 하지 않던가요?"

"계속 정신을 잃은 상태였소. 참, 딱 한 번 눈뜬 적이 있었는데 내 차로 옮겨서 막 실내등을 켰을 때요. 눈동자가 거의 풀린 상태였는데, 내 얼굴을 보자마자 비명을 지르더군. 그러고는 다시 기절했소. 그게 다요."

"발견 당시 근처에 사람이나 차량이 움직이는 것을 보지는 못했습니까? 혹시 배 같은 것이라도……."

"사람은 전혀 없었고 차도 없었소. 배라……. 맞소. 배가 한 척 떠 있는 걸 봤소."

"어떤 배였지요? 이동 중이었습니까, 아니면 정박 중이었습니까? 부두에서 얼마나 떨어져 있었지요?"

"가까운 거리는 아니었소. 한 500미터쯤. 아주 큰 배는 아니고 요트쯤 되어 보였소. 날씨를 봐서 알겠지만 거의 알아볼 수 없었소. 멀리서 항해 표시등 하나가 깜빡이는 걸 본 것뿐이오. 북쪽으로 움직이는 것 같았소. 정확하지는 않지만……."

얀은 열심히 그 말을 받아 적었다.

"혹시 색깔 같은 건 기억 나십니까? 모노콕(하나의 선체로 만든 요트)이었습니까, 카타마란(두 개의 선체를 연결한 형태로 만든 요트)이었습니까?"

"잘 모르겠소. 색깔은 아마 흰색일 거요. 확실치는 않지만……."

"그 밖에 더 할 말이 있으신가요? 뭐라도 좋습니다."

"아니오. 별로 없소. 이 조용한 브뤼헤에 이런 일이 생겼다는 것이 좀 꺼림칙할 뿐이오."

안은 베르미어를 집까지 데려다 준 후 다시 성 카트린 병원으로 돌아왔다. 응급실 앞에는 여전히 두 경관이 앉아 있었다.

"어때, 진료 결과가 나왔나?"

"그렇지 않아도 막 전화를 드리려던 참이었습니다. 20분 전쯤에 응급조치를 끝낸 환자를 중환자실에 격리 수용 했습니다. 담당 의사인 융커 박사가 경사님을 기다리고 있습니다."

서류철을 끼고 있던 젊은 경관이 보고를 끝내자 옆에 서 있던 고참 경관이 말했다.

"저희는 순찰을 계속해야겠습니다. 시간이 꽤 지났습니다."

안은 손목시계를 들여다보았다. 벌써 새벽 3시가 되어 가고 있었다. 안은 복도 안쪽으로 급히 걸어가면서 말했다.

"그렇게 하게. 수고했어. 내일 보자고."

응급실 옆으로 난 복도를 따라 걷던 안은 흰색 플라스틱 판에 융커라고 적힌 문패가 달린 문 앞에 가서 섰다. 그러고는 노크도 없이 문을 열고 들어섰다. 응급 전문의인 융커는 이 병원의 밤을 지킨 지 벌써 10여 년째였다. 사건 처리 때문에 몇 번 병원을 드나들면서 낯을 익혀 둔 사이였다.

융커는 책상 우측에 놓인 연두색 커피 메이커에서 막 커피를 따

르던 중이었다. 마른 몸매에 강단이 느껴지는 40대 후반의 남자로
빛바랜 양복 바지 위에 흰색 가운을 걸치고 있었다.

"커피 한 잔 들겠소, 얀 경사?"

"네, 고맙습니다. 환자는 어떤 상태인가요?"

"그러지 않아도 지금 서류를 작성하는 중이었소."

융커는 커피 잔과 함께 사진 몇 장을 얀에게 던져 주었다. 폴라
로이드 카메라로 환자의 얼굴, 몸, 팔, 다리 등을 찍은 것이었다.
음부와 항문 사진도 있었다.

"환자는 20대 후반으로 추정되는 동양 여성이오. 외상은 다음
과 같소. 왼쪽 어깨 부분에 입은 찰과상, 종아리에 연속해서 입은
찰과상 및 타박상, 손발에 입은 찰과상, 머리에 입은 타박상 두 군
데……. 바다에서 떠밀려 방파제에 오를 때까지 입은 상처로 보
이오. 그런데 여기 두 손목에 생긴 찰과상은 그때 생긴 게 아니오.
보시오. 수갑 같은 것에 묶여서 생긴 게 틀림없소. 또한 환자의 둔
부와 허벅지 부분에는 둔기에 맞은 것으로 보이는 타박상이 있소.
둔부에는 A자 형태의 낙인이 찍혀 있소. 성기와 항문 부위는 격렬
한 성 행위로 생긴 듯한 상처가 있고 질 안에는 정액으로 보이는
이물질이 아직도 남아 있소. 물론 확실한 것은 검사를 해 봐야 알
것 같소만……. 마지막으로 소음순에는 링을 끼우려고 낸 구멍이
있소. 상태로 보아 약 40시간 전에 생긴 거요. 낙인도 그 무렵에
찍힌 것으로 추정되오."

"끔찍하군요. 환자와 이야기를 나눌 수 있을까요?"

"힘들 것 같소. 극심한 정서 불안에 따른 정신 착란을 겪고 있
소. 더구나 약물 중독 상태요. 정신과 진찰과 치료를 해 봐야 알겠

지만 내 소견으로는 의식을 회복하기는 어렵지 않을까 싶소."

"지금은 의식이 없는 상태라는 건가요?"

"그렇소. 머릿속이 정상이 아니오. 뇌파는 완전히 불규칙하고 동공은 거의 열려 있는 상태요."

"장기 상태는 어떻습니까?"

"그쪽은 별 문제가 없는 것 같소. 최근에 거의 음식물을 먹지 못한 탓인지 깨끗한 상태였소. 영양학적으로는 별 문제가 없고. 다만 대량으로 투입된 약물이 문제일 뿐이오."

"어떤 약물들이지요?"

"주로 마약이오. 아마 LSD나 엑스터시일 거요. 마취제와 신경 안정제도 다량 투여된 것으로 보이오. 전문가 솜씨요."

"무슨 뜻이지요?"

"치사량에 근접한 여러 가지 약물을 사용해서 이 환자의 의지를 완전히 통제한 거요. 어떠한 명령에도 기꺼이 따르게 하는 거지. 고통과 충격과 쾌감을 절묘하게 약으로 조절하는 거라고나 할까. 쉽지 않은 일이오. 약학과 의학에 조예가 깊어야 할 뿐만 아니라 여러 번, 아니 수많은 경험을 통해 단련하지 않으면 꿈도 꿀 수 없는 능력이오. 만약 악마가 있다면 그에 가까운 사람일 거요."

얀은 커피를 한 모금 마시면서 눈앞의 사진들을 다시 눈여겨보았다. 그저께 신고받은 한국 여학생들의 인상착의와 비슷한지 더듬어 봤다. 진영이라는 남자가 주고 간 사진 속 여자와는 달랐다. 하지만 함께 실종되었다던 여자일 수도 있었다.

"환자와 이야기를 나눌 방법은 없을까요?"

"지금은 몸속에 투여된 약물들에 대한 중화 요법을 실시하고

있소. 약물 치료가 끝난 다음에 서서히 정신과 진료를 해 가면서
상태가 호전되기를 기다릴 수밖에 없소. 환자의 의지가 얼마나 강
한지가 문제요."
　안은 말없이 고개를 끄덕이고는 어두운 창 밖을 바라보았다.

가련한 제물
2005년 8월 28일

"김진영 씨, 얀 경사입니다. 어젯밤 친구 분으로 추정되는 여성 한 명이 체브뤼헤에서 발견되었습니다."

멍하니 누워 있던 진영은 그 소리에 정신이 번쩍 들었다. 진영은 침대에서 벌떡 일어나 앉아 수화기를 바싹 귀에 갖다 댔다. 목소리가 떨렸다.

"지금 어디 있죠? 혹시 살아 있습니까? 괜찮나요?"

"진정하십시오. 건강한 상태는 아니지만 생명에 지장은 없는 상황입니다."

"두 사람 중 누구죠?"

"그 때문에 김진영 씨한테 전화한 겁니다."

"지금 곧 그리로 가겠습니다. 어디로 가면 될까요?"

"브뤼헤 시 서쪽에 있는 성 카트린 병원입니다. 브뤼헤에 도착하면 전화주십시오. 저와 같이 가야 하니까요."

얀의 휴대 전화 번호를 받아 적은 진영은 전화를 끊고 벌떡 일어나 며칠째 침대 옆에 그대로 놓아둔 녹색 배낭에 브뤼헤 지도와 갈아입을 옷가지 등을 집어넣고 밖으로 뛰어나갔다.

얀은 성 카트린 병원에서 보내온 정식 보고서를 바탕으로 피해자의 신원을 추적했지만 찾을 수가 없었다. 브뤼헤 경찰서의 데이터베이스뿐만 아니라 인터폴 정보 센터의 데이터베이스에도 피해자의 신상 정보는 없었다.

당연한 일이었다. 피해자는 아시아계 여성으로 아마도 아시아 어떤 나라의 국적을 가지고 있을 것이었다. 피해자가 여행 중이었다면 유럽 내에서 한 번 이상 체포된 적이 없는 한 경찰 데이터베이스만 가지고는 신원 파악이 불가능했다. 파리에서 자동차로 달려오고 있는 진영에게 기댈 수밖에 없는 상황이었다.

얀이 컴퓨터에서 눈을 뗀 순간 전화 벨이 울렸다. 파리 경찰청의 알랭이었다.

"오랜만입니다, 얀 경사. 보내 주신 전자 우편 잘 받았습니다. 하지만 피해자의 신원을 알아내진 못했습니다."

"그럴 거라고 생각했습니다. 지금 가장 원시적이지만 확실한 해결책을 기다리고 있습니다. 신고자인 한국인 유학생이 파리에서 여기로 달려오고 있거든요."

"그런데 보내 주신 자료를 보니 제가 그동안 수사해 오던 범죄와 관련이 있는 것 같군요. 수사를 시작한 이래 처음으로 피해자가 살아 있는 상태로 발견된 겁니다. 얀 경사도 알다시피 파리를

비롯한 프랑스 북부 지역에서 부녀자 실종 사건이 잇따르고 있습
니다. 평소보다 거의 두 배나 많은 여자들이 사라졌지요. 최근 그
중 몇 명이 스너프 필름의 희생자가 된 것으로 밝혀졌고요."

"벨기에에서도 최근에 실종 사건이 제법 있었습니다. 주로 브
뤼셀과 앤트워프 쪽이었지만……."

"강력한 공조 수사가 필요한 것 같습니다. 한국 학생이 와서 피
해자 신원이 확인되면 꼭 저와 연결해 주십시오. 가능한 한 빨리
말입니다. 아무래도 중요한 단서를 잡았다는 생각이 듭니다."

"오는 대로 연락하겠습니다."

성 카트린 병원 앞은 한산한 편이었다. 진영은 적당한 곳에 차
를 주차한 다음 현관으로 달려갔다. 가톨릭 계통의 재단이 운영하
는 병원인 듯, 수녀들이 곳곳에서 눈에 들어왔다. 병원 현관에 도
착한 진영이 몸을 돌리자마자 푸른색 푸조 306 차량에서 내린 얀
경사가 걸어오는 것이 보였다. 밝은 햇빛 아래에서 봐서 그런지
좀 더 나이가 들어 보였다.

얀은 병원 로비의 안내 창구 옆을 지나쳐서 뒤쪽 복도 입구에
있는 엘리베이터에 몸을 실었다. 진영이 뒤따라 엘리베이터에 오
르자 얀은 숫자 6을 눌렀다. 정신과 병동이었다.

6층에서 내린 얀은 짧은 복도를 지나자마자 멈춰서 왼쪽에 있
는 방문을 두드렸다. 문에는 사람 이름과 함께 플라망어로 글귀
몇 줄이 적힌 종이가 붙어 있었다. 40대 후반쯤 되어 보이는 비쩍
마른 여의사가 프랑스어로 인사를 건네 왔다. 표준 프랑스어 발음

은 아니었지만 알아듣는 데 지장은 없었다.

"이 병원 정신과를 맡고 있는 마틸드입니다. 자, 자리에 앉으세요."

자리에 앉자마자 얀이 먼저 이야기를 꺼냈다.

"환자는 어떻습니까?"

"계속 혼수상태입니다. 아마 한참 계속될 겁니다."

"얼굴은 볼 수 있겠지요? 일단 신원 파악이 급한 상황이니까요."

"그 정도는 상관없습니다. 하지만 억지로 깨우려 해서는 안 됩니다. 제가 대화가 가능할 정도로 회복됐다고 판단할 때까지는 아무도 면회할 수 없습니다. 자, 그럼 저와 같이 가시지요."

마틸드는 가운 주머니에 양손을 찔러 넣은 채 사무실을 나섰다. 얀과 진영은 아무 말 없이 그 뒤를 따랐다. 복도를 20미터 정도 걸어간 마틸드는 한 병실의 문을 열었다.

맨 뒤에 있던 진영은 두근거리는 마음을 가라앉힐 수가 없었다.

일 인용 병상 하나만 있는 조그만 방이었다. 마틸드와 얀에게 가려 환자 얼굴은 보이지 않았다. 마틸드가 심근계 등을 체크하고 나서 옆으로 물러섰다. 얀도 물러나면서 눈짓으로 진영을 재촉했다.

진영은 긴장한 얼굴로 한 걸음 더 병상 쪽에 다가섰다. 그러나 파리한 안색으로 잠들어 있는 그 얼굴은 혜정이 아니었다. 두 달 전 밝은 얼굴로 혜정과 함께 파리에서 작별했던 유진이었다. 진영은 관자놀이가 뜨거워지면서 눈물이 핑 돌았다. 얀이 물었다.

"아는 얼굴입니까?"

진영은 고개를 끄덕이며 대답했다.

"네, 이유진 씨입니다. 제 여자친구 혜정이와 같이 여행을 하다가 실종된 사람입니다."

두 사람을 살펴보던 마틸드가 이제 그만 나가라는 손짓을 보냈다. 얀은 진영의 어깨를 감싸고 병실 밖으로 나왔다.

바깥으로 나오자마자 얀이 진영에게 말을 건넸다.

"마음 단단히. 먹으세요. 여자친구 분 상황도 좋지 않을 듯싶습니다. 그저 살아 있기만을 바랄 뿐입니다. 최선을 다해 범인을 찾아내겠습니다. 자, 진정하시고 우선 경찰서로 갑시다. 몇 가지 물어볼 게 있습니다."

진영은 고개만 끄덕일 수밖에 없었다. 얀 경사가 다시 마틸드에게 말했다.

"환자를 잘 부탁드립니다. 최대한 빨리 혼수상태에서 벗어날 수 있도록 애써 주십시오."

"쉽지는 않겠지만 최선을 다해 보겠어요. 하지만 환자가 혼수상태에서 벗어나더라도 정상적인 대화는 불가능할 겁니다. 현재의 심리적 공황 상태를 벗어나려면 상당한 시간이 필요합니다. 하느님께서 기적을 내려 주신다면 모르겠지만 말입니다."

"제발 부탁드립니다. 피해자가 한 사람 더 있습니다. 목숨이 경각에 달려 있을지도 모르고요. 그녀를 빨리 찾아내려면 환자의 도움이 절대적으로 필요합니다. 최선을 다해 주십시오."

말을 마친 얀은 진영의 얼굴을 애써 외면하면서 엘리베이터 쪽으로 걸었다. 마틸드가 뒤따라 나오면서 진영에게 말했다.

"김진영 씨는 언제까지 브뤼헤에 있을 예정입니까? 환자가 깨어나면 아마 김진영 씨의 도움이 필요할 겁니다."

"혹시 무슨 일이 있으면 이리로 연락해 주십시오."

진영은 휴대 전화 번호를 불러 주고는 고개를 푹 숙인 채 안을 따라 발걸음을 옮겼다.

안은 책상 위에 놓인 모니터를 돌려서 진영도 볼 수 있도록 해 주었다. 그가 마우스를 몇 번 클릭하자 화면 위에 사진들이 나타났다.

진영은 사진 속의 주인공이 유진임을 쉽게 알 수 있었다. 안은 별다른 설명 없이 마우스를 클릭해서 사진을 계속 넘겨 갔다. 진영의 눈빛이 경악에서 분노로, 그리고 슬픔으로 바뀌어 가더니 결국 책상 밑바닥으로 떨어지고 말았다. 차마 계속 볼 수가 없었던 것이다. 사진들을 계속 보고 있자니 처참하게 당한 혜정의 모습이 겹쳐서 떠올랐다.

"보시다시피 피해자는 납치된 후 두 명 이상의 가해자에게 온갖 방법으로 폭행을 당했습니다. 피해자의 가슴, 성기, 항문 및 둔부에 난 상처가 그 증거죠. 특히 주목할 것은 엉덩이에 새겨진 A자 형태의 낙인입니다. 이로 미루어 보건대 납치범들은 전문 인신 매매 조직이 아닌가 싶습니다. 여자들과 어린아이들을 납치해서 성 노예로 길들여 비밀 매춘 클럽이나 중동의 부유층들에게 팔아넘기는 조직이 있습니다. 우선 그쪽으로 수사를 진행하려 합니다."

진영은 갑자기 고개를 쳐들고 안을 바라보았다. 그 얼굴에서 굳은 결의가 느껴졌다. 조금 전까지의 우울하고 멍한 표정이 아니었다. 입술은 굳게 닫혀 있었고 눈빛은 또렷했다.

"안 경사님, 저는 뇌샤텔 쪽을 좀 더 조사해야 한다고 생각합니다. 제 친구들은 분명 그 숙소에 묵었고 그곳에서 실종됐다고 생각합니다."

"물론 거기도 수사할 겁니다. 하지만 뇌샤텔과 실종 사건이 관련이 있다고 볼 수 있는 증거가 없지 않습니까. 증거라고는 김진영 씨가 전화로 들었다는 것밖에 없습니다. 친구 분들이 다른 곳에서 묵었을 수도 있고, 뇌샤텔로 가다가 길에서 납치되었을 수도 있습니다. 게다가 뇌샤텔은 개인이 운영하는 민박집이 아니라 브뤼헤 상공 회의소 산하 관광 위원회에서 직영하는 일종의 공공 건물로 지난 20년 동안 아무 문제도 없었던 곳입니다. 그런 곳을 확실한 증거도 없이 조사하는 것은 쉽지 않은 일입니다."

"하지만 두 사람은 분명히 뇌샤텔에서 묵었습니다. 실종된 그날 밤 10시쯤 저에게 전화했을 때 숙소에다 짐을 풀고 나와서 전화한다고 했습니다."

"알고 있습니다. 하지만 거기에서 무슨 단서가 나올 가능성은 거의 없습니다. 뇌샤텔의 지배인 위베르 씨는 브뤼헤 상공 회의소 관광 위원회에서 평생을 일하고 은퇴한 후 자원봉사 중인 분입니다. 수사를 해 봐야 알겠지만 그런 분이 거짓말을 하고 있다고 보기는 어렵습니다."

진영은 입을 다물고 더 이상 이야기하지 않았다.

"어쨌든 수사는 철저히 진행될 것입니다. 실종된 강혜정 씨의 현 주소가 프랑스 파리이기 때문에 파리 경찰국에도 통보가 된 상황입니다. 연락을 취해 놓았으니 곧 벨기에 주재 한국 영사도 이쪽으로 올 겁니다. 가능한 모든 방법을 동원해서 강혜정 씨를 찾도록 하겠습니다. 때때로 협조만 좀 해 주시면 고맙겠습니다."

"물론입니다. 어떻게 하면 될까요?"

"도움이 필요하면 연락하겠습니다. 지금 당장은 아닙니다. 우선 병원에 있는 이유진 씨에게 신경 좀 써 주십시오. 자주 전화로 연락하겠습니다."

"당분간 뇌샤텔에서 묵겠습니다. 나름대로 실마리를 좀 찾아봐야겠습니다."

"뇌샤텔에서 묵는 것을 말릴 수는 없지만 쓸데없이 말썽을 일으키지 않도록 해 주십시오. 그런 짓은 수사에 도움이 되지 않을 테니까요. 사건의 성격상 수사는 철저한 비밀을 유지하면서 진행할 겁니다. 유념해 주십시오."

얀의 책상 위에 있던 인터폰이 삑 하고 울렸다. 얀은 수화기를 들고 플라망어로 짧게 몇 마디 한 후 내려놓았다.

"당신네 영사가 왔습니다. 곧 이곳으로 올 겁니다."

화창한 오후였다. 브뤼헤 시의 거리에는 관광객들이 물결처럼 넘쳐흐르고 있었다. 그 모습을 말없이 지켜보면서 진영은 벨기에 한국 대사관에서 나온 박영철 영사와 함께 브뤼헤 경찰서 근처의 카페에 앉았다. 박 영사가 먼저 말을 꺼냈다.

"주 영사님께 이야기는 들었습니다. 사랑하는 분이 변을 당하셔서 심려가 크시겠습니다만 마음 단단히 먹으십시오. 쉽게 해결될 일도 아니고 상황도 비관적인 것 같습니다."

"잘 알고 있습니다, 박 영사님. 하지만 혜정이를 찾는 날까지 결단코 포기하지 않겠습니다. 경찰이 안 되면 제 손으로라도 반드시 찾겠습니다."

진영은 동요가 느껴지지 않는 얼굴로 박 영사를 바라보았다.

며칠 전 브뤼헤에서 혜정이 실종된 이후 진영은 거의 자포자기 상태로 현실을 인정하지 못하고 꿈속을 헤매고 있었다. 하지만 병원에서 유진을 만나고 얀의 책상에서 끔찍한 사진들을 본 후 진영은 정신이 번쩍 들었다. 더 이상 머뭇거리지 않고 혜정을 위해 현실에 부딪혀 가기로 결심한 것이다.

"그 마음은 이해하지만 현실적으로 진영 씨가 할 수 있는 일은 거의 없습니다. 일단 수사가 진행되는 것을 지켜봅시다. 벨기에 경찰도 상당히 유능하다고 정평이 나 있습니다."

박 영사의 말에 진영은 별다른 반응이 없었다. 반 정도 남은 맥주를 마저 들이켜고는 담배를 하나 꺼내 물었을 뿐이다. 박 영사도 담배를 꺼내 불을 붙였다. 한숨을 한 번 크게 내쉰 박 영사가 말머리를 돌렸다.

"여기 오래 있을수록 유럽은 참 이상한 곳이라는 생각이 듭니다. 아름다운 도시에 쾌적한 환경, 거기다가 휴머니즘에 기반을 둔 합리적인 사회 시스템을 보면 한없이 부럽지요. 하지만 가면 뒤의 얼굴이 따로 있는 것 같은 느낌을 받을 때가 많아요. 속을 들여다보면 야만과 살육과 부조리가 똬리를 틀고 있지요."

진영은 무슨 뜻이냐 하는 얼굴로 박 영사를 보았다.

"유럽의 역사는 사실 살육의 역사라고 할 수 있습니다. 로마가 망한 이후, 유럽 땅에서 벌어진 수많은 전쟁과 학살을 보세요. 종교 전쟁도 끔찍했지요. 두 차례에 걸친 세계 대전에서 어떤 일이 있었는지를 생각해 보세요."

사실 중세 이후 유럽의 역사는 인간의 피로 물들어 있다고 해도 과언이 아니었다. 전쟁과 학살, 박해 등의 야만과 광기가 주기적으로 유럽을 휩쓸곤 했다.

"서구식 합리주의란 학살의 역사가 만들어 낸 산물에 지나지 않지요. 서구 사회는 문서로 작성된 서류와 계약에 의해 유지되는 사회입니다. 계약이 서구식 합리주의의 참모습이라고 할 수 있습니다. 사람이 사람의 마음을 믿는 곳에선 계약이 불필요합니다. 서류도 필요 없지요. 말로 약속하고 성심을 다해 그 약속을 지키면 되는 것 아니겠습니까. 그러나 오랫동안 서로를 학살해 온 서구 사회는 그러한 믿음이 없었습니다. 때때로 우리가 부러워하는 서구식 합리주의란 인간 이성에 대한 믿음에 근거를 둔 것이 아니라 인간 심리에 대한 극도의 불신이 생겨나게 한 괴물입니다. 그나마도 완전히 서구 사회에 뿌리를 내린 게 아닙니다. 나치가 유대인을 학살한 게 불과 60년 전입니다. 유대인이 200만 명 정도 희생당했고, 유랑 민족인 집시들은 그보다 더 많이 학살됐습니다. 발칸 반도에서는 파시스트들의 지원을 받은 가톨릭 교도들이 동방 정교회 사람들을 70만 명 정도 살육했고요. 제2차 세계 대전 후 소련은 어땠습니까? 스탈린 치하에서 처형당한 사람만 해도 수백만입니다."

진영도 고개를 끄덕여 동의했다.

"요즘도 마찬가지지요. 유고슬라비아 내전 과정에서 일어난 학살을 보면 지금이 중세 시대보다 더 나아졌다고 할 수 없습니다. 서양인들은 본질적으로 육식 인종들인 것 같아요. 피에 아주 익숙하다는 것이지요."

진영은 다시 박 영사의 말에 동의했다. 유럽에 와서 살면서 느낀 것과 별반 다르지 않았기 때문이었다.

"문제는 겨우 몇십 년 전에 역사상 최악의 학살을 저질렀던 세대가 아직도 남아 있다는 것입니다. 그 익명의 가해자들 대부분은 학살을 자신들의 의지와 관계없이 저지른 일이며, 스스로가 역사의 피해자라고 생각하고 있습니다. 하지만 정말 그럴까요? 조금 전 이유진 씨의 사진들을 보고 나서 갑자기 그런 생각이 들더군요. 인간이라면 그럴 수 없다. 놈들은 인간이 아니다. 인간이라면 쾌락을 위해서 다른 인간을 그렇게 파괴할 수 없다. 그 사진 뒤에서 인간의 탈을 쓴 악마를 느낄 수 있었어요. 악마는 분명히 존재합니다. 인간 속에요."

박 영사의 말을 들으면서 진영은 조금 전 보았던 유진의 사진들을 떠올렸다. 그 위로 가축처럼 낙인이 찍힌 채 능욕당하는 혜정의 모습이 스쳐 지나갔다. 온몸에 소름이 돋아 오르면서 아찔한 현기증이 느껴졌다.

"혜정이를 찾을 겁니다. 반드시 제 손으로 찾을 겁니다."

진영은 고개를 떨어뜨리면서 되뇌었다. 박 영사는 진영을 안타깝게 바라보며 말없이 맥주잔을 비웠다.

박 영사를 배웅하고 나서 경찰서 앞마당에 세워 둔 차에 올라탄 진영은 파리로 돌아가기로 결심했다. 할 일이 떠오른 것이다. 서서히 깔리는 황혼을 밟으며 그의 차는 고속도로 진입로 쪽으로 방향을 잡아 나갔다.

두 개의 낙인

2005년 8월 31일

알랭은 팀원들과 간단한 회의를 마치고 시계를 보았다. 아침 9시 정각이었다.

사무실 창밖으로 보이는 센 강의 강변 도로에는 제법 많은 차량들이 들어차 있었다. 길고 긴 여름 휴가가 끝나 가는 것이다. 벌써 갈색으로 물들어 가는 가로수 잎들이 강물에 드리운 그림자들을 잠시 바라보던 알랭은 김진영에게 전화를 걸었다. 휴대폰 신호가 열 번 이상 울리도록 응답이 없다가 메시지를 남기라는 건조한 기계음이 흘러나왔다.

"파리 경찰국의 알랭입니다. 강혜정 씨 실종 사건과 관련해서 한번 만나고 싶습니다. 전화해 주십시오."

어젯밤 인터넷 사이트들을 감시하던 인터넷 범죄 수사과에서 알랭에게 연락을 해 왔다. 최근 갑자기 나돌기 시작한 스너프 필름들을 추적한 결과 수상한 사이트 하나를 발견한 것이었다. 파리

18구에 거주하는 사람의 홈페이지였는데, 도색적인 분위기라기보다는 악마적인 분위기를 물씬 풍기는 사이트였다. 검은색 바탕에 타오르는 역십자가가 한가운데 놓여 있었으며, 염소의 해골 등 악마의 상징들을 군데군데 배경으로 배치해 놓았다. 이런 사이트가 드문 것은 아니었다. 그러나 단연 눈길을 끈 것은 사이트 속 자료들이었다. 악마를 숭배하는 흑미사 장면을 그린 중세풍 그림들이 대부분이었으나 최신이라는 꼬리가 붙은 자료들에서 스너프 필름으로 추정되는 사진들과 동영상들이 다량으로 발견되었다. 성행위보다는 여자들을 고문하는 장면이 주였다. 물론 연출된 것이 아니라 실제 현장을 촬영한 장면들이었다.

X자형 형틀에 발가벗긴 채로 묶인 금발 여자를 채찍질하는 사진이 두 장, 그 여자의 두 손과 발에 못질을 하는 사진이 두 장 있었다. 고문을 하는 사람은 모두 세 명이었다. 눈 부분만 구멍이 뚫린 검은색 두건을 얼굴에 뒤집어쓰고, 고대 로마인들이 입던 회색 튜닉을 입고, 발에는 가죽 샌들을 신고 있었다. 15센티미터 정도 길이의 못을 나무 망치로 박는 장면은 연출된 분위기가 약간 났다. 하지만 완전히 박고 난 다음으로 보이는 사진이 없었기 때문에 단정할 수는 없었다.

거기에 희생자를 뜀틀 형태의 형틀에 엎드린 자세로 묶어 놓고 벌겋게 단 인두로 낙인을 찍는 사진이 있었다. 사진을 보자마자 알랭은 뇌리에 고압 전류가 흐르는 듯했다. 연기를 내며 타 들어간 상처가 낯익었던 것이다. 그는 며칠 전 얀 경사로부터 받은 사진을 떠올렸다.

알랭은 즉시 해당 파일을 컴퓨터 모니터에 띄웠다. 두 개의 창을 대조하여 확인한 후 알랭은 자신의 생각이 맞았음을 확인했다. 고딕체로 된 A자 형태의 낙인이었고 크기도 거의 같았다. 알랭이 진영을 만나 봐야겠다고 생각한 것은 그 순간이었다. 한국 유학생 실종 사건에 대하여 좀 더 자세히 듣고 싶었던 것이다.

　진영은 지하철을 타고 외환은행 파리 지점으로 돈을 찾으러 갔다. 진영은 일단 10000유로를 현금으로 인출하고 나서 은행 계좌에 남아 있는 잔액 30000유로 정도를 모조리 주거래 은행인 BNP 은행 계좌로 이체했다.

　사흘 전 브뤼헤를 다녀온 직후 진영은 한국에 있는 남동생에게 전화를 걸어 5000만 원을 보내 달라고 부탁했다. 진영의 부모님은 5년 전에 교통사고로 죽었다. 그때 진영은 보험료를 포함해서 아파트 두 채와 약간의 부동산, 그리고 현금 및 채권 등을 합쳐서 15억 원 정도의 자산을 상속받았다. 진영은 그 유산을 모조리 정리해서 은행에 신탁 예금을 해 놓았는데 그동안 꽤 불어나 있었다. 그중 일부를 부쳐 달라고 부탁한 것이다.

　은행을 나온 진영은 택시를 잡아타고 기사에게 포르트샹페레에 있는 중고 자동차 시장으로 가자고 했다. 혜정을 찾으러 떠날 시간이 온 것이다.

　진영이 알랭의 메시지를 들은 것은 중고차 시장에서 사륜 구동 지프 차량인 2001년형 미쓰비시 파제로 쇼트 바디를 계약한 직후였다. 진영은 알랭이 남긴 전화 번호를 눌렀다.

"저는 김진영이라고 합니다. 알랭 경사님이 메시지를 남겨서요."

"제가 알랭입니다. 오전 내내 전화했는데 이제야 통화가 되는군요."

"무슨 일이지요?"

"가능한 한 빨리 만났으면 합니다. 강혜정 씨 실종 사건과 관련해서 물어볼 게 좀 있습니다."

"어디로 가면 될까요."

"시테의 경찰국에 오셔서 강력부 특수 수사과의 알랭을 찾으십시오. 저는 오후 내내 사무실에 있을 겁니다."

"그럼 점심을 먹고 2시 반 정도에 도착하도록 하겠습니다."

진영은 전화를 끊고 은색 자동차에 올라탔다. 3200cc의 터보 디젤 엔진으로 185마력의 출력을 증명하듯 차체가 기민하게 움직였다.

8월 말 날씨답게 파리의 하늘은 짙푸른 색이었고 햇살은 투명하게 반짝이고 있었다.

알랭은 자리에 앉아 사무실로 들어오는 동양인을 보았다. 약 178센티미터 정도의 키에 70킬로그램 정도 되어 보이는 단단한 체구의 남자였다. 흰색 면 티셔츠 위로 불룩하게 솟아오른 다부진 가슴 근육이 첫눈에 들어왔다. 오랜 시간 운동으로 단련한 근육이 틀림없었다. 선한 인상이었지만 상처 입은 야수처럼 눈빛이 활활

타오르고 있었다.

"김진영 씨? 잘 오셨습니다. 여기로 앉으시지요."

진영은 알랭에게서 사람을 찌르는 듯한 날카로운 기운을 느꼈다. 짧게 자른 짙은 갈색 머리 사이로 몇 줄기 흰 머리가 보였지만 예리한 눈매와 꽉 다문 입술, 그리고 세모꼴 턱이 강렬한 인상을 주었다. 무도가 특유의 기운이 넘쳐흐르는 사람이었다.

진영이 자리에 앉자 알랭은 책상 위에 놓인 컴퓨터를 조작해서 사진 한 장을 보여 주었다. 엎드린 자세로 묶인 채 엉덩이에 낙인을 찍히는 금발 여자의 사진으로 사진 관련 프로그램을 실행하여 막 낙인이 찍힌 여자의 둔부와 아직 벌겋게 달궈져 있는 인두 부분을 확대시켰다. 그러고 나서 알랭은 책상 위에 놓였던 서류철에서 사진 하나를 꺼냈다. 유진의 둔부를 찍은 사진이었다. 낙인 자국이 똑같았다. A자의 윗부분과 왼쪽 부분에 변화를 준 고딕체 글자였다.

"이 사진은 어디서 발견한 겁니까?"

진영이 모니터 화면을 뚫어지게 쳐다보면서 물었다.

"파리 북부에 살고 있는 한 남자의 웹페이지에서 찾은 겁니다. 지금 저희 경찰국의 인터넷 담당 부서에서 추적하고 있습니다. 곧 이곳으로 소환할 예정이지요. 제가 김진영 씨를 보자고 한 것은 뇌샤텔 성관 때문입니다."

진영은 혜정에게서 전화를 받은 순간부터 뇌샤텔에 묵었던 시간까지 있었던 일들을 자세하게 설명해 나갔다. 그러고는 벨기에 경찰 측에서는 뇌샤텔 성관을 전혀 의심하고 있지 않다는 이야기도 덧붙였다. 진영의 이야기가 끝나자 알랭은 메모를 읽더니 이야기를 꺼냈다.

"당연한 일일 겁니다. 이런 경우에 일단 불법 매춘과 관계된 국제 인신 매매 조직에 수사 초점을 맞추는 게 우선이지요. 저라도 그랬을 겁니다. 하지만 이 사진을 보고 초점을 약간 옮겨야겠다는 생각이 들었습니다. 이 사진이 발견된 웹사이트는 도색 음란 사이트가 아니고 악마주의 사이트입니다. 아시지요? 악마 말입니다. 악마 추종자들의 모임이 존재한다는 것은 한번쯤 들어 보셨을 겁니다. 역사도 아주 길지요. 요즘에도 가끔 시내 공동묘지나 카타콤 같은 곳에서 악마 숭배 의식의 흔적이 발견됩니다. 흑미사라고 하지요. 인터넷에도 악마 숭배 사이트들이 아주 많이 존재합니다. 하느님과 예수님을 믿는 기독교도들이 존재하듯이 악마를 믿고 추종하는 사람들이 제법 있다는 증거이지요. 물론 그 사실만으로는 그들을 체포해서 처벌할 수 없습니다. 실정법을 어기지만 않는다면 종교와 신앙의 자유는 당연히 존중받아야 합니다. 실제로 악마 숭배자들이 실정법을 어기면서까지 그러한 신념을 표현하는 경우란 거의 없습니다. 이 엽기적인 사진들을 홈페이지에 올려 둔 이 남자 역시 열렬한 악마 숭배자라기보다는 시늉만 내는 철부지가 아닌가 싶습니다."

"사진 속의 여자는 누군가요?"

진영은 금발 여자를 가리키면서 물어보았다. 알랭은 고개를 가볍게 끄덕였다.

"네. 지난 8월 초에 칼레에서 실종된 여자입니다. 아직 보호자에게는 알리지 않았습니다. 이 사건이 단지 이유진 씨나 강혜정 씨의 문제만은 아니라는 사실은 충분히 이해하셨겠지요?"

"브뤼헤 경찰의 수사 방향을 바꿀 수 있습니까? 이곳에서요."

"그럴 수는 없습니다. 의견을 내고 조언을 할 수는 있지만 수사 방향을 지시할 수는 없습니다. 그래서 김진영 씨의 도움이 필요합니다. 김진영 씨의 진술을 그대로 인정한다면 뇌샤텔에서 어떤 일이 일어났느냐 하는 것이 이 사건을 해결하는 열쇠가 될 겁니다. 두 여자를 감쪽같이 납치하는 게 그렇게 쉬운 일이 아니니까요. 비밀리에 믿을 만한 우리 요원 중 하나를 브뤼헤로 보내서 수사를 진행할 예정입니다. 얀 경사에게 알리지 않고요. 만약 이 사건에 악마 추종 세력이 개입되어 있다면 누구도 믿을 수 없습니다. 그들은 그 크기를 짐작할 수 없을 만큼 거대한 조직입니다. 경찰에서 정·관계에 이르기까지 그들의 힘이 미치지 않는 곳은 없습니다. 이유진 씨의 신변 안전에도 더 신경을 써야 할 것 같습니다. 이유진 씨가 살아 있다는 걸 알면 곧 무슨 수라도 쓰려고 할 겁니다. 김진영 씨가 브뤼헤로 가서 이유진 씨를 돌봐야 할 것 같습니다. 우리 요원이 별도로 움직이겠지만 서로 연락할 수 있게 하겠습니다. 지금 간단히 인사를 나누는 것도 좋겠지요."

알랭은 인터폰을 눌러 누군가를 호출했다. 잠시 후 문을 열고 들어온 사람은 상당한 미모의 여자였다. 키는 165센티미터 정도였고 갈색 머리에 짙은 갈색 눈동자가 깊어 보였다. 청바지와 늘어뜨린 티셔츠에 가려 있었지만 균형이 잘 잡힌 몸매였다.

"파리 경찰청 소속 형사인 니콜입니다. 이쪽은 김진영 씨."

진영은 일어나 그녀와 악수를 했다. 알랭은 두 손을 깍지 끼고 앉아 이야기를 계속했다.

"니콜은 내일 아침에 브뤼헤로 갈 겁니다. 플랑드르 회화 전공의 미술학도로 신분을 위장한 후 계속 뇌샤텔에 묵을 예정입니다. 김진영 씨는 그 근처에 나타나면 안 됩니다. 만약에 그곳이 사건과 연관이 있다면 범인들이 경계를 할 테니까요. 성 카트린 병원 근처에 숙소를 잡는 것이 좋겠지요. 김진영 씨에게 휴대 전화를 하나 드리지요."

알랭은 책상 서랍을 열어서 평범하게 생긴 휴대 전화와 충전기를 꺼내서 진영 앞으로 내밀었다.

"이 전화는 소유자가 프랑스 내무부입니다. 일반 휴대 전화보다 열 배는 잘 터지는 놈이지요. 어떤 장소, 어떤 상황에서도 저나 니콜과 통화할 수 있을 겁니다. 단축 번호 1번을 누르면 이곳 파리 경찰국 사령실과 바로 연결됩니다. 비상시에 도움이 될 겁니다. 김진영 씨가 유럽 땅 안에만 있다면 말이지요. 어디 있는지 이야기할 필요도 없습니다. 이쪽에서 저절로 확인되니까요. 저와 니콜의 전화번호는 2번과 3번에 저장되어 있습니다. 통화료는 없습니다. 하지만 저희와 연락할 때 외에는 사용하지 않는 것이 좋습니다. 통화 내용이 모두 녹음되니까요."

"그러면 저도 브뤼헤로 가는 걸 얀 경사에게 알리지 말아야 합니까?"

진영이 전화기 버튼들을 만지면서 물었다.

"아니요. 전혀 그럴 필요가 없습니다. 그냥 자연스럽게 이유진 씨의 간병을 하면 됩니다. 습격을 조심하시는 게 좋을 겁니다. 유사시에는 즉시 니콜의 도움을 받도록 하십시오."

진영은 마음이 편해지는 걸 느꼈다. 그날 이후 처음으로 일이 제대로 진행되는 것 같았다. 알랭이 일어서면서 박수를 한 번 쳤다.

"자, 이제 가서 일을 합시다. 김진영 씨는 저와 자주 통화했으면 합니다. 언제든지 연락주십시오."

니콜이 진영에게 악수를 청하면서 입을 열었다.

"힘드실 텐데 아무쪼록 제가 도움이 됐으면 합니다. 브뤼헤에서 만나서 맥주나 한잔하지요."

"저는 모레쯤 갈 겁니다. 도착하는 대로 전화하겠습니다."

진영은 파리 경찰국의 남쪽 출입문으로 나왔다. 센 강 옆으로, 알랭의 사무실 아래쪽이었다. 진영은 왼쪽으로 방향을 바꾸어 노트르담 성당 쪽으로 걸어갔다. 지하 주차장 입구로 내려가기 전에 진영은 전면에 보이는 성당을 물끄러미 바라보았다. 노트르담 성당이 한눈에 들어왔다. 전형적인 초기 고딕 양식의 성당이지만 그렇게 높지는 않았다. 성당 전면 가운데엔 아기 예수를 안은 성모 마리아 조각상이 있었다. 노트르담은 성모 마리아라는 뜻이다. 12세기 사람들의 현세에 대한 집착과 구원에 대한 염원이 저런 거대한 성당으로 나타난 것이다. 하지만 노트르담 성당의 진짜 명물은 저 성모 마리아 조각이 아니었다. 천장부터 건물 모서리에 이르기까지 수없이 많이 조각된 악마들이었다. 근처 관광 기념품 상점들에 진열된 사진 엽서에도 갖가지 자세와 표정의 악마상들이 찍혀 있었다. 욥을 몰락시키고 여호수아와 대적하고 예수를 시험하는 존재, 그리고 유다를 매수하여 예수를 팔게 한 악마상들이 왜 그렇게 많이 조각되어 있을까? 진영은 그 악마가 누구인지 알고 싶어졌다. 혜정이 악마의 손에 들어 있다고 생각한 뒤부터.

칼과 피
2005년 9월 2일

진영은 아침 일찍 일어나 오렌지 주스를 한 잔 마시고 러닝 팬츠와 티셔츠를 입고 운동화를 신었다. 일 주일 전부터 계속되는 일과였다. 그는 대문 밖으로 나가 쿠르셀 대로를 뛰다가 집 건너편 몽소 공원으로 뛰어 들어갔다.

진영은 적당한 속도로 공원을 두 바퀴 돌았다. 2킬로미터 정도 뛴 셈이다. 몸에서 땀이 서서히 배어 나왔다. 진영은 공원 안쪽 가장 깊숙한 곳에 자리 잡은 태국에서 만든 불상 옆으로 뛰어갔다. 13세기경에 만든 돌부처로 약탈하여 가져다 놓은 것이었다. 진영은 돌부처 옆의 평평한 바위에 편안하게 앉아 호흡을 조절했다.

5분쯤 지나자 진영의 호흡이 서서히 느려졌다. 단전 호흡을 통해 몸 안의 탁한 기운을 내몰고 대기의 맑은 기운을 받아 몸 안에 갈무리하는 것이다. 단전 호흡이 끝나자 진영은 바위에서 내려와 가만히 서서 천천히 손과 발을 움직여 합기도의 기본 동작들을 했다. 동작은 아주 부드러웠다. 사랑하는 여인을 안고 애무하는 것만 같았다. 하지만 속도가 점점 빨라지면서 움직임도 격렬해졌다. 부드러움과 강함이 어우러지고 빠르고 느린 것이 자연스럽게 연결됐다.

약 20분 동안 수련을 한 진영은 바위에 앉아 호흡을 조절했다. 잠시 후 진영은 다시 바위에서 내려와 다른 무술을 수련하기 시작했다. 태권도를 바탕으로 발전시킨 한국 육군의 특공 무술이었다. 진영은 그동안 합기도 수련은 꾸준히 해 왔지만, 특공 무술은 되도록 하지 않았다. 그저 가끔 잊어버리지 않을 정도로만 수련해 왔던 것이다. 하지만 일 주일 전부터는 방어적 성격이 강한 합기도보다는 상대를 최대한 빨리, 완전 제압한다는 목적에 충실한 특공 무술의 수련 시간을 훨씬 더 늘렸다.

진영은 군 생활 대부분을 특공 무술을 하면서 보냈다. 강원도 동부에 있는 육군 8군단 특공 연대의 교관으로 근무한 것이다. 맨손이나 대검으로 상대를 가장 효과적으로 죽이는 기술의 지도를 맡은 것은 진영의 의지와는 관계가 없었다. 군 입대 전에 이미 합기도 4단, 태권도 2단의 실력을 가진 그를 군에서 가만 놔두지 않았던 것뿐이었다.

진영은 눈앞에 있는 적을 향해 자유로이 온몸을 사용했다. 근처를 달리던 프랑스 사람들 몇몇이 서서 구경을 하기 시작했다. 그들 눈엔 신기한 광경인 듯했다. 뤽상부르 정원 같은 곳에는 중국의 태극권을 연마하는 단체가 있을 정도지만 몽소 공원은 지역 특성상 동양인들을 거의 볼 수 없었던 것이다.

진영이 수련을 끝내자 몇몇 구경꾼이 박수를 쳤다. 진영은 그들을 무시하고 숨을 천천히 고르고 난 후 몽소 공원의 입구 쪽으로 가볍게 달렸다.

집으로 돌아와 샤워를 마치고 간단히 아침 식사를 한 진영은 짐을 꾸렸다. 푸른색 트렁크에 옷가지들과 사전 등 책 몇 권, 세면도구와 면도 크림 등을 넣었다. 그리고 침대 옆에 두었던 혜정의 사진을 넣고 트렁크를 닫은 뒤 책가방으로 사용하던 작은 배낭에는 여권, 다이어리, 담배 등 잡다한 물건들을 쓸어 담았다. 물론 은행에서 찾은 현금도 봉투에 담아 넣었다.

마지막으로 진영은 침대 매트리스를 들어 올리고는 한가운데 요철 부분에서 갈색 천으로 싼 길쭉한 물건을 꺼내 들었다. 나이프였다.

마그네슘 처리된 강화 플라스틱 칼집을 잡고 천천히 손잡이를 당기자 18센티미터 정도의 칼날이 모습을 드러냈다. 검은색으로 코팅된 몸체 위쪽으로 'Emerson USA'라는 상표가 새겨져 있고 그 아래쪽으로는 시퍼런 칼날이 세워져 있었다.

진영은 오른손으로 손잡이를 잡고 왼손 엄지손가락으로 칼날을 점검해 보았다. 물론 문제가 있을 리 없었다. 5년 전 바스티유 광장 근처의 상점에서 구입한 이후 심란할 때마다 꺼내서 닦아 준 것 외에는 사용한 적이 없었으니까.

진영은 책상 위에서 종이 한 장을 들어 올렸다가 허공에 놓으면서 오른손에 든 칼날을 가볍게 휘둘렀다. 종이는 아무 기척도 없이 허공에서 두 쪽으로 잘려서 바닥에 떨어졌.

나이프를 배낭에 집어넣은 진영은 전날 백화점에서 구입한 활동복과 천연 고무로 바닥이 처리된 검은색 트래킹 부츠를 신고 짐을 밖으로 들고 나와 미쓰비시 파제로에 싣기 시작했다.

　진영은 포르트아니에르를 거쳐 북동쪽 방향으로 뻗어 있는 A1 고속도로를 달려 벨기에 쪽으로 방향을 잡았다. 실내에는 라흐마니노프의 피아노 협주곡 제2번의 장중하면서도 서글픈 느낌을 주는 도입부가 차분히 흘러나왔다. 블라디미르 아슈케나지 특유의 서정적인 건반 연주가 편안하게 진영의 온몸을 적셔 주었다.
　어제 오전에 진영은 주영복 영사의 전화를 받았다. 유진이 발견된 후 대사관 쪽에서 한국에 있는 집으로 연락을 했던 모양이었다. 유진과 혜정의 아버지는 엊저녁에 드골 공항에 도착하여 탈리스 고속 열차 편으로 브뤼셀로 가 있었다. 주 영사는 같이 공항에 가지 않겠느냐고 물었지만 진영은 거절했다. 혜정의 아버지를 만나면 감정이 격해져 냉정하게 일을 처리하는 데 방해가 될 것 같았기 때문이었다.
　옅은 회색 구름이 간간히 흐르던 하늘은 어느새 짙은 잿빛으로 바뀌었고 굵은 빗방울이 조금씩 차창에 부딪히기 시작했다. 진영은 태우던 담배를 재떨이에 비벼 끄고 휴대 전화에 꽂혀 있는 이어폰을 귀에 끼웠다.
　"네, 김진영입니다."
　"여보세요. 주영복인데요, 김진영 씨 지금 어디에요?"
　"영사님, 지금 브뤼헤로 올라가는 중입니다."
　"그래요? 어제 피해자 아버님 두 분이 브뤼셀로 간 것은 아시죠? 박영철 영사가 오늘 아침에 같이 브뤼헤로 가서 병원하고 경찰서에 들렸던 모양입니다. 조금 전 박 영사한테 전화가 왔는데 김진영 씨가 몇 시쯤 브뤼헤에 도착하는지 알고 싶어하네요. 지금 브뤼헤에서 기다리는 모양이에요."

"제가 박 영사님께 직접 연락드리지요."

"알겠습니다. 김진영 씨, 무슨 일 있으면 꼭 연락주십시오."

박영철 영사와 경찰서 앞 카페에서 만나기로 한 진영은 차체에 부딪히는 빗소리와 어우러지는 라흐마니노프의 피아노 협주곡을 즐기기 시작했다. 차창을 조금 열자 서늘한 바깥 공기가 세차게 밀려 들어왔고 가끔씩 굵은 빗방울들이 왼쪽 팔에 부딪혔다. 차가운 느낌에 정신이 점점 더 맑아지는 듯했다.

한국에서 온 방문객들이 다녀간 후 얀 경사는 두 손을 깍지 끼어 뒤통수에 대고는 의자에 기대어 뭔가를 곰곰이 생각하고 있었다. 얀의 보좌역인 파스칼 경위가 들어와서 경례를 붙였다. 얀은 깍지 꼈던 손을 풀고 책상에 다가앉았다.

"얀 경사님, 말씀하신 요트 리스트입니다. 8월 26일과 27일 이틀 동안 체브뤼헤 인근 요트 정박장에서 출항한 리스트입니다."

"수고했네. 어디 보자고. 얼마나 되나?"

"휴가철이라 제법 많습니다. 한 200척 됩니다."

"예상보다 많군. 이중에서 선체 길이가 10미터 이하인 작은 배들은 빼자고. 중형 요트 이상이라고 했으니까. 한밤중에 약 500미터 거리에서 보일 정도라면 사실 더 크게 잡아야겠지만……."

두 사람은 리스트를 두 부분으로 나눠서 체크해 나갔다. 오래지 않아 두 사람은 50척 정도로 범위를 좁힐 수 있었다. 파스칼에게 다시 리스트를 건네며 얀은 지시를 내렸다.

"이중에서 27일 이전에 이곳에서 100킬로미터 이상 떨어진 항구에 입항한 기록이 있는 배들은 빼고 다시 정리해 주게. 그 밖의 요트에 대해서는 출항 후 사흘 정도의 항해 기록을 추적해서 보고해 주게."

"알겠습니다. 서둘러 처리하겠습니다."

경례를 하고 파스칼은 다시 사무실 밖으로 나갔다. 얀은 책상 위에 있는 메모지 하나를 들고 간단히 메모를 했다.

CATANA 652 / 체브뤼헤 / 로베르 드 레미 / 리베로 70

얀은 노란색 메모지를 청바지 오른쪽 주머니에 넣고 자리에서 일어났다. 얀이 천천히 경찰서 현관 앞으로 나오자 입구에 있던 제복 경관이 거수경례를 해 왔다. 경례를 받는 둥 마는 둥 하면서 얀은 브뤼헤 시내 거리로 걸어 나왔다.

날씨가 좋지 않았다. 곧 비가 떨어질 것만 같았다. 경찰서 앞에서 50미터 정도 거리에 있는 카페 앞을 지나려는 순간 얀의 눈에 외교관 번호판의 소나타 자동차가 보였다.

얀은 걸음을 멈추고 살짝 그 안을 바라보았다. 박영철 영사와 납치된 한국 여학생의 아버지 두 명이 김진영과 함께 앉아 있었다. 심각한 표정이었다. 그들과 다시 마주치고 싶지 않은 듯 그는 뒤돌아서서 경찰서 앞 좌측 골목으로 갔다. 거대한 성당의 첨탑이 시야를 가로막았다.

브뤼헤의 상징 중 하나로, 중세 유럽 성지 순례의 중요한 기점이었던 성혈 사원의 첨탑이었다. 12세기 로마네스크 양식의 사원 위에 거대한 고딕 성당을 갖다 붙인 형태의 이 성당은 겉모양이나 규모 때문에 유명한 것만은 아니었다. 12세기 말 제1차 십자군 전쟁에 참가한 플랑드르 백작 티에리 달사스가 예루살렘에서 가져온 예수님의 성혈을 브뤼헤에 기증했는데, 그것은 부르크 광장에 있는 성 바실 교회에 잠깐 보관한 이후로 계속 이곳 성혈 사원에 있었다. 매주 금요일에 천연 수정관에 들어간 채 황금과 보석으로 치장한 예수님의 혈흔이 일반 신자들에게 공개되었고, 이를 보려는 성지 순례객들이 전 유럽에서 모여들곤 했던 것이다.

얀도 어렸을 적에 신앙심 깊은 어머니나 고모들의 손을 잡고 와서 성혈을 보고 성호를 그으며 바닥에 무릎을 꿇고 앉아 기도했던 추억이 있었다. 하지만 지금 얀은 그쪽에 관심이 전혀 없었다. 골목길 안으로 성혈 사원의 뒤뜰로 연결된 작은 문이 보였다. 얀은 그곳으로 들어가 사원 뒤뜰의 벤치 중 하나에 앉았다. 주위에 인적이 있는지를 잠시 살핀 뒤 휴대 전화를 들었다.

"여보세요. 얀입니다. 브뤼헤 경찰서의 얀 말입니다."

"오랜만이군. 무슨 일인가?"

"리베로 70이라는 이름의 요트를 가지고 계시지요? 카타나 사제품인 것 같군요. 상당히 비싼 물건일 텐데요. 부자이신 드 레미 남작께도 말이지요."

"용건만 말하게. 피차 바쁜 몸이니까."

"누군가, 아주 바보 같은 누군가가 이 배에서 약물 중독으로 사경에 빠진 한 동양 여자를 바다에 흘렸습니다. 여자 엉덩이에는 고딕체 A의 낙인이 찍혀 있고요."

전화 저편에선 잠시 아무 반응도 없었다. 잠시 후 그 목소리가 물어 왔다.

"여자는 지금 어떻게 됐지?"

"성 카트린 병원의 정신 병동에 입원 중입니다. 혼수상태에서 깨어나지는 않았지만 생명에는 지장이 없다더군요."

"곧 조치하겠네."

"리베로 70이라는 멋진 요트의 항적 기록도 손봐야 할 겁니다. 오늘 오후 5시 정도면 이미 늦으니까 그전에 처리하시는 것이 좋겠습니다."

"물론이지. 고맙네. 나중에 저녁이나 같이하지. 이번 주 중에 집에서 만찬을 벌일 계획이야. 그때 초청하도록 하지."

"저는 이제 점심을 먹어야겠습니다. 안녕히 계십시오."

얀 경사는 손에 들고 있던 메모지를 구겨서 3미터 정도 떨어져 있는 휴지통을 향해 던졌다. 메모지 뭉치가 포물선을 그리며 정확하게 휴지통 안으로 떨어지자 얀 경사는 한 차례 싱긋 웃고는 벤치에서 일어섰다.

브뤼헤 시내는 어디든 10분 정도면 걸어갈 수 있었다. 이비스 호텔에 여장을 푼 진영은 항상 가지고 다니는 작은 배낭에서 브뤼헤 시내 지도를 꺼내서 도서관 위치를 확인했다. 니콜 형사와 만나기로 한 장소였다.

시립 도서관 앞에는 작은 광장이 있었고 벤치에는 학생으로 보이는 젊은 남녀들이 떠들고 있었다. 니콜은 갈색 원피스에 선글라스를 끼고 한쪽에 앉아 있었다.

두 사람은 만나자마자 자연스럽게 프랑스식으로 볼에 네 번 입맞춤을 했다. 비주라는 인사법이었다. 니콜은 진영을 안내하여 근처의 조용한 카페로 자리를 옮겼다.

"뇌샤텔은 어떻습니까."

"어제 오후에 왔어요. 한적하더군요. 어떻게 보면 로맨틱하고 어떻게 보면 으스스하고요. 500년이 넘은 건물이 갖는 묘한 분위기 있잖아요?"

"수상한 것은 없었습니까?"

"진영 씨가 경찰인 모양이네요."

니콜은 웃으면서 받아쳤다. 진영은 약간 겸연쩍었다.

"진영 씨, 지금은 공격할 시기가 아니에요. 수비할 시기죠. 급할수록 세밀하게 그물을 짜야 하는 거예요. 그래야 역습 기회가 주어질 겁니다. 현재로서는 뇌샤텔의 역사와 브뤼헤 유력 인사들의 가계도 등 공부할 게 너무 많아요. 알랭이 파악한 게 맞다면 우리는 제일 먼저 두꺼운 역사 책부터 뒤져야 해요. 지금 우리 손에 있는 가장 큰 미끼는 유진 씨예요. 아마 그들은 이미 유진 씨가 살아 있다는 걸 파악했을 거예요. 당연히 노리겠지요. 그 일에 대비해야 합니다."

진영은 할 말을 잃고 니콜이 가지고 온 두꺼운 책 두 권에 눈길을 보냈다. 니콜은 책의 제목 부분을 진영에게 보여 주었다.

"하나는 뇌샤텔의 건축 기록이고, 다른 하나는 15세기에서 17세기 사이에 브뤼헤에서 일어난 주요 사건 기록이에요. 다행히 모두 프랑스어로 기록되어 있네요. 플라망어는 질색이거든요."

"이런 책들은 읽기 어렵지 않습니까."

"몽펠리에 대학에서 역사를 전공했어요. 「페스트와 중세 유럽의 붕괴」로 석사 학위 논문도 썼고요. 이 정도는 그리 어려운 문헌이 아니에요."

니콜은 에스프레소 커피를 마저 마시고 지갑을 꺼내 계산을 했다.

"이제부터 진영 씨가 있어야 할 곳은 병원이에요. 가능한 한 우리 둘은 만나지 말아야 해요. 유진 씨를 노리는 놈들은 아마 진영 씨도 감시할 거예요. 저까지 노출될 수는 없지요."

니콜은 진영의 대답을 기다리지 않고 일어서서 밖으로 나갔다.

진영이 경찰서로 들어서자 안은 가벼운 몸짓으로 악수를 청했다. 진영의 아귀 힘이 다소 강하게 느껴졌다. 진영의 모습은 어딘가 변해 있었다. 15년 동안 경찰 생활을 한 덕분에 안은 사람 눈빛을 어느 정도 읽을 줄 알았다. 진영의 눈빛은 시퍼렇게 날이 선 단검처럼 예리했다. 흉내 낼 수도 감출 수도 없는 눈빛이었다.

"브뤼헤에 남아 계실 줄 알았는데 바로 파리로 가셨더군요. 유진 씨는 아직 그대로입니다. 수사도 별 진척이 없고요."

"파리에서 할 일이 있었습니다. 마침 혜정 씨와 유진 씨의 아버님도 여기에 오시고 해서 말이지요."

"한국 대사관의 박 영사와 피해자 아버지 두 분은 오전에 만났습니다. 별로 해 줄 말이 없더군요."

"수사는 진척이 전혀 없습니까?"

진영은 얀 경사의 눈을 정면으로 바라보며 물었다.

"목격자가 봤다는 요트를 추적하고 있습니다. 거의 유일한 단서니까요. 물론 이유진 씨의 의식이 돌아온다면 이야기가 전혀 달라지겠지만."

"유진 씨는 누가 지켜 주고 있습니까?"

"원래 성 카트린 병원의 정신 병동은 아무나 들어갈 수 없게 되어 있습니다. 환자들이 탈출하지 못하도록 이중 삼중으로 철책이 쳐져 있으니까요. 게다가 6층 엘리베이터를 내리면 우리 서에서 파견한 정복 경관을 지나야 합니다. 정신 병동은 원래 면회가 거의 없는 곳이고 유동 인원도 없다 보니 그 정도면 충분할 것으로 판단하고 있습니다."

"그렇겠군요. 저도 자주 가 보려고 하는데 출입에 지장은 없겠지요?"

"마틸드 박사님께 이야기해 놓았습니다. 당신과 실종자 부친 두 분은 언제든지 면회가 허용될 겁니다. 의사가 반대하지 않는 한 말입니다."

진영은 병원 아래층 현관의 안내 데스크에서 방문 허가를 받았다. 6층에 내리자 약간 상기된 표정의 경관이 맞았다. 그에게 여권을 보여 주면서 진영은 얀 경사의 허가를 받았으며, 마틸드 박사의 동의도 구했음을 알렸다. 경관은 여권을 들고 휴대 전화로 본서에 확인한 후에야 진영을 통과시켰다.

사무실로 들어서던 마틸드가 반갑게 진영을 맞았다.

"어서 오세요. 오래 기다리셨죠? 앉으시지요."

"며칠 전이었는데 무척 오랜만에 뵙는 듯합니다."

"마음고생이 심했을 테니까요. 그나저나 유진 씨는 별 차도가 없습니다. 완전히 혼수상태는 아니지만 바깥 세계와 소통을 거부하고 있습니다. 우리도 슬슬 무언가를 해 봐야 할 듯한데. 진영 씨 도움이 필요할 것 같습니다."

"최선을 다하겠습니다."

"내일부터 한두 시간씩 진영 씨가 곁에 있어 주세요. 유진 씨에게 투여하던 신경 안정제를 오늘밤부터 중단하겠습니다. 그럼 내일 아침에는 깨어날 겁니다. 어떤 반응을 보이는지에 따라 차후에 대처해 갈 겁니다. 첫날이니까 일찍 와 주세요. 유진 씨가 정신이 들 때 진영 씨가 옆에 있는 것이 좋을 것 같습니다. 그동안 몇 번 깨어났을 때는 옆에 있던 간호사들이나 의사들을 보고도 쇼크 반응을 일으켰습니다. 진영 씨라면 좀 다를지 않을까 싶어서요."

"유진 씨 아버님도 같이 올까요?"

"안 됩니다. 이유진 씨 아버님은 현재 감정 조절이 안 되는 상황입니다. 오히려 나쁜 결과를 빚을 겁니다. 당분간 그분은 이유진 씨가 잠들어 있을 때만 면회를 허락할 겁니다. 명심할 것은 유진 씨가 따뜻한 사랑을 느낄 수 있도록 진영 씨가 행동해야 한다는 겁니다. 보호받고 있다고 느끼도록 해 주세요. 표정이나 눈빛만으로요. 그다음 유진 씨가 어떤 반응을 보이는지 기다려 보자고요."

"알겠습니다. 그럼 내일 아침 몇 시쯤 올까요?"

"8시쯤이 좋겠네요."

"그렇게 하겠습니다. 좀 부탁드릴 일이 있습니다. 밤에 제가 여기 머물 수 있을까요?"

마틸드는 조금 굳은 표정으로 손에 든 볼펜으로 책상을 톡톡 쳤다.

"왜 진영 씨가 여기서 밤을 보내야 하지요?"

"들어오기 전에 밖에 있는 경관과 잠시 이야기를 나눴습니다. 밤 12시부터 아침 6시까지는 경찰이 없더군요. 그때 누군가가 증거를 없애려고 유진 씨를 공격할 수도 있다는 생각이 듭니다. 저라도 유진 씨를 지켜야 할 듯해서요."

"그 문제는 얀 경사와 상의해 보겠습니다만 어려울 듯합니다. 병원 규정상 그 시간에는 당직 근무자들 외에는 아무도 병원에 있을 수 없습니다. 외부인은 말할 것도 없고요. 야간에도 경찰을 배치해 달라고 부탁해 보겠습니다. 그런데 그게 그렇게 필요한지 모르겠네요."

"개망나니 한두 명이 유진 씨를 저렇게 만든 것이 아닙니다. 커다란 범죄 조직이 저지른 일입니다. 만약 유진 씨가 살아 있다는 사실을 그쪽에서 안다면 유진 씨를 그대로 둘까요? 이건 유진 씨 한 사람만이 아니라 여러 생명이 걸린 문제입니다."

"무슨 이야기인지 알겠지만 이 병원의 야간 경비를 맡은 경비 업체는 아주 우수하다는 평을 받고 있습니다. 너무 걱정 마세요. 브뤼헤는 할리우드 영화 장면 같은 일들이 일어나는 곳이 아닙니다."

"알았습니다. 박사님 말씀을 믿도록 하지요. 저는 갔다가 내일 아침에 오겠습니다."

진영은 유진을 한 번 볼 수 있게 해 달라고 부탁하려다가 그냥 일어났다. 자는 그녀를 본들 뭐가 달라질 것 같지도 않았고 보면 또다시 마음이 아플까 봐 두려워서였다.

인신 공양

2005년 9월 7일

어제 저녁에 꽤 많이 내렸던 비가 그치고 깨끗한 아침 햇살이 브뤼헤 전체의 붉은 벽돌들에 비치고 있었다. 진영은 아침 일찍 일어나 운동을 하고 간단한 복장으로 호텔을 나서서 성 카트린 병원으로 갔다.

마틸드는 반갑게 진영을 맞이했다.

"아마 곧 의식이 들 거예요. 진영 씨 혼자 있는 것이 좋겠어요. 어제 이야기한 대로만 하세요. 만약 무슨 일이 생기면 침대 옆에 있는 붉은 단추를 누르세요. 바로 달려오겠습니다."

진영이 병실에 들어서자 문이 소리 없이 닫혔다. 진영은 천천히 걸어서 유진의 침대 쪽으로 다가섰다. 커튼이 완전히 젖혀 있었고, 창문은 열려 있었다. 신선한 아침 공기가 아침 햇살과 더불어 병실에 가득 차 있었다. 지저귀는 새소리도 들려왔다. 잠들어 있는 유진의 얼굴이 무척 편안해 보였다. 피부는 윤기가 흘렀고 혈색도 좋아 보였다. 진영은 침대 옆 의자에 조용히 앉아서 기다렸다.

거의 한 시간 정도가 지나자 유진이 처음으로 움직임을 보였다. 오른쪽 손끝이 조금 움직이더니 속눈썹이 떨렸다. 진영은 가만히 앉아 내내 보고만 있었다.

잠시 후 유진이 두 눈을 떴다. 멍한 눈빛이 그냥 허공에 머무르다가 진영 쪽으로 옮겨와서 흘낏 보고는 다시 천장 쪽으로 갔다. 한동안 그러고 있다가 다시 진영을 바라봤다. 몽롱한 유진의 시선을 받으며 진영은 그대로 있었다. 이야기를 하고 싶었지만 마틸드의 지시를 상기하면서 꾹 참았다.

그 상태가 한 시간가량 계속되었다. 유진을 잡고 혜정의 행방을 묻고 싶은 욕망이 무럭무럭 피어 올랐다. 유진의 백치에 가까운 눈빛 앞에서 진영 역시 백치가 되는 듯한 느낌이 들었다. 잠시 후 병실 문이 열리고 마틸드와 간호사가 들어왔다.

간호사는 들어오자마자 유진의 몸과 연결된 심압계와 뇌파 탐지기의 데이터를 차트에 기록하기 시작했고, 마틸드는 유진의 표정과 반응을 살폈다. 간호사가 이것저것 기록한 서류를 마틸드에게 넘기고 병실을 나가자 마틸드는 진영의 어깨를 툭툭 쳐서 밖으로 나가자는 시늉을 했다. 병실을 나오기 직전에 진영은 살짝 유진을 바라보았다. 그녀는 아무 움직임도 없었다.

"처음치고는 아주 훌륭하군요. 뇌파도 안정되어 있고 심장 박동도 변화가 없었어요."

마틸드는 금방 병실에서 들고 나온 서류를 보면서 일지에 메모를 했다.

"특별한 반응이 있었나요? 진영 씨를 처음 봤을 때 어떤 반응을 보이던가요?"

"그냥 멍하니 보고만 있던데요. 아무 말도 없이요. 한 5분 정도였을 거예요. 그 시간 말고는 허공만 보고 있었어요."

"그래요? 고무적입니다. 진영 씨를 보고도 아무런 감정적 혼란이 없었다는 것이지요. 이제부터는 신경 안정제 투입을 줄일 겁니다. 식사도 조금씩 줘 봐야겠어요."

"제가 계속 옆에 있어야 할까요?"

"아니요. 그럴 필요 없습니다. 당분간 하루 두 시간 정도만 곁에 있다가 천천히 시간을 늘려 갑시다."

"다행이군요. 정상적인 사고와 대화가 가능하려면 얼마나 기다려야 할까요?"

"이제 시작이에요. 예측할 수가 없어요. 그저 최선을 다하면서 기다려야 합니다. 유진 씨는 단순히 육체적인 학대만 당한 것이 아니고 상상할 수 없는 정신적 학대도 받았어요. 더구나 상당한 수준의 약물까지 투여받았고요. 일단 약물 중화 요법을 시작하겠지만 시간을 예측할 수는 없습니다."

"알고는 있습니다만……."

진영은 말끝을 흐리면서 창 밖을 바라보았다. 고운 아침 햇살이 반짝이고 있었다.

알랭 경사는 이틀째 퇴근 없이 일하고 있었다. 어젯밤에 드디어 악마 추종 사이트를 운영하던 남자를 연행해 왔다. 이름은 장 뤽 케트너, 나이는 마흔두 살, 아직 독신으로 직업은 중학교 역사 교사였다. 아버지는 네덜란드계 프랑스 인이고, 어머니는 독일계 프랑스인이었다.

컴퓨터 수사과에서 전화가 걸려 온 것은 벨기에에 있는 니콜과 막 통화를 끝낸 직후였다. 벨기에 쪽에서는 아직 아무 단서도 없는 모양이었다.

"장 피에르입니다. 조금 전에 케트너의 하드 디스크를 완전히 복구했습니다. 관심을 가지실 만한 것들이 꽤 많더군요. 지금 나머지 시디롬이나 플로피 디스크들을 뒤지고 있습니다마는 어쨌든 우리가 필요한 것들은 대충 찾은 것 같습니다."

"그래요? 뭐가 있던가요?"

"전체 용량이 5기가바이트 정도입니다. 말로 설명할 상황은 아닌 것 같고 내려오시지요. 보람이 있을 겁니다."

"기대되는군요. 바로 가겠습니다."

알랭은 인터폰을 눌러서 장 뤽의 조사를 맡고 있는 로마노 경위를 불렀다.

"날세. 뭐가 좀 되어 가나?"

"아니요. 이 친구 입을 안 열고 있습니다. 뭣 때문인지 철저한 묵비권 행사예요."

"저쪽 기계 만지는 친구들이 큰소리를 치고 있네. 좋은 선물을 주겠다고 말이지."

"기대되는군요. 그쪽에서 대단한 것을 찾았다면 이쪽도 진도를 좀 나가야겠지요?"

"그래, 수고해 줘. 나는 지금 그 선물 상자를 보러 갈 거야. 잔뜩 싸 가지고 오겠네."

컴퓨터 범죄 수사과는 사무실 전체가 온갖 종류의 컴퓨터와 그 부품들로 뒤덮여 있었다. 몇몇 요원들이 그 틈에 앉아서 일하고 있었다.

장 피에르는 경찰관보다는 컴퓨터 가게 주인 같은 인상이었다. 배가 많이 나왔고 지저분한 티셔츠에는 빨갛고 노란 얼룩이 져 있었다. 그는 착해 보이는 얼굴에 자꾸 흘러내리는 안경을 계속 추켜올리면서 분해된 채 작동하고 있는 컴퓨터 앞에 앉았다.

"의자를 들고 와서 옆에 앉으시지요. 동영상이 제법 기니까요."

알랭은 구석에 놓인 작은 간이 의자를 들고 와서 장 피에르 옆에 나란히 놓고 앉았다.

"그 친구 온갖 지저분한 것들을 많이 모아 놓았더군요. 먼저 보실 건 그 집에서 찾아낸 외장형 하드 디스크 두 개 중 하나에 담겼던 것들입니다. 지워졌던 것을 다시 살려 냈습니다. 상태가 썩 좋지는 않지만 보실 만할 겁니다."

장은 첫 번째 동영상을 재생했다.

화면은 전체적으로 어두웠고 화질도 썩 좋지 않았지만 촬영 기자재가 제법 고급품인 듯했고 촬영 솜씨도 전문가 급이었다. 장소는 그다지 넓지 않은 지하실이었다. 창문은 전혀 없고 벽면에는 꽤 큰 역십자가가 걸려 있었다. 역십자가는 일반적으로 십자가에 거꾸로 매달려 순교한 베드로를 상징했지만 적그리스도의 승리를 뜻하는 악마 숭배의 상징이기도 했다.

역십자가 아래의 제단 위에 하얀 가면을 쓰고 검은색 망토를 걸친 미사 주재자가 서 있었고 그 앞에는 비슷한 복장의 사람들이 10여 명 정도 의자에 앉아 있었다. 아쉽게도 소리는 들을 수가 없었다. 뭔가 의식을 집전하는 모습이지만 내용은 전혀 알 수 없었다. 약 10분간 비슷하게 지루한 장면이 계속되었다.

"화면을 뒤로 좀 돌려 보겠습니다. 한 30분간 저런 모습이니까요. 소리는 재생되지 않습니다. 아마 장 뤽이라는 친구가 저 동영상을 다운받았을 때도 소리는 소거되어 있는 상태였을 겁니다."

장은 마우스를 움직여서 화면을 뒤로 돌렸다. 잠시 후 조금 바뀐 화면이 나왔다. 사람들이 그새 모두 일어섰고 의자들도 사라졌다. 검은색 망토를 걸친 두 사람 손에 이끌려 흰색 망토를 걸친 두 사람이 들어왔다. 자세히 보이지는 않았지만 가면을 쓴 것 같지는 않았다. 사람들이 한가운데를 비운 채 둥글게 서기 시작했다. 대리석으로 장식된 바닥에는 이상한 모양의 도형이 새겨져 있었다. 거대한 원 안에 원의 내부와 만나는 여섯 개의 꼭짓점을 가진 별이 그려져 있었고, 별 가운데에는 인간의 눈이 그려져 있었다. 원에 갇혀 있는 다윗의 별과 그 안의 눈동자가 기괴한 분위기를 연출했다.

일반적으로 정삼각형 두 개가 맞물린 모양의 별을 다윗의 별이라고 한다. 구약 시대에 다윗이 이런 형태의 방패를 사용하여 승리한 이후 유대인들은 이 표식을 승리와 행운의 상징으로 사용해왔다. 그리고 17세기경부터 체코의 프라하에 거주하던 유태인 공동체가 처음으로 이 별을 자신들의 상징으로 사용했다. 그 이후 다윗의 별은 전 세계에 흩어져 사는 유태인들의 상징으로 받아들여졌고 제2차 세계 대전 중에 벌어진 나치의 유태인 학살 과정에서 유태인들에게 노란색 별 모양의 배지를 패용하게 하면서 유태인의 상징으로 굳어졌다. 새로 건국된 이스라엘 국기에도 다윗의 별이 들어갔으며, 지금은 유대 시오니즘의 상징으로 정해졌다. 그러나 이 도형이 유태인들만의 것은 아니었다. 아득한 고대 이전부터 두 개의 정삼각형이 거꾸로 결합된 육각 별 모양은 동, 서, 남, 북, 위, 아래, 즉 우주 전체를 상징하는 형태로 메소포타미아 등 중근동에서는 널리 쓰였다. 특히 원 안에 갇힌 다윗의 별은 악마의 상징으로, 가운데 그려진 인간의 눈은 인식과 지혜를 상징했다. 그 눈 모양은 이집트의 신 호루스의 눈을 본따서 그렸다고 추정되었다.

검은색 망토를 두른 열두 명이 원 가장자리에 둘러서고 막 끌려온 흰색 망토를 입은 사람 한 명이 원의 정중앙, 즉 눈동자 위에 세워졌다. 원을 에워싸고 있는 열두 명이 서서히 움직였다. 오른쪽으로 한 번, 왼쪽으로 한 번, 앞으로 살짝, 뒤로 살짝, 정해진 스텝과 박자에 맞추어 원을 따라 도는 듯했다. 조금 전 의식을 집전했던 사람이 원 가운데로 들어오자 주위 사람들은 계속 회전을 하면서 시선을 집중했다.

가운데에 있던 검은색 망토가 천천히 앞에 선 사람의 흰색 망토를 벗겨 냈다. 평범한 브로치 하나로 채워졌던 망토는 순식간에 흘러내려 떨어졌다. 원 가운데에 가죽 샌들만 신은 전라의 금발 여자가 보였다. 화면을 잡은 사람이 신경 쓰고 있는지 여자의 얼굴은 보이지 않았다. 주로 얼굴 옆면이 화면에 잡혔고 그나마 에워싸고 있는 검정 망토들에 가려 거의 볼 수 없었다.

여자는 열여섯에서 열여덟 살 정도 된 듯했다. 표정을 확인할 수는 없었지만 이렇다 할 반항이나 거부의 몸짓은 없었다. 가운데 같이 서 있던 검정 망토가 어떤 지시를 내렸는지 원 안의 소녀가 제자리에서 천천히 돌기 시작했다. 화면에 얼굴이 들어왔다. 상당히 아름다운 얼굴이었지만 눈동자는 어딘지 모르게 초점이 맞지 않는 것처럼 보였다. 소녀의 오른쪽 엉덩이에는 A자 형태의 낙인이 찍혀 있었다.

소녀가 세 바퀴 정도 더 돌고 나자 중앙에 있던 검정 망토가 어깨를 잡고 천천히 그녀를 앉혔다. 그리고 무릎을 꿇은 그녀의 얼굴 쪽으로 자신의 망토 사이로 꺼낸 검붉은 페니스를 가져갔다. 이제 원 주위를 돌던 사람들은 제자리에 섰다. 소녀의 얼굴 옆면에서 잡은 카메라 덕분에 소녀의 입 안으로 들락거리는 검붉은 페니스가 확연히 보였다.

잠시 후 검정 망토는 오럴 섹스를 중단시키고 그녀를 바닥에 눕혔다. 별의 여섯 꼭짓점 중 아래에 위치한 한 곳만 빼고 머리와 팔다리를 펴서 다섯 꼭지점에 맞춰진 상태였다. 자세를 점검한 검정 망토는 머리를 소녀의 머리와 정반대에 가도록 둔 채로 소녀의 몸에 겹치도록 올라가 누웠다.

알랭은 저런 체위로 삽입이 가능할까 하는 의문이 들었다. 검정 망토로 덮여서 잘 보이지는 않았지만 이리저리 애쓰는 남자의 둔부가 보였다. 하지만 그리 오래 걸리지는 않았다.

무표정이었던 소녀의 표정이 일그러지며 뭐라 소리치는 듯하자 원 주위에 있던 한 명이 두 사람에게 다가가 검정 망토를 벗겨냈다. 남자와 소녀가 반대 방향으로 겹쳐져 결합되어 있었다. 결합 부분을 화면으로 확인할 수는 없지만 남자의 둔부가 천천히 위아래로 움직이는 것으로 보아 확실했다. 망토를 걷어 낸 사람이 자기 자리로 돌아가자 열두 사람이 다시 원을 따라 옆 걸음으로

걸었다. 밑에 깔린 소녀의 엉덩이 밑으로 검붉은 피가 흘러나왔
다. 양이 많지 않은 것으로 보아 처녀 혈인 듯했다. 남자는 계속
위아래로 움직이다가 부르르 전신을 떨면서 움직임을 멈췄다. 남
자는 잠시 더 그대로 있다가 주위 사람들이 회전을 멈추자 일어섰
다. 아직 완전히 줄어들지 않은 페니스가 피가 묻은 이상한 색깔
로 번들거리며 흔들렸다.

소녀는 아무 기척도 없이 누워 있다가 검은 망토 두 사람에게
부축되어 일어났다. 소녀의 성기에서 흘러내린 처녀 혈이 묘하게
도 눈동자 부분에 집중적으로 묻어 있었다. 마치 눈이 피를 흘리
는 듯한 기괴한 모습이었다. 그 풍경에 흥분이라도 한 듯이 원을
둘러싸고 있던 열두 명이 검정 망토를 일제히 벗어던졌다. 그들뿐
아니라 주변에서 구경만 하고 있던 나머지 사람들도 검은색 망토
를 벗어 버렸다. 원 주위에 있던 열두 명은 다 남자였지만, 그 자
리에 있는 스물다섯 명 중 다섯 명이 여자였다. 거기에 방금 처녀
성을 잃은 소녀와 한구석에 그냥 서 있던 하얀색 망토를 입은 여
자도 옷을 벗은 채 무질서한 음욕의 향연에 휩쓸려 들어갔다.

그 후로는 집단 혼음이 시작되었다. 지하실 안에 있던 모든 사
람이 어울려 온갖 체위를 연출했다. 업무상 또는 사적으로 상당한
양의 포르노그래피 영상을 본 적이 있는 알랭은 모니터에서 조금
떨어져서 자세를 고친 다음 담배를 하나 피워 물었다.

"대단하군. 화면을 조금 뒤로 돌려 보지."

"그럴까요? 조금 뒤에 아주 중요한 것이 있습니다."

장은 다시 컴퓨터를 조작하여 동화상을 뒷부분으로 이동시켰
다. 바닥을 뒹굴던 사람들이 서서히 제정신을 찾은 듯 하나둘씩

일어나 검정 망토를 다시 썼다. 옆에 서 있다가 광란의 혼음에 이끌려 들어갔던 여자에게도 다시 하얀 망토가 입혀졌다. 그러나 의식은 그것으로 끝난 것이 아니었다. 한 명이 흰색 천을 들고 와 호루스의 눈 부분에 묻었던 소녀의 피를 닦아 냈다. 그리고 조금 전에 처녀성을 잃고 유린당했던 소녀를 다시 육각의 별 위에 눕혔다. 잠시 후 의식을 주재했고 소녀의 처녀성을 빼앗았던 남자가 이상한 물건을 들고 나타났다. 울퉁불퉁하게 황금으로 주조된 그 물건은 칼도 아니고 곤봉도 아니었다. 손잡이 부분에서 밑으로 내려갈수록 뾰족했다. 마치 돌을 쪼는 정 같았다. 황금으로 만든 동체에는 몇 가지 보석도 박혀 있는 것 같았다.

네 사람이 소녀의 손발을 나눠 잡았다. 그리고 황금 정을 든 사람은 소녀 옆에 무릎을 꿇고 앉아 두 손을 합쳐서 정을 머리 위로 쳐들더니 다음 순간 높이 들어 올렸던 황금 정을 소녀의 심장 부분에 꽂았다. 알랭은 경악했다. 소녀의 가슴에 꽂혔던 정이 몸에서 빠져나오면서 엄청난 피가 화면을 온통 뒤덮었다. 주위 사람들이 모두 일어나 양손을 들어 올리고 뭐라고 중얼거리는 듯했다.

잠시 후 모든 것이 사라지고 동영상도 끝이 났다. 알랭은 피우던 담배를 재떨이에 비벼 껐다. 그리고 한숨을 쉬었다.

"인신 공양이군. 예상한 대로야. 다른 것들은?"

"이것과 비슷한 동영상이 두 개 더 있습니다. 흑미사 장면이지요. 그것 말고 볼 만한 건 여자들을 데려다 놓고 고문하는 것들이지요. 보시겠습니까?"

"사진들은 어때? 특별한 게 없었나?"

"별볼일없습니다. 중요한 사진들은 대부분 동영상들을 캡처한 것들이니까요. 그 외의 사진들은 인터넷에서 떠도는 합법적인 영상들을 주워다 놓은 것들입니다. 그리고 악마적인 성향을 가진 사람들이 그린 일러스트들도 꽤 있고요. 그런 것들은 필요없지요?"

"고문 장면을 담은 영화 좀 볼까?"

"그러시지요. 나중에 좀 정리가 되고 나면 필요 없는 것들은 빼고 편집해서 보내 드리겠습니다."

장은 컴퓨터의 하드 디스크 드라이버를 하나 교체했다. 그리고 다시 부팅을 시켜서 다른 동영상이 재생됐다. 역시 소리는 들리지 않았다. 장소는 낯익은 곳이었다. 장 뤽의 웹페이지에 올라온 사진에서 본 그 장소였다. 여러 가지 형틀, 구속구, 채찍, 몽둥이 들이 갖춰져 있었고 익숙한 복장의 두 남자가 한 명의 여자를 데리고 들어오는 것으로 시작되었다.

여자는 머리 깊숙이 두건이 씌워져 있었다. 눈에 해당되는 곳에도 구멍은 없었다. 봄에 입는 청바지와 가죽 재킷, 목까지 올라오는 스웨터 등 젊은 층이 흔히 입는 옷차림을 하고 있었다. 하지만 녹색의 플라스틱 수갑으로 손이 뒤로 묶여 있었다.

경찰이나 특수 부대에서 많이 사용하는 일회용 플라스틱 수갑이었다. 주로 데모나 폭동 현장에서 대량의 체포자가 생길 경우 사용하는 물건이었다. 간단한 기계로 한 번 당겨서 묶으면 끊기 전에는 풀 수 없었다. 경찰과 특수 부대에서만 사용하는 물건이기 때문에 생산 회사도 적고 시중에서 유통되지도 않았다. 복면을 쓴 두 남자는 익숙한 솜씨로 여자의 손목에 있는 플라스틱 수갑을 나이프로 잘라서 풀어 주고 옷을 벗겼다. 두건만 남기고 옷을 다 벗긴 후 벽에 붙어 있는 X자 형태의 형틀에 사지를 묶어 고정했다.

그리고 두건을 벗겼다. 짙은 갈색 머리카락에 역시 어려 보이는 얼굴이었다. 공포에 질려서 뭐라고 애원했다.

복면을 쓴 한 남자가 여자의 다리 사이에 앉아서 성기 부분을 검사하는 듯했다. 진찰용 플래시를 사용하여 성기를 관찰하는 게 처녀막 검사를 모양이었다. 조금 전에 본 동영상에 나온 두 명의 희생자 중 한 명은 호루스의 눈 위에 자신의 처녀 혈을 묻히는 의식을 치른 후 제물로 희생됐지만 다른 한 여자는 대기하다가 혼음의 도가니에 끌려 들어갔던 것이 연상되었다. 납치 후 먼저 희생자의 처녀 여부부터 확인하는 듯했다.

화면 속의 여자가 처녀인지 알 수 없었지만 간단한 검사를 마친 후부터는 바로 고문이 시작되었다. 처음에는 주로 채찍으로 젖가슴과 배 부분을 때렸다. 한참 매질을 한 다음 발목을 묶은 밧줄을 일단 풀었다가 두 다리를 함께 묶었다. 그리고 천장의 로프에 함께 묶인 다리 끝을 걸어서 발바닥이 허공에 매달리도록 잡아 올렸다. 여자의 몸이 접혀 발바닥이 무방비 상태로 드러나자 굵직한 몽둥이로 사정 없이 발바닥을 때렸다.

알랭이 보건대 최대한 상처 없이 고통을 주려는 듯했다. 여자가 지르는 비명이 한없이 지하실을 가득 채웠지만 두 고문 집행인들은 개의치 않고 계속했다. 발바닥 학대가 끝나자 두 발을 묶은 밧줄을 더욱 당겨서 여자의 몸을 완전히 접어 올렸다.

이제 여자의 성기와 항문 등이 갈라진 엉덩이 살 사이로 두 남자 앞에 확실히 노출되었다. 고문 집행인 하나가 지하실 옆에 놓아둔 상자에서 남자의 성기처럼 생긴 검은색 막대기를 꺼내들고 여자의 성기에 삽입했다.

약 30센티미터 길이의 막대기가 절반 이상 삽입되자 다시 채찍질이 시작되었다. 희생자는 처녀가 아니었던 것이다. 이후 비슷한 장면들이 계속되다가 마지막에는 벌겋게 달군 A자 형태의 낙인을 희생자의 오른쪽 엉덩이에 찍고 소음순에 구멍을 뚫었다.

이 동영상이 어떤 의도로 촬영되었는지는 모르지만 한 여자가 납치되어 온갖 형태의 고문 끝에 짐승처럼 낙인이 찍힌 채로 끌려 나가는 과정이 정확하게 기록된 것만은 분명했다.

특이한 것은 고문 과정에서 어떠한 성기의 결합도 없었다는 것이다. 여러 가지 도구로 여성의 성기뿐 아니라 항문까지 학대했지만 두 고문 집행인은 자신들의 성기를 꺼낸 적도 없었고 손가락 하나도 삽입하지 않았다. 물론 연출된 가학성 변태 성향의 포르노그래피의 경우에도 삽입을 완전 배제 하는 경우가 꽤 있었다. 하지만 스너프 필름의 경우에는 어떤 형태로든 성기의 삽입과 사정이 있는 게 보통이었다.

알랭은 심호흡을 하면서 냉정히 그 문제를 생각하려고 애썼다. 지금 본 동영상 때문에 극도로 흥분한 탓에 정신을 집중하기가 어려웠다. 이전에 느껴 보지 못했을 만큼 커다란 흥분 때문에 알랭의 바지 가운데에서는 팽팽하게 발기한 성기가 자신의 존재를 시위하고 있었다. 애써 이를 숨기면서 알랭은 장을 바라보았다. 그 역시 눈동자가 충혈되어 있었고 가리려고 했지만 발기된 물건의 흔적이 생생히 드러나고 있었다.

알랭은 쓸쓸하게 웃었다. 눈이 마주친 장 역시 다른 쪽으로 몸을 돌리며 겸연쩍은 웃음을 보였다.

인간의 성적 본능은 과연 무엇일까? 인간에게 주어진 성욕은 단순히 자손을 생산하기 위해서만 존재하는 것일까? 아니었다. 인간의 성욕은 다른 동물들과는 전혀 달랐다. 인간에게는 발정기 없이 계속 발동하는 왕성한 성욕과 언제든 그 성욕에 복종하여 쾌락을 생산해 낼 수 있는 성 기관들이 있었던 것이다. 그리고 그러한 성욕을 극한까지 증폭해 주는 학대와 파괴와 지배의 욕구 등도 함께 있었다. 인간인 이상 누구도 이러한 인간의 본능에 저항할 수 없었다. 인류 역사상 극소수의 몇 명만이 그러한 욕구를 통제할 수 있었다고 간주되어 성인의 반열에 올라 추앙받아 온 것이다.

만일 우리가 신이 만든 피조물이라면 이렇게 집요하고 철저하고 끔찍한 욕구조차도 그 신이 주신 것일까? 아니면 신의 선한 의지로 선하게 만들어진 인간이 악마라고 하는 다른 강력한 존재로부터 타락과 죄업의 증표로 받은 것일까?

알랭은 자신을 굴복시키려고 하는 악마적인 욕구를 참아 보려고 노력했다. 무자비한 고문 집행인들의 매질과 고문 속에서 울부짖는 소녀를 보며 그녀를 동정하며 슬퍼하기보다는 오히려 그녀를 고문하고 학대하고 더해서 사정까지 하고 싶은 충동을 느꼈던 것이다.

알랭은 갑자기 자신이 없어졌다. 자신의 마음속 깊이 자리 잡고 있는 악마를 보았던 것이다. 모든 인간 속에 잠재하고 있는 그것을.

눈물

2005년 9월 10일

성 카트린 병원의 6층은 오늘도 평온했다.

병실 문을 열고 들어가자 이미 깨어 있던 유진이 약간 놀란 표정으로 그를 바라보고는 바로 얼굴을 돌려 창 밖을 보았다.

진영은 침대를 돌아 창 쪽을 바라보는 유진 앞으로 가서 등 뒤에 감추었던 꽃다발을 꺼내 보였다. 어림잡아 스무 송이는 됨직한 노란 장미 다발이었다. 진영은 살짝 미소를 지으며 꽃다발을 유진에게 건넸다. 삭막했던 병실 분위기가 일순간에 바뀌는 듯했다. 잠시 멍해 보이던 유진의 눈빛이 꽃다발에 초점을 맞췄다. 그리고 진영이 내민 노란 장미 한 다발을 가슴에 받아 안았다. 진영이 처음 보는 행복한 표정을 지으며 유진은 꽃다발을 안고 가만히 있었다.

진영은 침대 옆 의자에 앉아 그 모습을 보았다. 유진은 노란 장미들에서 시선을 거두지 않았다. 말이 전혀 없다는 점만 뺀다면 유진은 지극히 정상적인 상태로 보였다.

한동안 시간이 흐르자 유진은 소리 없이 눈물을 흘리기 시작했다.

당황한 진영은 의자에서 일어나 유진 옆으로 가서 얼굴을 바라보았다. 그러나 그 얼굴에선 아무런 감정도 느껴지지 않았다. 그저 눈물만 흘리고 있는 것이다. 진영은 조심스럽게 두 손을 유진의 얼굴로 가져가서 흐르는 눈물을 훔쳐 주었다. 진영의 손이 얼굴에 닿는 순간 유진의 몸이 부르르 떨렸다. 유진은 천천히 양 볼을 쓰다듬는 진영의 두 손을 그대로 둔 채 계속 노란 장미꽃들 속에 시선을 두었다. 진영은 자리로 다시 가 앉았다. 유진의 시선이 진영을 따라 움직이더니 막 의자에 앉은 그의 얼굴에 가서 정지했다.

진영은 그 눈빛에서 유진의 영혼이 조금씩 깨어나고 있는 것을 느꼈다. 하지만 다른 움직임 없이 유진의 눈빛을 따뜻하게 받고만 있었다. 잠시 후 병실 문이 열리고 마틸드와 담당 간호사가 들어왔다.

"아주 아름다운 풍경이네요. 정말 예쁜 꽃다발이에요."

진찰을 마친 후 마틸드는 쾌활한 목소리로 말했다.

"오늘부터는 좀 더 유진 씨 옆에 있어 주세요. 아마 곧 잠들 거예요. 그때까지만요."

진영은 말없이 고개를 끄덕였고 마틸드는 진영의 어깨를 가볍게 한 번 잡은 후 간호사와 같이 병실을 나갔다.

유진은 여전히 진영에게서 눈길을 돌리지 않은 채 누워 있었다. 그러다 20분쯤 후에 유진이 잠들자 진영은 조용히 병실에서 나와 마틸드의 방으로 갔다.

"어떻게 그런 생각을 했지요? 꽃다발 말이에요. 아주 좋은 징

조예요. 뇌파가 거의 정상으로 돌아왔어요. 식사도 조금씩 하고 있고요."

"그냥 꽃을 사 주고 싶었습니다. 좋아할 것 같아서요. 그런데 아까 유진 씨가 눈물을 흘렸어요. 박사님을 부르려다가 괜찮을 것 같아 그만두었습니다."

"저도 유진 씨 얼굴에 난 눈물 자국을 봤어요. 아주 좋은 징조입니다. 눈물은 마음의 상처를 씻어 내는 데 가장 좋은 약입니다. 유진 씨의 심리 상태가 정상을 찾아간다는 증거이기도 하고요. 내일부터는 오늘처럼 유진 씨가 다시 잠들 때까지 있어 주세요. 지금 유진 씨에게는 진영 씨가 유일한 의지처예요."

"그러지요. 내일 오겠습니다."

승마를 마친 드 레미 남작은 테라스에 놓인 야외 식탁에 앉아 있었다. 그는 검은색 장갑과 승마 모자를 벗어서 식탁 옆에 서 있던 하녀 중 한 명에게 건넸다.

드 레미는 조련사와 함께 멀어져 가는 진한 밤색 말을 흐뭇하게 바라보았다. 지난 4월 프랑스 도빌의 국제 경주마 경매 때 사 온 말로 만 세 살이 채 안 됐다. 혈통으로 보아 최상급 경주마가 될 수 있는 말이었다. 순한 성격이 조금 문제일 뿐 근골의 형태나 주력은 벌써 일품이었다. 한 1년만 더 잘 다듬어서 내년부터는 경주에 출전시킬 예정이었다. 경매에서 40만 유로를 써 내고 데려왔는데, 예상대로라면 5년 내로 본전이 회수될 것 같았다.

대리석으로 된 야외용 식탁 위에는 갖가지 음료수가 놓여 있었다.

"페리에로 줘."

남작은 옆에 서 있는 하녀에게 짧게 이야기하고 하얀 비단 수건으로 이마의 땀을 닦아 냈다. 하녀는 크리스털 잔에 얼음과 레몬을 담고 페리에 광천수를 따라 남작의 앞에 놓았다.

"얀이라는 분이 지금 이리로 오고 있다고 20분 전에 전화하셨습니다. 아주 중요한 일이니 꼭 만나셔야 한다고요. 곧 도착하실 겁니다."

드 레미는 묵묵히 페리에로 목을 축였다.

잠시 후 얀 경사의 파란색 푸조 306 승용차가 저택 입구 쪽에서 들어와 테라스에서 내려다보이는 현관 쪽에 멈춰 섰다. 차에서 내린 얀이 집사와 함께 저택으로 들어서는 게 보였다.

드 레미는 우아한 몸짓으로 일어나 응접실로 들어갔다. 얀은 승마복 차림을 한 남작에게 고개를 잠깐 숙여 예의를 표했다.

"급한 일인 모양이지. 아침부터 갑자기 달려오고 말이야."

"조용히 상의할 문제입니다."

"그렇겠지. 자, 서재로 가세. 상의하기에 제일 좋은 장소지."

남작은 옆에 서 있던 집사를 손짓으로 제지하고 직접 얀을 안내하여 자신의 서재로 갔다.

드 레미의 저택은 거대했다. 성(城)이라 부르기엔 좀 작지만, 방 숫자만 50개가 넘는 듯했다. 화려한 후기 바로크 양식의 건물이었고 건물 내부도 바로크식으로 꾸며져 있었다.

서재로 들어간 드 레미는 얀에게 서재 가운데에 있는 검붉은 가죽 소파에 앉기를 권하고 자신은 팔걸이 의자에 다리를 꼬고 앉았다.

"그래 무슨 일이지?"

"심각한 일입니다. 파리 경찰국에서 오늘 아침에 연락을 받았습니다. 며칠 전 장 뤽 케트너라는 정신 나간 중학교 역사 선생을 잡았는데 그 친구 컴퓨터에서 대량의 불법 영상물을 찾아냈답니다. 주로 악마 숭배 의식과 집단 혼음, 그리고 납치된 여자들을 죽이고 고문하는 장면이 담긴 것입니다. 아마 남작님도 익숙한 장면들일 겁니다."

드 레미는 깊게 숨을 한 번 들이쉰 다음 잠시 침묵했다.

"분명히 우리와 관계된 건가?"

"두말 할 필요가 없습니다. 그쪽에서 보내온 자료를 복사해서 가져왔습니다. 보시겠습니까?"

"그러지. 이리 주게나."

얀은 상의 주머니에서 시디롬 디스크를 하나 꺼내서 남작에게 건네주었다. 알랭이 보낸 자료를 다운로드 한 후 바로 하나 복사해서 가져온 것이다.

드 레미는 책상에 놓인 노트북 컴퓨터를 켠 후 얀으로부터 받은 시디롬을 재생하기 시작했다. 별 이야기 없이 한동안 자료를 살피던 드 레미가 책상에 놓인 상아 담배 상자를 열어 담배를 꺼내 물고는 천천히 불을 붙인 후 의자 뒷부분에 깊이 몸을 묻고는 생각에 잠겼다. 잠시 후 그는 얀에게 한마디도 하지 않고 휴대 전화를 들어 어딘가에 전화를 했다.

"나다. 지금 어디냐? 빨리 오너라. 중요한 이야기야. 알았다."

남작은 전화를 끊고 팔걸이 의자로 돌아와 앉았다.

"그 친구에 대한 정보는 얼마나 있나? 중학교 선생이라는 작자 말이야."

"그냥 신상 정도입니다. 이름, 나이, 주소, 직업 말입니다."

"그 친구에 대한 모든 정보를 모으게. 지금 어디에 있는지, 아침은 무엇을 먹었는지 등등. 모든 것을 말이야."

"다행히 아직 입을 열지 않은 모양입니다. 하지만 오래 버티지는 못할 겁니다. 알랭 경사는 파리 경찰국에서도 알아주는 불독입니다."

"서둘러 처리해야겠군. 여기도 전문가들이 있네. 자네는 최대한 많은 정보를 수집해서 전해 주기만 하면 될 거야."

"쉽지 않을 겁니다. 장이라는 친구는 시테 섬에 있는 파리 경찰국 내부에 있습니다. 설마 거기를 습격하지는 않으시겠지요?"

"그건 자네가 신경 쓸 일이 아니야. 그런데 이해가 되지 않는군. 어떻게 장이라는 놈이 우리 비밀 자료를 빼 간 것이지? 무슨 목적으로 말이야."

"우리 조직이 운영하는 비밀 웹사이트를 해킹한 모양입니다. 아드님이 지난번에 만드신 사이트 말입니다. 그때도 제가 말씀드렸지만 쓸데없는 짓이었습니다. 인터넷엔 절대 비밀이 없습니다. 당장 그 일을 중지시키셔야 합니다. 지난번에 말씀드린 한국 여자 건도 잊지 마십시오. 상태가 호전되고 있답니다. 여자가 정신을 차려 입을 열면 상황은 걷잡을 수 없습니다."

"알고 있네. 준비를 하고 있어. 하지만 우선 파리 경찰국 쪽이 급한 상황이구먼."

"일단 발등에 떨어진 불부터 꺼야겠지만 끄고 나서도 점검을 제대로 해야 할 것 같습니다. 손에 들어왔던 여자가 살아 있는 목숨으로 발견되거나 얼간이 같은 놈이 컴퓨터 시스템을 뚫고 들어와 자료를 빼 간다는 건 있을 수 없는 일입니다. 알랭은 이미 이유진 사건과 장 사건이 관계가 있다는 것을 파악하고 있습니다. 심각한 상황입니다."

"알겠네. 이제 가 보게나. 경찰서를 너무 비우면 안 되잖아. 가서 가능한 한 정보 수집을 해 주게."

얀은 드 레미를 향해 고개를 숙여 인사를 하고 서재 밖으로 나갔다.

드 레미는 책상 쪽으로 가서 다시 동영상을 재생했다. 둥글게 늘어선 사람들 사이에서 꿈틀대는 남녀가 보였다. 의심할 여지가 없었다. 그 가면을 쓴 남자가 누군지 드 레미는 잘 알고 있었다. 그때 누가 서재 문을 두드렸다. 드 레미가 미처 대답하기도 전에 금발에 푸른 눈동자의 청년이 실내로 들어섰다. 얼굴은 잘생겼지만 눈매가 신경질적이었다. 큰 키에 마른 체형인 청년은 드 레미의 안색을 조금 살피다가 말도 없이 책상 건너편에 앉았다.

"아버지, 무슨 일이에요?"

드 레미의 안색은 잔뜩 일그러져 있었다. 지난번 동양 여자 건도 그렇고, 이번 인터넷 웹사이트 해킹 건도 마찬가지였다. 아들이 하는 일이 통 마음에 들지 않았다.

"너 요즘 도대체 무슨 일을 하고 다니는 거냐?"

"무슨 말씀이시죠?"

남작이 모니터의 동영상을 고갯짓으로 가리켜 보였다.

"네가 한 짓이다. 어느 놈이 네가 만들었다는 웹페이지에 몰래 들어와서 자료를 빼내서는 인터넷에 마구 뿌려 대다가 지금 프랑스 경찰에 체포되어 있다."

드 레미의 아들 로베르는 놀란 표정으로 모니터를 들여다보았다.

"어떻게 우리 웹사이트에 들어왔는지 이해가 되지 않습니다. 최상의 보안 조치를 취했는데요."

"지난번에 네 요트에서 떨어진 여자 건도 마찬가지야. 기사단의 존재가 바깥에 알려져서는 절대 안 된다. 그럴 경우에는 내 아들이라도 용서하지 않을 것이다."

"그 두 사람을 처리하면 되잖아요?"

"물론 그럴 거다. 넌 지금부터 근신하고 있어라. 어떠한 행동도 해서는 안 돼. 당장 웹사이트를 폐쇄하고 증거를 없애라."

"알겠습니다. 그런데 두 사람은 제가 저지른 일이니까 제가 처리하면 안 될까요? 그 정도는 맡겨 주세요."

드 레미는 고개를 가볍게 저었다.

"네가 할 수 있는 일이 아니야. 파리 경찰국 내에 유치되어 있는 놈을 처리해야 한다. 사르데냐에 연락을 해서 지원을 요청하겠다. 너는 빠져라."

로베르는 더 이상 아버지 의사에 반할 수 없었다.

"나가 봐라."

드 레미는 서재를 걸어 나가는 아들의 뒷모습을 바라보았다. 일찍부터 어머니 없이 아랫사람들 손에서 커 온 탓인지 버릇이 없었다. 아들이 완전히 밖으로 나가자 드 레미는 책상 서랍 안에 들어 있는 비밀 전화를 꺼내 들었다.

성전 기사단

2005년 9월 11일

알랭이 장 뤽 케트너를 직접 심문한 것은 아침부터였다. 로마노 경위로부터 아무 결과가 없다는 보고를 듣고는 바로 취조실로 온 것이다. 하지만 그도 처음에는 별수가 없었다.

"자, 다시 시작합시다. 이름은?"

"장 뤽 케트너."

"생년월일?"

"1962년 5월 7일."

"주소는?"

"파리 18구 캉브레 거리 27번지."

"직업은?"

그때까지 순순히 대답을 하던 키 작은 남자가 신경질적으로 알랭의 심문을 거부하고 나왔다.

"이 바보 같은 짓 계속할 거요? 변호사를 불러 주시오. 내게도 그럴 권리가 있단 말이요."

알랭은 타자기에서 손을 떼고 장을 지긋이 바라보았다. 아주 냉혹한 눈빛이었다. 장은 움찔하면서 곱슬머리가 덥수룩한 머리를 숙여 그 눈빛을 피했다.

"너한테는 아무 권리도 없어. 다른 사람들과는 사이가 좋았는지 모르지만 난 달라. 아무래도 너는 나와 친해지고 싶은 생각이 없는 모양이야."

알랭은 말을 잠시 멈추고 오른손을 뻗어서 장의 곱슬머리를 움켜쥐었다.

"악마를 무척 좋아하던데, 그렇지?"

알랭은 잔혹한 말투로 느물거렸다. 장은 약간 긴장하고 있다가 기계적으로 고개를 끄덕였다.

"그래, 악마를 좋아하는 것 같았어. 내가 그 악마가 어떻게 생겼는지를 보여 주지. 이 자리에서 말이야. 지금부터 내가 묻는 말에 성실히 대답을 하지 않으면 시테 섬의 악마가 어떻게 생겼는지 네게 보여 줄 생각이야. 다시 하지. 직업은?"

"중학교 역사 선생이오. 파리 18구에 있는 줄리앙 아스트리드 중학교에 나갑니다."

"'케트너의 주인'이라는 웹사이트는 언제 열었지?"

"한 2년 됐소. 아니 정확히 1년하고 아홉 달 됐소."

"좋아. 자, 이제 이야기해 봐. 네가 무척 좋아하는 그 동영상들을 어디서 어떻게 구했지?"

장은 고개를 숙이고 대답하지 않았다. 알랭은 마음속으로 다섯까지 센 다음 장의 얼굴을 왼손으로 들어 올린 다음 재빨리 오른

손으로 휘갈겼다.

장은 앉은 채로 몸이 붕 떠서 취조실 구석에 처박혔다. 비명을 지를 틈도 없었다.

"와서 앉아. 이제 시작이야. 나는 상처 없이 사람을 때리는 데 최고야. 시험해 봐도 좋아. 시간은 많으니까."

장은 구석에 처박힌 채 움직이지 않았다. 그리고 거의 읊조리듯이 이야기했다.

"변호사를 불러 주시오. 여기는 프랑스요. 나한테는 공정한 조사를 받을 권리와 변호사 도움을 받을 권리가 있습니다. 나를 폭행한 행위는 명백히 불법입니다. 당신을 고발할 거요."

"너에게 공화국 법률 강의를 듣고 싶은 생각은 없어. 여기는 중학교 교실이 아니야. 나는 묻고, 너는 대답하는 거야. 그게 여기 법이지. 와서 앉아."

장은 계속 움직이지 않았다.

알랭은 다시 마음속으로 다섯을 세었다. 셈을 마치자마자 그는 의자에서 일어나 장에게 다가갔다. 그러고는 구둣발로 등판을 찍어 찼다. 신음소리를 내며 장은 바닥에 완전히 엎어져 누웠다. 알랭은 그 목덜미를 잡아끌고 다시 의자에 앉힌 뒤 수갑을 꺼내서 장의 두 손을 의자 등받이 뒤로 돌려 채웠다.

제자리에 앉은 알랭이 다시 물었다.

"어디에서 그 더러운 동영상을 구했지? 이야기해 봐. 기회를 줄 때 잡으라고."

알랭은 다시 마음속으로 다섯을 센 다음 장의 뺨으로 손바닥을 날렸다. 힘을 조절했기 때문에 아까처럼 나가떨어지지는 않았다.

장의 뺨에 알랭의 손바닥이 계속 작렬했다. 뺨을 때리는 경쾌한 타격음이 거의 나지 않았다. 그 대신 퍽퍽 하는 무거운 소리만 들렸다. 장은 손바닥을 피하려고 했지만 부질없었다.

한 서른 대 정도 때린 알랭이 다시 질문을 했다. 조금 전과 같은 질문이었다. 그러고는 다시 마음속으로 다섯을 세고 있었다. 넷을 세고 났을 때 장의 목소리가 들렸다.

"나를 살려 줄 수 있습니까?"

"무슨 소리야?"

"당신들 수사가 진전이 되어서 그 동영상이 유출된 것이 알려진다면 틀림없이 나는 죽을 거요. 당신 같으면 당장 좀 두들겨 맞고 재판을 거쳐 몇 년 살다가 나오는 것이 좋겠소? 아니면 이익도 없이 떠들다가 개처럼 죽는 것이 낫겠소?"

"좋아. 거래를 원한다면 나도 용의가 있어. 우리는 너 따위에게는 관심이 없어. 우리가 원하는 것은 그놈들이야. 네가 협조만 한다면 그놈들을 깨끗이 청소할 거야. 너는 그냥 기소 유예로 나갈 수도 있어. 네 죄는 기껏해야 불법 음란 영상물 유포 정도야. 내 권한만으로도 말소할 수 있는 수준의 범죄지."

"그들은 그렇게 만만한 존재가 아니오. 모르긴 몰라도 최고 권력층도 포함되어 있을 거요. 프랑스뿐 아니라 다른 나라에도 광범위하게 뿌리 내리고 있소. 난 당신을 믿을 수 없소. 당신이 각국의 유력자들을 다 잡아넣을 수 있다고는 생각지 않으니까. 나 정도는 일순간에 없애 버릴 수 있는 무서운 조직이오."

"네 말대로라면 너는 우리한테 진술을 하든 안 하든 결국 죽을 거야. 감방 속이 그렇게 안전할 것 같나? 너 말고도 다른 증인이

있어. 그쪽에서도 실마리를 찾고 있지. 증인 보호 시스템이라는 말
을 들어 본 적이 있을 거야. 네가 우리에게 충분히 협조했다는 생각
이 들면 그걸 준비해 줄 수 있을 거야. 새로운 인생을 사는 거지.”

“좋소. 시간을 주시오. 생각해 봐야겠소.”

“그렇게 오래는 안 돼. 너도 알겠지만 이 일은 많은 사람의 생명
이 걸린 문제야. 내일 아침까지 시간을 주겠어. 잘 생각해 보라고.”

알랭은 특수 유리창이 달린 쪽으로 손짓을 했다. 곧 취조실 문
이 열리고 로마노가 다른 형사와 함께 들어왔다.

“저녁밥 먹여서 데려다 줘. 내일 아침까지 생각할 시간을 줬네.
오늘 조사 기록은 없애 버려.”

두 형사가 장을 데리고 나가자 알랭은 곰곰이 그의 말을 되씹어
보았다. 프랑스 최고 권력층이라. 그럴 수도 있다고 생각했다. 원
래 가장 높은 곳이 가장 더러운 법이었다.

진영과 니콜은 저녁식사를 하고 있었다. 브뤼헤에 도착한 날 잠
깐 본 이후로 처음이었다. 일부러 조용한 장소를 찾다 보니 브뤼
헤 역 쪽 식당에서 만나게 됐다. 200석은 되어 보이는 커다란 식당
이었지만 진영과 니콜을 제외하고는 손님이 전혀 없었다.

“어쩐 일입니까? 급한 용무가 아니면 영영 못 볼 줄 알았는데.”

만나자고 한 것은 니콜이었다. 점심식사 후 낮잠에 빠져 있는
진영을 불러낸 것이다.

“진영 씨에게 해 줄 이야기가 있어서예요.”

“혜정이 행방에 관한 단서라도 나왔습니까?”

"그건 아니지만 진전은 좀 있는 모양이에요. 지난번에 이야기했던 악마 숭배 관련 웹사이트 운영자를 체포했어요."

진영은 물끄러미 니콜을 바라보고 있었다.

"그 친구 컴퓨터에서 상당한 양의 동영상이 나왔어요. 진영 씨에게 보여 준 사진들은 그 동영상에서 캡쳐한 사진들이었어요. 끔찍하고 구역질 나는 것들이지요. 분명한 것은 유진 씨를 저렇게 만들고 혜정 씨를 아직 데리고 있는 집단과 동영상에 나오는 집단이 같다는 것이에요. 악마 숭배 의식 장면으로 보아 악마 추종자들이 확실해요. 그것도 상당한 역사와 규모를 가지고 있는 조직이에요."

"그런 것들이 정말 있는 겁니까? 상상이 안 됩니다."

"진영 씨는 동양 사람이라 아무리 프랑스에서 생활한 지 오래됐어도 잘 모를 거예요. 우리 서양인들의 세계관에 대해서 말이지요. 서양인들은 세상을 둘로 나누어 보는 데 익숙하지요. 선과 악, 하느님과 악마처럼 말이에요. 이 둘은 물과 기름처럼 섞이지 않을 뿐 아니라 상대를 용납할 수도 없어요. 철저한 대립과 투쟁의 관계죠. 기독교가 유럽에 전파되기 전에도 그랬는데 기독교 전파 이후에는 그 정도가 훨씬 심해졌어요. 하느님께 속한 선한 것과 악마에게 속한 나쁜 것들로 세상이 나뉜 것이지요. 절제와 청빈, 순종과 헌신 등이 선한 하느님이 우리에게 원하는 것이라면 탐욕과 쾌락, 자유와 지혜가 악마가 우리에게 주겠다는 것이지요. 자, 진영 씨라면 어느 쪽이 더 매력적으로 느껴지세요? 절제와 순종보다는 쾌락과 지혜가 더 낫겠지요? 나만의 생각은 아닐 거예요. 대부분의 사람들은 후자가 더 좋을 거예요. 욕망하는 것 자체가 인간이니까요. 그런 차원에서 보면 원죄론은 일리가 있어요. 중세는 이들의 싸움으로 시작했어요. 사실은 그리스, 로마적 세계관과 기독교적 세계관이 맞부딪친 거지요. 물론 승리는 기독교 쪽이었어요. 그 이후 최소한 1000년 이상 서양은 기독교가 홀로 통치하는 세계였어요. 그런데 기독교의 승리를 가능케 한 결정적인 무기는 무엇일까요? 생각해 본 적 있어요? 예수님의 사랑? 그것도 조금 있겠지요. 하지만 결정적인 것은 지옥에 대한 두려움이에요. 이렇게 보면 기독교의 승리는 지옥의 권능에 기반을 둔 것이지요. 악마가 지배하는 지옥 말이에요."

"재미있군요. 역설적이지만 악마 없이는 기독교도 존재하지 않겠군요."

"그렇죠. 하느님을 믿는다는 것은 악마의 존재도 믿는다는 이야기지요. 결국 기독교의 역사만큼 악마 숭배의 역사도 뿌리가 깊다는 이야기예요. 이 둘은 동전의 양면처럼 같이 존재하지요. 물론 악마를 숭배하는 자들은 양지에 나오지 못해요. 세상 사람들에게 노출되면 집단 히스테리를 불러일으켜 몰살당할 거예요. 중세의 마녀 사냥 같은 것이 대표적인 예지요. 하지만 악마 숭배자들은 계속 존재해 왔고 지금도 존재하고 있어요."

"저도 가끔씩 그런 뉴스를 본 적이 있습니다. 공동 묘지나 카타콤 같은 데서 벌어진 악마 숭배 의식의 흔적들 말입니다."

니콜은 대답 대신 고개를 가볍게 끄덕였다. 진영이 그녀의 얼굴을 보면서 질문을 했다.

"그 사람 이름이 뭐지요? 잡혔다는 사람 말입니다. 정말 악마 숭배를 하는 사람입니까?"

"이름은 장 뤽 케트너에요. 중학교 역사 선생인데, 오래전부터 악마 숭배에 대한 관심이 많았던 모양이에요. 관련 역사도 공부하고, 스스로 그 추종자를 자처했던 거지요. 하지만 그게 다예요. 이상한 종교 단체에 가입한 사실도 없고 비밀 결사에 속한 적도 없어요. 말하자면 좀 특이한 취미 생활을 한 거죠. 실정법을 크게 어긴 사실도 없고요."

"그런데 어떻게 그런 동영상을 얻은 겁니까?"

"그게 문제지요. 홈페이지를 야단스럽게 꾸미고 혼자 즐기는 것까지는 좋은데, 손대서는 안 되는 곳에 손을 댄 거지요. 진짜 악마를 숭배하는 사람들이 운영하는 사이트에 말이에요. 원래 상당히 호전적인 해커로 유명했던 모양이에요. 경찰국에서 주목한 것도 그 때문이었고요. 르몽드나 TF1 등의 언론 기관이나 알스톰, 마트라 같은 대기업, 심지어는 프랑스 정부의 인터넷 망에 들어와 흔적을 남기고 달아났던 모양이에요. 그러다가 우연히 비밀 웹사이트를 발견한 거죠. 철저하게 폐쇄적으로 운영되는 사이트 말이에요. 악마 숭배와 관련이 있는 것 같은데 들어갈 수가 없다, 어떻게 했을까요? 당연히 해커의 본분을 다했겠지요. 입을 열지 않고 있지만 흔적 없이 몇 번 들어가서 흥미가 당기는 자료를 들고 나왔던 거예요. 그러다 우리에게 덜미를 잡힌 거고요."

"그 친구가 입을 열면 문제가 해결되겠군요."

"그게 그렇게 쉽지가 않나 봐요. 장이라는 친구가 그쪽 사이트에서 뭘 봤는지는 모르지만 입을 전혀 열지 않고 있어요. 입을 열면 죽는다고 생각하는 거죠. 하지만 뭔가 결판이 날 거예요. 알랭이라면 어떤 방법을 찾아낼 겁니다."

"그 단체에서 케트너의 존재를 모르고 있을까요?"

"알랭의 수사는 비밀리에 진행되고 있어요. 수사 비밀이 유출되지는 않겠지만 단정할 수는 없을 거예요."

"그렇군요. 그런데 그런 얘기를 나한테 왜 해 주는 겁니까? 그건 수사 기밀이고 나는 분명히 외부인인데?"

"진영 씨에게 휴대 전화를 줬지요? 그 휴대 전화가 있는 한 진영 씨는 외부인이 아니에요. 알랭이 무슨 생각으로 그랬는지는 모르지만 진영 씨는 지금 나와 한 팀이에요. 이곳 브뤼헤는 프랑스 경찰력이 미치지 않는 곳이에요. 내가 와 있지만 사실 비공식 출장인 셈이지요. 알랭은 공식 행정 절차를 밟아 우리가 벨기에 당국에게 주목받는 것을 원치 않고 있어요. 그러다 보니 당신을 믿을 수 있는 조력자로서 인정한 것이지요. 알랭이 당신을 높이 평가한 거예요. 난 아직 그 이유를 모르겠지만……."

진영은 니콜의 마지막 말에 가벼운 미소를 지었다. 식사가 끝나자 니콜이 다시 말을 꺼냈다.

"한데 문제가 생겼어요. 내일 뇌샤텔을 떠나게 됐어요."

"왜죠? 정체가 탄로났습니까?"

"그건 아니에요. 뇌샤텔에서 곧 소규모 음악회를 개최한대요. 매년 4월 중순부터 9월 중순까지는 관광객들에게 숙소로 제공되고 그 기간 외에는 사설 음악회나 전시회 또는 세미나 장소 등으로 임대한대요. 결혼식 피로연도 하고요."

"어떻게 하지요?"

"일단 나가서 진영 씨가 묵는 이비스 호텔로 가야 할 것 같아요. 위치도 적당하고 협력해서 일을 처리하기도 좋으니까요. 그런데 뭔가 좀 걸려요. 원래는 9월 15일까지 민박 영업을 하게 되어 있는데 예정에 없던 연주회가 갑자기 잡혀서 일 주일 정도 빨리 문을 닫는 거예요."

"언제 그 통보를 받았지요?"

"아까 진영 씨를 만나러 나오는데 그러더군요. 조금 이상해요."

"혹시 유진 씨나 장의 수사 비밀이 새어 나간 탓은 아닐까요?"

"그럴 수도 있다고 생각해요. 알랭도 그렇게 생각하는 눈치였어요. 그렇다면 조심해야죠. 저쪽 움직임이 본격적으로 시작된다는 것이니까요. 진영 씨는 특히 조심해야 해요. 완전히 노출되어 있으니까요."

진영은 고개를 끄덕였다. 그리고 화제를 다시 바꿨다.

"그건 그렇고 진도 좀 나갔습니까? 뇌샤텔 역사 공부요."

"아직 별다른 것은 없어요. 아주 복잡해요. 뇌샤텔은 1429년에 세워졌어요. 지금 있는 건물은 부르고뉴의 선량공 필리프가 세운 거지요. 뇌샤텔의 역사는 브뤼헤 내지는 벨기에의 역사와 같다고도 할 수 있어요. 부르고뉴 공국의 지배에 있을 때는 공작의 궁성으로 사용되었지요. 물론 그때는 높은 성채와 망루가 외곽을 둘러싼 모습이었어요. 그렇게 한동안 부르고뉴 공작의 현지 거처로 사용되다가 1662년부터는 합스부르크 왕가의 소유로 넘어가요. 브뤼헤 자체가 스페인의 영토가 된 것이었죠. 1794년에는 성 프란체스코 교단의 수녀회가 건물을 인수하지요. 이때부터는 나이 많은 은퇴 수녀들의 요양원으로 사용했어요. 1888년에는 프랑스 쪽 양로원에서 구입해 요양원으로 사용하다가 제2차 세계 대전 후 브뤼헤 상공 회의소에서 인수했어요. 브뤼헤의 역사와 그 궤를 같이하는 것이죠."

"역사상 별다른 사건은 없었나요? 이를테면 실종이나 살인 같은 것 말입니다."

"주목할 만한 점은 두 가지예요. 첫 번째는 1429년에 뇌샤텔이 건축되기 그 이전에 아주 중요한 건물이 그 자리에 있었어요. 성전 기사단의 플랑드르 본부였어요."

"성전 기사단?"

진영은 어디에서인가 한 번 쯤 그 이름을 들은 적이 있는 것 같았지만 달리 아는 바는 없었다.

"잘 모르지요? 중세 프랑스 역사에서 가장 중요한 단체 중 하나인데 의외로 자세히 아는 사람은 별로 없어요. 역사 속에 묻혀 버린 존재지요. 끔찍한 상처를 가지고요."

"궁금하군요."

"진영 씨도 십자군 전쟁에 대해서는 잘 알고 있을 거예요. 교황 우르반 2세의 격문으로 시작되어 약 200년간 모두 일곱 차례에 걸쳐 예루살렘 성지 회복을 위한 원정이 단행됐죠. 그 긴 이야기를 다 할 필요는 없을 것 같고, 성전 기사단과 관련된 부분만 이야기하지요. 1096년 여름에 약 9만 명의 인원으로 출발한 1차 십자군은 3년간에 걸친 행군과 전투 끝에 예루살렘을 탈환하죠. 그 과정에서 끔찍한 학살과 약탈도 벌어지고요. 어쨌든 그들은 예루살렘에 예루살렘 왕국이라는 서유럽식 기독교 봉건 국가를 세우면서 소기의 목적을 달성했어요. 프랑스 귀족이자 십자군 지도자였던 고드푸르와 드 뷔용이라는 사람을 왕위에 앉히고 말이에요. 그로부터 얼마 뒤인 1118년에 성지 순례객들의 안전한 순례를 보장하고 성지를 이교도들로부터 방어하기 위한 목적의 기사단을 창설하지요. 프랑스 동부 샹파뉴 지방의 기사인 위그 드 파양스가 주축이 되어 결성된 그 조직은 은자 성 베르나르의 후원 속에 성장했고 오래지 않아 교황의 축성을 받았죠. 예루살렘 왕국의 두 번째 국왕 보두엥 1세는 그 기사단 본부를 옛날 솔로몬 왕이 세웠던 거룩한 성전의 자리에 두도록 허용했어요. 성전 기사단이라는 이름은 여기에서 유래한 거예요. 뛰어난 전투력을 보유했고 금욕적이며 광신적이기조차 한 이 세력은 점점 더 커졌지요. 수많은 지원자들이 몰려들었고 많은 사람들이 재산을 성전 기사단에 헌납했어요. 그렇게 하면 천국으로 가는 길이 보장된다는 독실한 신앙의 결과였지요.

결국 영민한 이슬람교 지도자 살라딘에 의해 예루살렘 왕국은 무너지고 그 이후 두 번 다시 성지를 회복하지는 못했죠. 그러나 성전 기사단의 영향력은 오히려 성지에서보다 유럽에서 더욱 커졌어요. 프랑스를 중심으로 전 유럽에 엄청난 양의 토지를 소유한 그들은 기부받은 재산들을 기반으로 금융업에 손을 댔어요. 유럽 전역과 중동 지방까지 깔려 있던 그들의 조직 자체가 요즘으로 하면 훌륭한 다국적 은행 역할을 한 거예요. 게다가 프랑스 왕의 은행, 즉 프랑스의 국책 은행 역할도 하게 되었죠. 무력과 경제력, 그리고 세속 권력과 신앙적인 존경까지도 모두 얻은 거대 조직이 되어 버렸어요. 하지만 이러한 절대적인 힘은 필연적으로 다른 권력의 시기를 받게 되었고 결국 충돌이 일어났죠. 특히 프랑스에서요. 당시 프랑스의 왕은 흔히 미남왕이라는 별명으로 불리는 필리프 4세였어요. 그는 당시 온 세상과 싸우고 있었지요. 로마 교황과도 싸웠어요. 프랑스 내 성직자들에 대한 임명권과 징세권 때문이었죠. 때마침 신성 로마 제국의 황제 자리가 공석이 되면서 유럽에 권력의 공백이 생겼고, 두 절대 권력은 유럽의 유일한 권력을 쥐기 위해 무익한 전쟁을 계속했지요. 결국 거듭되는 전쟁으로 경제적 궁지에 몰린 프랑스 왕 필리프 4세는 성전 기사단의 재산에 관심을 갖게 되었죠. 견원지간인 로마 교황청의 심복인 그들이 프랑스 내에서 국왕인 자기보다 훨씬 더 많은 토지와 재산을 갖고 여러 가지 특권을 누리는 것을 더 이상 용납하지 않겠다고 마음먹은 거예요. 결국 그는 1307년 10월 13일에 군대를 동원해 한꺼번에 수백 명의 성전 기사단원을 체포했어요. 물론 전리품인 재산은 몰수했지요."

"도대체 무슨 죄목으로 그런 엄청난 일을 벌인 거지요? 기사단 측의 저항도 만만치 않았을 텐데."

"모든 것을 해결할 수 있는 만능 열쇠가 있었죠. 악마 말이에요. 성전 기사단은 악마와 결탁했다는 배교 혐의를 받았어요. 영혼과 육체를 악마에게 팔아먹고 이교도들과 밀통했다는 거지요. 동성연애를 공공연히 했다는 고발도 있었어요."

"동성연애까지요? 증거가 있었나요?"

"증거는 만들면 되는 거예요. 동성연애의 대표적인 증거로 들이댄 것이 성전 기사단의 엠블럼이에요. 말 한 마리에 두 명의 기사가 같이 타고 있는 모습이지요. 성전 기사단은 청빈과 형제애를 상징한다고 항변했지만 필리프 4세의 검찰관들은 명백한 비역질의 상징이라고 결론 내려 버렸죠. 이교도들과의 결탁이나 악마 숭배 혐의 등은 기사단원들의 자백을 통해 진실로 드러났어요. 물론 아주 잔인하고 끔찍하며 집요하기까지 한 고문 과정을 통해서요. 중세 유럽의 행형 문서들을 살펴보면 고문 방법이 우리의 상상을 초월하지요. 무지와 야만과 독선의 시대라는 것을 쉽게 알 수 있지요. 체포된 성전 기사단원들은 처음에는 위엄을 잃지 않으려고 노력했지만 불가능했어요. 계속되는 혹독한 고문 속에서 결국 자비로운 죽음을 구걸하는 신세들이 되어 버렸죠. 엄청난 고통과 두려움 앞에 완전히 굴복하여 자기의 양심과 동지를 팔아먹게 된 거죠."

"결과적으로 어떻게 됐나요?"

"간단해요. 모든 것을 왕이 원하는 대로 실토한 성전 기사단원들은 그 대가로 자비롭게 처형됐어요. 파리 북쪽에 있는 생드니 성당 앞의 광장에 거대한 살육의 축제가 벌어졌지요. 한때 서유럽인들의 존경과 사랑을 한 몸에 받던 성전 기사단원들이 비참한 몰골로 끌려 나와서 차례대로 화형당했어요. 마지막에는 최후의 성전 기사단장인 자크 드 몰레를 불에 태워 정화시켰죠. 그게 1314년이에요. 거의 7년간에 걸친 고문의 끝이었던 거예요. 그런데 자크 드 몰레 기사단장은 마지막 날 화형장에 나와 묶이면서 모든 혐의를 부인했어요. 그리고 죽기 전에 이렇게 외쳤대요. '하느님을 섬긴 대가가 이것이라면 나는 악마의 힘을 빌어서라도 복수하겠다.' 그리고 그 유언은 어느 정도 이루어졌어요."

"이루어지다니요?"

"자크 드 몰레가 처형당하고 성전 기사단이 공식적으로 해산된 1314년 11월에 필리프 4세 자신도 죽어 버렸어요."

"성전 기사단의 남은 세력이 복수를 한 겁니까?"

"확실치는 않지만 그랬을 확률이 높다고 봐요. 암살은 치밀하고 용의주도하게 수행됐을 거예요. 공식 사인은 뇌졸중이지만 급사할 정도는 아니었다고 현대 의학자들은 보고 있어요. 게다가 건강하던 세 아들과 수많은 손자들이 모두 비명에 가고 말아요. 결국 그렇게 당당하던 카페 왕조는 절멸해 버리고 적자를 잃은 프랑스는 왕위 계승권을 놓고 영국과 100년전쟁에 돌입하게 되지요."

"흥미롭군요. 그런데 교황이 성전 기사단의 체포와 고문, 그리고 처형 과정에 개입하지는 않았습니까?"

"물론 노력했어요. 하지만 필리프 4세를 저지할 힘이 없었지요. 아까 이야기했듯이 두 세력은 프랑스 내 교회 영지의 세금 징수 문제와 성직자 임명권 문제로 심하게 부딪쳤어요. 급기야 필리프 4세는 아니니라는 곳을 여행 중이었던 교황 보니파티우스 8세를 습격하기까지 했어요. 결국 1305년에는 프랑스 출신인 교황 클레멘스 5세를 옹립하는 데 성공하고 교황청을 남부 프랑스의 아비뇽으로 옮기게 했죠."

"아, 그 유명한 아비뇽 유수를 단행한 왕이 필리프 4세군요. 대단한 사람이네요."

"그래요. 결국 그가 승리했지요. 그 과정에서 성전 기사단은 희생당한 것이고요. 게다가 필리프 4세는 지금 우리가 와 있는 브뤼헤를 중심으로 한 플랑드르 지방과도 싸웠어요."

"브뤼헤와도요?"

"1302년에 프랑스 지배를 받던 브뤼헤 시민들이 봉기를 했어요. 압제자인 프랑스 왕의 군대를 한밤중에 습격한 거지요. 곤한 잠에 빠져 있던 프랑스 군은 격전을 벌일 기회도 없이 전원 살해되고 말아요."

"필리프 4세가 가만 있지 않았을 것 같은데요?"

"그럼요. 필리프 4세는 그 소식을 접하자마자 군대를 브뤼헤로 보냈어요. 프랑스와 벨기에의 국경 지역에 있는 쿠르트레라는 곳에서 양쪽 세력이 맞부딪쳤는데 뜻밖에도 브뤼헤 시민군이 다시 침입자들을 물리쳤어요."

진영은 완전히 니콜의 이야기에 빠져 있었다. 시간이 제법 흘러서 식당 주인이 두 사람에게 눈치를 줬다. 밤 11시가 가까운 시간이었다. 진영은 주인에게 계산서를 달라는 시늉을 하고는 니콜을 봤다.

"가셔야 할 겁니다. 뇌샤텔의 문이 닫힐 때가 된 것 같은데."

"시간이 참 빨리 가는군요. 가 봐야겠어요."

"아주 재미있는 이야기였습니다. 다음에 뒷 얘기를 듣고 싶군요."

"내일 이비스 호텔로 옮길 거예요. 전화할게요. 진영 씨는 오늘도 역시 병원으로 갈 건가요?"

진영은 식탁에 놓인 계산서를 보고는 지갑을 꺼내 값을 치르면서 말했다.

"가야지요. 유진 씨를 그냥 둘 수는 없으니까요."

진영은 차를 성 카트린 병원으로 운전해 갔다. 병원 건물 전체가 보이는 자리에 차를 세우고 담배를 하나 피워 물었다.

진영이 브뤼헤에 도착한 다음 날 밤부터 계속된 일과였다. 매일 밤 이곳에 차를 세워 놓고 밤을 새운 것이다. 이 자리에서는 병원의 현관과 유진의 병실 창문이 모두 보였다. 병원에 들어갈 수는 없지만 이곳만 감시한다면 유진의 신변을 보호할 수 있을 것 같았다.

기온이 점차 내려가자 진영은 차의 뒷자리에 던져 놨던 검정색 스웨터를 겹쳐 입었다. 음악도 듣지 않고 오로지 온 신경을 주위 움직임에 기울이고 있었다.

그는 이 시간이면 늘 혜정을 생각했다. 그녀와 함께했던 시간들의 작은 기억들을 하나하나 떠올려 보고 그녀를 다시 만난다면 같이 보낼 즐거운 시간들을 상상해 보기도 했다. 하지만 애써 그가 만들어 낸 혜정에 대한 즐거운 생각들은 곧 까무룩한 암흑 속으로 떨어지고 어두운 불안과 끔찍한 상상만이 남곤 했다. 그때마다 진영은 가슴이 찢어지는 듯한 고통을 느껴야 했다.

차창 밖으로는 비가 제법 굵게 떨어지고 있었다. 병원 앞의 오렌지색 나트륨등 불빛 속에서 비바람에 떨어지는 낙엽들이 진영의 시선을 어지럽혔다.

장은 잠이 오지 않았다. 이제는 자동차 소음이 거의 들리지 않았다. 경찰국 내 동쪽 건물 지하에 위치한 유치장 안도 이제 조용해졌다. 가끔 순찰 중인 경관의 신발 고무 뒤축이 내는 무거운 저벅거림만이 길이를 알 수 없는 복도를 울리곤 했다.

장은 제법 넓은 유치장을 혼자서 차지하고 있었다. 보통 적으면 대여섯 명, 많으면 그 두 배 정도의 인원이 수용되었을 공간에 혼자 누워 있는 것이다. 아마도 자신을 지켜 주기 위해 취한 조치일 것이었다.

천장에 계속 켜져 있는 형광등은 눈을 감은 장의 망막을 쉬게 하지 않았다. 아주 좁고 딱딱한 간이 침대에서 계속 뒤척이던 장은 입구 반대 방향 벽 쪽으로 몸을 돌려 누웠다.

그는 무척 후회하고 있었다. 어쩌다가 그런 끔찍한 웹사이트에 손을 댔을까, 무엇을 하려고 거기서 가지고 나온 사진들을 홈페이지에 올렸을까?

장은 고개를 조금 저었다. 앞으로 어떻게 해야 할지 막막하기만 했다. 낮에 봤던 알랭의 얼굴이 눈앞에 어른거렸다. 목표를 위해서라면 물불을 절대 가리지 않는 독종이었다. 그 반면에 믿음도 갔다. 그냥 모든 걸 털어놓고 알랭의 손에 자신을 맡겨 볼까 하는 생각도 했다. 하지만 곧 그가 전에 보았던, 그리고 절대 잊지 못할 웹사이트 초기 화면이 떠올랐다. 그리고 거기서 목격한 끔찍한 장면들과 글들이 생각났다. 그들은 악마 숭배자들이 아니라 이미 악마들이었다. 그 동영상들을 가지고 나오지는 않았지만 어지간한 것으로는 눈 하나 깜짝하지 않는 장으로서도 구토가 치밀어 오를 정도로 끔찍한 장면들이 있었다.

누구인지는 모르겠지만 백인 남자 하나가 산 채로 토막 났다. 손가락, 발가락부터 차근차근 잘라 내는 장면이었다. 튀는 핏물과 함께 도끼로 잘라 내는 사지가 보이는 장면부터는 장도 더 이상 보지 못하고 동영상을 중지해 버리고 말았다. 절대 잊을 수 없었다. 그는 자신이 그들 손에 떨어진다면 그런 꼴이 될 것 같았다. 고개를 다시 저었다. 그런 일을 당할 수는 없다는 생각이 든 것이다. 그러나 알랭의 말처럼 이미 그들이 자신이 저지른 행위를 알고 있다면 선택의 여지가 없었다. 끝없이 떠오르는 생각들로 한참을 뒤척이던 장은 결국 편치 않은 침대에서 잠이 들고 말았다.

잠시 후 건너편에 있는 즉결 재판 대상자 유치장에 잠들어 있던 한 남자가 상체를 살짝 일으켰다. 다른 범죄자들은 모두 잠에 떨어진 듯했다. 주위를 면밀히 살피던 그는 양복 안주머니에서 종이 쪽지를 꺼냈다. A4 용지 절반 크기의 종이를 두 번 접은 크기였다. 그리고 주머니에서 담배꽁초를 하나 꺼냈다. 종이를 돌돌 말아 볼펜 크기 정도의 대롱을 만들고, 말린 종이의 끝 부분에 침을 듬뿍 묻혀 붙였다. 잠시 행동을 멈춘 그는 주위를 살핀 후 구두 뒤축을 더듬어 아주 가는 2센티미터 정도의 금속 침을 빼들었다.

아주 조심스러운 동작이었다. 그는 침을 왼손 약지와 중지 사이에 끼운 채로 담배꽁초를 깠다. 거의 끝까지 피운 담배여서 금세 필터 부분만 남았다. 그는 조심스럽게 금속 침의 한쪽을 담배 필터에 꽂아 넣고 다시 한 번 주위를 살펴보았다. 그리고 금속 침이 꽂힌 담배 필터를 아까 말아 놓았던 종이 대롱에 끼워 넣었다. 꼭 맞았다.

그는 침대에서 내려와 쇠창살 쪽으로 서서히 기어갔다. 들어올 때 보아 둔 감시 카메라를 주시하면서 적당한 위치를 정하고는 복도 건너편 감옥에 혼자 누워 있는 장의 뒷모습을 가늠했다.

이곳 파리 경찰청의 유치장은 정식 감옥이 아니기 때문에 쇠창살로만 방이 나뉘어 있었다.

종이 대롱을 천천히 입에 갖다 댄 남자는 양 볼에 숨을 잔뜩 모은 다음 금속 침이 달린 담배 필터를 발사했다. 장과의 거리는 불과 3미터 정도였다.

담배 필터는 무척 빠른 속도로 날아가 장의 위쪽 어깨 부분에 맞았다. 금속 침이 맨 살에 살짝 꽂힌 듯 담배 필터가 떨어지지 않고 잠시 매달렸다. 마치 누런색 왕벌이 붙어 있는 듯했다. 잠결에 따끔한 아픔을 느낀 장이 뭐라고 투덜거리면서 한 손으로 금속 침이 꽂힌 어깨 부분을 털어 냈다. 장이 몸을 반대로 돌리며 뒤척이자 왕벌은 곧바로 침대 밑으로 떨어졌다. 장은 돌아누우면서 뭐라고 한마디 욕하고는 다시 잠에 빠져들었다.

남자는 다시 자기 침대로 기어가 누웠다. 그러고는 원통으로 말린 종이 대롱을 조금씩 찢어서 입에 넣었다. A4 용지 절반 정도의 종이를 먹는 데는 그렇게 오랜 시간이 걸리지 않았다.

경찰국 살인 사건

2005년 9월 12일

　로마노는 유치장 책임자인 미셸 로랑 경위를 따라 장이 누워 있는 유치장 앞으로 갔다. 장은 등을 보인 채 침대에 모로 누워 있었다. 로마노는 별로 서두르는 기색 없이 미셸에게 한 차례 어깨를 들썩여 보였다.

　키 180센티미터에 몸무게 100킬로그램이 훨씬 넘어 보이는 미셸이 오른쪽 허리춤에 찬 경찰봉을 꺼내 철창을 두드렸다. 소리가 지하의 텅 빈 복도를 따라 엄청나게 크게 울려 퍼졌다. 하지만 장은 꼼짝도 하지 않았다. 얼굴이 약간 벌개진 미셸은 묵직한 열쇠 꾸러미를 꺼내며 투덜거렸다.

　"팔자가 아주 늘어졌군, 저 자식. 누구는 새벽부터 일어나서 이 지랄을 하는데 말이야. 어이 일어나!"

　미셸이 철창 문을 거칠게 열어젖혔다. 날카로운 금속음과 함께 문이 열리자 그때까지 뒤에서 잠자코 있던 로마노가 재빨리 유치장 안으로 들어갔다.

"자, 일어나. 오늘은 아침밥 먹고 할 일이 많잖아?"

로마노가 장의 몸을 거칠게 잡아당겼다. 그 순간 흰자위가 드러난 눈동자가 로마노의 눈에 들어왔다. 안면 근육도 풀린 탓인지 장은 우는 것 같기도 하고 웃는 것 같기도 한 이상한 표정을 지었고, 크게 벌린 입가로는 침이 흘러 말라 있었다.

로마노는 왼손으로 장의 경동맥을 잡고, 오른손을 코 밑에 갖다 댔다. 아주 미약한 박동과 호흡이 느껴졌다. 그는 유치장이 떠나가도록 고함을 질렀다.

"응급반을 불러, 빨리!"

응급반원들 셋이 5분쯤 지나서 도착했다. 여러 가지 조처한 뒤 분주히 움직이는 다른 응급반원을 내버려두고 한 사람이 로마노에게 물었다.

"어떻게 된 일입니까?"

"모르겠소. 10분 전에 이곳에 왔을 때 이미 이 상태였소."

"뭔가를 먹었습니까? 오늘 아침이나 어젯밤에……."

미셸이 우물쭈물하면서 말했다.

"오늘 아침에는 아무것도 안 먹은 게 확실해요. 어젯밤은 모르겠지만……."

연보라색으로 변해 가는 장의 손발을 다시 살펴보던 응급팀장이 고개를 천천히 저었다.

"독극물 중독입니다. 생존 가능성은 없어 보입니다."

그때 구둣발 소리와 함께 알랭이 나타났다. 로마노는 말없이 시선을 장 쪽으로 돌렸다. 알랭이 화가 머리끝까지 난 목소리로 크게 소리쳤다.

"뭐야, 도대체 어떻게 된 거야?"

"와 보니까 이미 이 모양이었습니다. 살려 내기에는 너무 늦은 것 같습니다. 독살이랍니다."

로마노는 마치 자기 잘못인 양 시무룩한 표정으로 대답했다. 알랭은 그 말을 무시한 채 응급반장에게 다가갔다.

"절대로 죽어서는 안 될 사람입니다. 최선을 다해 주시오."

"너무 늦었습니다. 손발이 이미 딱딱하게 굳어 버렸습니다. 눈동자 보이시죠? 중추 신경이 거의 마비된 듯합니다. 심장은 아직 뛰고 있지만 오래가지는 않을 겁니다. 손쓸 방법이 없습니다."

"잠시, 아주 잠시라도 그와 이야기할 수는 없습니까?"

응급반장은 장 옆에 주저앉은 채 잠시 생각하다가 노련한 솜씨로 심장 주사를 놓았다.

"지금 강력한 각성제를 주사했습니다. 장담할 순 없지만 몇 마디쯤은 말할 수 있을 겁니다."

잠시 후 장의 눈이 한 번 깜박하더니 하얗던 눈에 눈동자가 나타났다. 알랭은 그의 귀에 대고 고함을 쳤다. 응급반장이 장의 입과 코에 걸려 있던 산소 호흡기를 제거했다.

"날세, 알랭이야. 들리나? 눈동자를 움직여 봐."

장은 알아들은 듯 다시 한번 눈동자를 깜박했다.

"자, 이야기해 봐. 그놈들이 누구야. 이야기 좀 해 봐."

"쉽지 않을 겁니다. 이미 중추 신경이 거의 마비된 상태라서."

응급반장이 참견했지만 알랭은 거들떠보지도 않았다. 그는 계속 장의 귀에 대고 소리쳤다. 그때 장의 입술이 약간 움직였다. 알랭은 귀를 그 입가에 대었다. 마지막 고해성사를 집전하는 사제처럼 알랭은 무릎을 꿇고 그 희미한 소리에 귀를 기울였다. 곧 장의 눈이 감기고 심전도계가 죽음을 표시했다. 알랭은 잠자코 일어나서는 유치장 벽에 기대어 깊은 생각에 빠졌다.

알랭은 금속 침이 달린 담배 필터를 비닐봉지에 담아 들고 사무실로 돌아왔다. 장의 침대 밑에서 찾아낸 것이었다. 금속 침에는 세로로 길게 홈이 나 있었고, 검은색 물질이 묻어 있었다. 적은 생각보다 훨씬 더 신속하고 대담했다. 아주 짧은 시간에 장의 존재를 파악했을 뿐만 아니라 경찰국 내에서 완벽하게 그를 처리해 버린 것이다.

알랭은 조금 전 장이 숨지기 전에 속삭이듯 전해 주었던 짧은 단어 하나를 메모장에 적었다.

A. K. E. L. D. A. M. A.

'이게 도대체 무슨 뜻이지?'

본 적도 들은 적도 없는 단어였다. 장은 '아켈다마' 라고 이야기하고 마음이 놓이지 않는 듯 철자들을 하나하나 불러 주었다.

알랭은 사전을 꺼내 그 단어를 찾아보았다. 하지만 실려 있지 않았다. 사무실에 비치된 라루스 백과사전도 뒤져 보았지만 그에 해당하는 항목을 찾아볼 수 없었다. 마지막으로 알랭은 인터넷에 접속하여 야후 검색 창에 AKELDAMA를 치고는 엔터 키를 눌렀다. 평소에는 수많은 웹페이지들이 검색되었지만 웬일인지 독일어로 된 웹페이지 하나만 검색되었다. 다소 실망한 알랭은 내키지 않는 손으로 마우스를 움직여 그 주소를 클릭했다. 그러자 모니터 화면 전체에 독일어가 가득 떠올랐다.

알랭은 대부분의 프랑스인과 마찬가지로 독일어 공부를 한 적이 없었다. 하지만 화면에 떠오른 글자들이 무엇을 뜻하는지 알아채는 것은 그리 어렵지 않았다. 군데군데 눈에 띄는 낯익은 인명들로 보아 독일어 성경의 한 구절임에 틀림없었다.

일단 창을 닫은 알랭은 다시 프랑스어 성경 서비스를 제공하는 웹페이지를 열고는 검색 창에 AKELDAMA라는 단어를 쳐 넣었다. 잠시 후 화면에 떠오른 것은 『신약 성경』, 「사도행전」 1장이었다. 알랭은 그걸 천천히 읽어 내려갔다.

교우 여러분, 예수를 잡은 자들의 앞잡이가 된 유다에 관하여 성령께서 다윗의 입을 빌려 예언하신 말씀은 정녕 이루어져야만 했습니다.

그는 본래 우리 열두 사람 중 하나로서 우리와 함께 일하던 사람이었습니다.

그는 주님을 판 돈으로 밭을 샀습니다. 그러나 그는 땅에 거꾸러져서 배가 갈라져 내장이 온통 터져 나왔습니다.

예루살렘의 시민들이 모두 이 사실을 전해 듣고 그 밭을 그들 말로 '아켈다마'라고 불렀습니다. '피의 밭'이란 뜻입니다.

시편에 "그의 집을 폐허로 만드시고 아무도 거기에 드는 이 없게 하여 주십시오." 또 "다른 사람으로 하여금 그의 자리를 차지하게 하여 주십시오."라고 기록되어 있습니다. (『공동 번역』, 「사도 행전」 1장 16~20절)

알랭은 두세 번 더 내용을 확인했다. 아켈다마는 주님을 판 자, 즉 가롯 유다의 최후와 관계 있는 지명임에 틀림없었다. 알랭은 다시 복음서에서 유다의 최후에 대한 구절을 찾아보았다. 「마태복음」에 그와 관련된 이야기가 실려 있었다.

그때에 배반자 유다는 예수께서 유죄 판결 받으신 것을 보고 자기가 저지른 일을 뉘우쳤다. 그래서 은전 서른 닢을 대사제들과 원로들에게 돌려주며 "내가 죄 없는 사람을 배반하여 그의 피를 흘리게 하였으니 나는 죄인입니다." 하였다. 그러나 그들은 "우리가 알 바 아니다. 그대가 알아서 처리하여라." 하고 말하였다.

유다는 그 은전을 성소에 내동댕이치고 물러가서 스스로 목매달아 죽었다.

대사제들은 그 은전을 주워 들고 "이것은 피 값이니 헌금 궤에 넣어서는 안 되겠소." 하며

의논한 끝에 그 돈으로 옹기장이의 밭을 사서 나그네의 묘지로 사용하기로 하였다.

그래서 그 밭은 오늘날까지 '피의 밭' 이라고 불린다. (『공동 번역』, 「마태복음」 27장 3~8절)

아켈다마는 유다가 예수님을 판 대가로 받은 은 30전으로 구입한 묘지로, 그 자신을 비롯해 이방인들과 저주받은 영혼들이 묻힌 피 어린 땅이었다. 인류 역사에서 가장 저주받은 영혼과 가장 더러운 돈이 만들어 낸 곳이었다. 악마 숭배 단체와 관련된 이름으로는 더없이 잘 어울려 보였다. 알랭의 머릿속에 이방인들의 시신과 피로 붉게 물든 황무지 위에 버티고 선 악마의 모습이 떠올랐다. 온몸에 소름이 쫙 끼쳤다.

상대는 프로였다. 전 경찰력을 동원하여 새벽에 유치장에서 나간 사람들을 추적하고 있지만 별 소용이 없을 것이었다. 이곳에 들어올 때 맡긴 신분증은 보나마나 가짜일 것이었다. 이렇게 세련된 솜씨를 가진 놈이 흔적을 남길 리가 없었다. 한 가지 희망이 있다면 지문이었다. 경범죄라도 일단 경찰서에 들어온 모든 사람들은 의무적으로 지문을 확보하니까. 하지만 그것도 큰 기대를 하기는 어려웠다. 프로치고 그 정도 대책을 세워 두지 않는 놈은 드무니까. 게다가 그 배후에는 거대 조직이 있지 않은가.

가슴이 답답해진 알랭은 담배 하나를 꺼내 물고는 연기를 공중에 훅 하고 불었다.

벨기에 겐트의 서북쪽 평원 위에 자리 잡은 드 레미 남작의 영지는 넓이가 약 10만 평방미터에 이르렀다. 그 밖에도 그는 근처에 있는 27홀 규모의 골프장과 초호화 요트 마리나도 소유하고 있었다. 그러나 이 정도는 그가 가진 재산의 극히 일부에 지나지 않았다. 영국에서 발행되는 《이그젝티브》라는 유럽 상류 사회 관련

잡지에서 매년 발표하는 유럽의 50대 부호 명단 안에서 그의 이름이 빠진 적은 한 번도 없었다. 그는 벨기에 상업 은행의 대주주일 뿐만 아니라 몇몇 대형 은행과 보험 회사에 상당한 지분을 갖고 있는 금융 재벌이었다. 대개의 유럽 금융 가문이 그러하듯이 드 레미 남작의 가문도 400년 이상의 역사를 가지고 있었다. 유럽 땅에서 수없이 벌어진 전쟁이나 정변과 관계없이 가문의 자산은 늘어만 갔고 지금도 늘어나고 있었다. 자가용 제트기를 이용해 세계 곳곳에 위치한 별장에 다니면서 그 지역 명사들과 화려한 파티를 여는 것이 그의 주된 일상이기도 했다.

드 레미는 지금 오전 승마 시간을 포기하고 누군가를 기다리고 있었다. 아주 기분이 좋은지 평소라면 오전에는 피우지 않는 쿠바산 최고급 시가를 즐기고 있었다.

10시가 좀 넘자 집사의 안내를 받아 한 남자가 들어섰다. 30대 중반으로 보이는 세련된 신사였다. 아르마니 정장에 노타이인 그는 아랍계로 보일 정도로 짙은 피부색에 검은색 곱슬머리였다.

두 사람은 가볍게 포옹한 후 붉은색 가죽 소파에 앉았다. 드 레미는 서재 한쪽에 위치한 홈 바에서 크리스털 병에 들어 있는 황금색 액체를 잔에 따른 후 남자에게 건네주었다.

"축배를 한 잔 해야겠지? 50년 된 최고급 칼바도스야. 입맛을 돋우지. 수고했네. 그렇게 빨리 처리할 줄 몰랐어. 대단하네."

남자는 잔을 부딪쳤지만 입으로 가져가지는 않았다.

"자네가 술을 좋아하지 않는 것을 알고야 있지만 한 잔쯤이야 어떤가. 자, 들지?"

"죄송합니다, 남작님. 저는 독한 술을 좋아하지 않습니다. 더구나 아직 할일이 남았고요."

"다 끝난 거나 다름없지 않은가? 파리 경찰국 내에 있던 골칫거리를 해결했으니, 병원에 있는 혼수 상태의 여자쯤이야……."

"그렇지 않습니다. 파리에서는 아무 장애도 없었지만 브뤼혜에서는 나름대로 준비가 되어 있을 겁니다."

"걱정 말게. 얀 경사가 있잖은가. 그의 도움을 받는다면 어려울 일은 없을 거야."

"그래야겠지요. 저도 빨리 처리하고 사르데냐로 돌아가고 싶습니다. 올리브 수확 철이 다가왔거든요."

"시골 바닥에서 올리브 농사나 짓는 게 그렇게 즐거운가? 이제 지겨울 때도 된 것 같은데. 어때, 이리로 올라와서 도시 생활도 좀 즐겨 보겠나?"

"남작님께서 은행을 돌보는 것과 제가 올리브 나무를 돌보는 것은 같은 일입니다. 단지 올리브 쪽이 제게 맞을 뿐입니다."

"좋아, 그 일은 이제 그만 얘기하지. 그건 그렇고 단장님은 안녕하신가? 마음이 좀 쓰이셨을 텐데. 죄송스럽기 그지없군."

"걱정하시는 모습은 전혀 없었습니다. 평소대로 승마 등으로 시간을 보내고 계십니다."

검은색 곱슬머리 사나이는 사르데냐에서 파견한 1급 기사였다. 간밤에 파리 경찰국 유치장에서 장을 처리한 후 곧바로 여기에 온 것이었다.

"점심때쯤 얀 경사가 올 걸세. 식사나 하면서 남은 일을 어떻게 처리할지 이야기해 보세. 그나저나 우리 얼마 만에 만난 거지?"

드 레미는 젊은 신사의 어깨를 두드리며 무척 즐거워했다.

"벌써 7년쯤 되는 모양입니다. 제 기사 서임식 때 오셨고, 그 후 제가 임무 수행차 잠깐 이곳에 왔을 때 뵌 적이 있으니까요."

"벌써 그렇게 됐나? 하여간 자주 놀러 오게. 자네는 내 친아들이나 마찬가지야."

그때 집사가 문을 열면서 말했다.

"얀 경사께서 오셨습니다."

한국으로 돌아가는 혜정과 유진의 부친들을 배웅한 진영은 점심때가 넘어서야 브뤼셀에서 브뤼헤로 왔다. 그는 이비스 호텔 지하 주차장에 차를 세워 두고 곧장 니콜의 객실로 올라갔다. 니콜은 진영과 같은 층인 313호에 묵고 있었다.

"장 뤽 케트너는 어떤 식으로 죽은 겁니까?"

방에 들어서자마자 진영은 자리에 앉기도 전에 소리치듯 물어보았다. 니콜은 손짓으로 의자를 가리켜 진영에게 앉기를 권했다. 그러고는 마주 앉아 이야기를 시작했다.

"바람총이라고 알아요? 대롱에 화살촉 같은 걸 넣고 입으로 불어서 발사하는 것 말이에요. 아마존 원주민들이 많이 사용하죠."

"아!"

"담배 필터에 끼운 화살촉에 독을 묻혀서 날린 거지요. 종이를 말아 만든 대롱에 넣고 건너편 유치장에서 훅 하고 불어서 죽인 거예요."

"그럼 결국 아무것도 얻지 못하고 증인을 잃은 겁니까?"

"죽기 직전에 딱 한 마디 하고 죽었대요."

“무슨 말이었습니까?”

“아켈다마. 철자는 AKELDAMA예요.”

“무슨 뜻이지요?”

“고유 명사예요. 『신약 성경』, 「마태복음」 27장과 「사도행전」 1장에 나오는 지명이지요.”

니콜은 성경을 토대로 진영에게 아켈다마의 뜻을 설명했다.

“섬뜩하지요? 악마 숭배 비밀 결사 단체의 이름으로는 딱일 것 같네요. 알랭이 역사 속에서 아켈다마의 흔적을 찾아보라는 지시를 내렸어요. 하지만 아직은 막막하네요. 지금 진영 씨가 하셔야 하는 일이 뭔지는 아시겠죠? 파리 경찰국 안에서 감쪽같이 장을 살해할 정도라면 유진 씨를 노리는 것은 당연한 일이에요. 놈들이 어디까지 파악했는지는 모르지만 진영 씨에 대해서도 잘 알 거예요. 그러니까 본인의 안전도 신경 써야 해요. 오늘밤부터는 비상 근무라고 생각해야겠어요. 저도 밤 2시에서 4시 사이에는 진영 씨한테 가 있을까 해요.”

“그럴 필요까지 있을까요? 나 혼자라도 유진 씨를 지킬 수 있을 겁니다.”

니콜은 다소 빈정대는 말투로 이야기했다.

“이봐요. 이소룡이 나온 영화 『정무문』 마지막 장면 알아요? 총을 겨누고 있는 일본 군대를 향해 몸을 날리는 모습 말이에요. 다음 장면이 이어졌다면 보나마나 피투성이로 땅을 뒹굴었을 거예요. 아무리 이소룡이래도 결과야 뻔하지요. 진영 씨가 이소룡 흉내를 내는 것은 좋은데, 나중에 한가할 때 하는 게 좋을 거예요. 진영 씨 말고도 여러 사람 목숨이 걸려 있으니까요.”

진영은 니콜의 빈정거림에 화가 났으나 꾹 눌러 참았다. 그 기색을 느낀 니콜은 조금 상냥한 말투로 계속해서 말했다.

"진영 씨 옆에 있지는 않을 거예요. 이따가 저녁 때 차를 성 카트린 병원 앞에 갖다 놓을 거예요. 진영 씨를 보호하는 거예요. 내 차는 검은색 BMW 316이에요. 파리 번호판을 달고 있으니까 금세 알아볼 수 있을 거예요. 진영 씨는 신경 쓰지 말고 평소 하던 대로 움직이면 돼요. 저는 지켜보다가 필요하면 움직일 테니까요."

"알아서 하세요. 신경 쓰지 않을 테니까."

"가서 좀 자 두는 것이 좋겠지요? 전 지금 도서관에 가 봐야겠어요."

니콜은 벌써 일어서서 책 몇 권을 꾸렸다. 진영은 인사를 하는 둥 마는 둥 하면서 니콜의 방을 나왔다.

도전과 응전
2005년 9월 13일

새벽 4시가 조금 넘은 시간이었다. 날씨는 제법 쌀쌀했다. 북해에서 불어 오는 바람은 수분을 한껏 머금은 듯 축축한 느낌이었다. 진영은 오른쪽 허리에 찬 전투용 나이프를 잡았다. 손바닥에 정확히 잡혀 드는 손잡이 부분이 마음을 편하게 해 주었다. 병원 앞에 세워 둔 차에서 니콜이 이쪽을 쳐다보는 게 느껴졌다.

시내 쪽에서 사내들 웃음소리가 들려왔다. 남자 넷이 떠들면서 이쪽으로 왔다. 이 도시에도 망나니들이 있는 모양이었다. 선술집에서 꽤 마셨는지 걸음걸이며 말투가 모두 엉망이었다.

사내들은 돼먹지 않은 노래를 하며 병원 앞을 지나다가 길가에 세워 둔 니콜의 차 쪽으로 다가갔다. 그러고는 차 안에 앉은 니콜에게 수작을 걸었다. 아무도 없는 새벽에 차를 세워 놓고 앉아 있는 미모의 여인이 망나니들 관심을 끄는 것은 당연했다.

창문을 닫은 채 모르는 척 앉아 있는 니콜을 향해 한참 떠들던

사내 하나가 바지를 까 내리고 엉덩이를 내밀었다. 진영은 니콜을
도와줄까 하다가 그만두었다. 병원 쪽을 감시하는 게 우선이기도
했고 항상 잘난 척하는 니콜이 어떻게 곤경을 탈출할지 궁금하기
도 했기 때문이었다. 곧이어 다른 사내가 운전석 쪽 뒷바퀴에 대
고 오줌을 쌌다. 그러고 나서는 물건을 다시 바지 속에 집어넣지
않고 손으로 흔들어 대면서 니콜의 눈앞으로 갔다. 그에 맞추어
다른 세 녀석도 니콜의 눈앞에 물건을 꺼냈다.

그러다 갑자기 상황이 돌변했다. 오줌을 갈겼던 사내가 바지를
올리더니 길가에서 뭔가를 주워 들고 차창을 내려친 것이다. 다른
사내들도 돌멩이 등으로 창문을 공격하기 시작했다.

니콜이 시동을 걸더니 헤드라이트를 켜고 움직였다. 하지만 공
간이 워낙 좁았다. 차들이 일렬로 주차해 있었는데 앞뒤 간격이
20센티미터 정도였다. 차를 빨리 빼는 것은 불가능했다.

진영은 차에서 내려 재빨리 그쪽으로 걸어갔다. 한 사내가 나이
프를 뽑아 들고 니콜의 차 바퀴에 꽂아 넣고 있었다. 진영은 가볍
게 외쳤다.

"어이, 친구들. 뭐가 그리 바쁜가?"

니콜의 차에 붙어 있던 네 놈이 진영 쪽으로 돌아섰다. 두 놈은
주먹보다 조금 큰 돌을 들었고, 한 녀석은 나이프를, 다른 한 녀석
은 주먹에 강철 스파이크를 끼었다. 네 놈 다 몰골이 이상했다. 검
은색 가죽 잠바를 걸치고 가죽 바지에 주렁주렁 쇠로 된 장식물들
을 붙인 데다가 머리는 밀었거나 가운데를 조금 남겨 두었다. 게
다가 코, 귀, 입 등에 몇 개씩 쇠고리를 걸고 있었다.

덩치가 제일 크고, 처음으로 물건을 꺼내 오줌을 쌌던 놈이 손

에 든 돌덩이를 던지더니 주머니에서 버터플라이 나이프를 꺼내 들었다. 그러고는 능숙하게 몇 번 휘둘러 칼날을 꺼내 앞으로 쥐었다. 눈에는 묘하게 핏발이 서 있었다. 진영은 그들을 무시하고 차 안에 앉은 니콜을 살펴보았다. 호기심 어린 눈빛일 뿐 공포나 경계심 같은 건 없었다.

진영은 최대한 서둘러야겠다고 생각했다. 하기야 서두를 필요조차 없었다. 경고도 없이 버터플라이 나이프가 찔러 들어왔고, 강철 스파이크를 끼운 주먹이 오른쪽에서 날아왔다. 진영은 버터플라이 나이프를 잡은 손목을 낚아채서 다른 녀석의 주먹을 향해 올려 그었다. 비명소리가 크게 났다. 그다음 진영은 손아귀 각도를 틀어서 나이프를 잡은 손을 어깨 관절부터 꺾어 돌렸다. 우두둑 소리에 이어 아악 하는 비명소리가 났다. 동시에 진영의 오른발이 빠르게 호선을 그으며 한 팔을 잡힌 채 몸을 약간 구부린 놈의 명치에 가서 박혔다. 진영은 한 발 뒤로 물러서면서 무너지는 녀석의 몸을 확인했다. 주먹을 뻗다가 손목에 깊은 상처를 입은 녀석은 욕설을 내뱉으며 손수건 같은 것으로 상처를 감싸고 있었고, 나머지 둘은 잔뜩 도사린 자세로 나이프를 각각 든 채 진영을 노려봤다. 아직도 전의가 남은 모습이었다.

이번에는 진영이 먼저 손을 썼다. 정면에서 있던 놈이 찌르는 나이프를 가볍게 피하자마자 아주 거칠게 사타구니를 걸어찼다. 그리고 옆에서 나이프로 밀고 들어오는 다른 놈의 팔을 바깥쪽에서 돌려 잡아 획 하고 잡아챘다. 사내 몸이 뱅그르르 돌아가면서 딱 하고 뼈 부러지는 소리가 났다. 진영이 가볍게 손을 놓자 사내는 비틀거리다가 니콜의 차 뒷부분에 처박혔다.

그제야 니콜이 차문을 열고 나왔다.

"상당한 솜씨군요."

니콜은 천연덕스럽게 자동차 이곳저곳을 살폈다. 네 놈의 모습은 처참했다. 처음에 손목을 베인 놈을 제외하고는 일어설 수조차 없어 보였다. 하지만 곧 하나씩 몸을 추스르더니 서로 부축해 가며 자리를 떠났다. 진영의 시선은 다시 병원 쪽으로 옮겨가 있었다. 니콜은 옆에 서서 말없이 사라져 가는 그림자들을 보고 있었다.

"별로 기분이 좋지 않군요."

"나오지 않는 게 좋을 것 같다고 말하지 않았습니까."

"가 볼게요. 어쨌든 고마웠어요."

진영은 시동을 건 후 떠나는 니콜을 잠시 더 바라보다가 병원 쪽으로 돌아서 걸었다. 진영이 병원 안으로 들어가자 거리는 다시 정적을 회복했다. 그때 60미터쯤 떨어진 길모퉁이에서 그림자 하나가 나타나 병원 입구 쪽에서는 볼 수 없는 곳에 세워 둔 은회색 BMW 540에 올라탔다. 드 레미와 함께 얀을 기다리던 남자였다.

오후 2시가 되자 얀은 브뤼헤 성혈 사원의 서늘하고 조용한 뒤뜰로 산책을 나섰다. 그는 벤치에 앉아 담배를 하나 피워 물었다. 거의 피우지 않던 담배가 최근에 많이 늘었다. 잠시 후 우중충한 나무 문이 열리고 사내 하나가 들어섰다. 마른 체격이지만 강철같이 탄탄한 몸매가 검은색 스포츠 캐주얼 밖으로 그대로 느껴졌다.

"무슨 일로 또 보자고 한 거요?"

"오늘 새벽에 그 한국 젊은이를 봤소. 몇 가지 확인 사항이 필요할 것 같아서 말이오."

안은 어제 점심때에 사내를 처음 만났다. 그때 안은 유진의 현재 상태 및 병원의 보안 시스템, 그리고 유진의 보호자 역할을 하는 진영에 대해 자세히 설명했다. 진영이 매일 밤 12시에서 아침 6시까지 병원 앞을 지키고 있다는 이야기도 했다.

"간밤에 시내의 한 술집에 갔소. 거기서 유색 인종을 아주 싫어하는 녀석들과 꽤 친해졌소. 그 친구들에게 원하는 만큼 술을 사 줬지. 그리고 성 카트린 병원 앞에 가면 백인 여자 간호사들에게 환장을 해서 밤마다 죽치고 있는 동양 남자가 있다고 이야기했소. 그놈을 밟아 주고 싶은데 어떠냐고 하자 바보들이 흥분해서 바로 나가더군. 나는 놈들 뒤를 따라갔소. 그런데 녀석들이 한국인 남자에게 곧바로 가지 않고 병원 입구 근처에 차를 세워 놓고 뭔가를 기다리던 예쁜 여자를 희롱한 거요."

"불필요한 일을 했군요."

잠자코 듣던 안이 못마땅한 얼굴로 옆에 앉은 남자의 검은색 눈동자를 지긋이 바라보았다.

"계속 들어 보시오. 아주 중요한 이야기니까."

안은 깊이를 알 수 없을 정도로 잔잔하고 깊은 그 눈빛을 오래 견디지 못하고 벤치 앞의 작은 장미 나무로 시선을 옮겼다.

"놈들이 제법 난폭해졌다 싶을 때 그 남자가 나타났소. 놀랍게도 아주 간단히 끝났소. 5분도 채 걸리지 않더군. 단검을 들고 달려드는 네 남자를 그가 불필요한 동작 하나 없는 격투 기술로 아주 효과적으로 제압해 버렸소."

"그래 봐야 간단히 처리할 수 있을 거요. 가령 이런 걸로 말이오."

얀 경사는 오른쪽 옆구리에 찬 묵직한 쇠뭉치를 두드려 보였다.

"당신은 전사의 세계를 전혀 모르는군. 그를 주목하시오. 그자의 신상 명세와 경력 등을 모조리 조사하시오. 이건 명령이오."

검은 눈의 사나이는 말투가 사나워져 있었다.

"그리고 그 친구가 구해 준 여자에 대해서도 알아보시오. 프로페셔널 같은 느낌이 들었소. 게다가 그녀의 검은색 BMW는 파리 번호판을 달았소. 그 한국 남자의 차와 같이 말이오."

얀은 잠시 생각에 빠져 있다가 이야기를 꺼냈다.

"아마 한국 친구가 달고 온 프랑스 경찰의 끄나풀 정도가 아닌가 싶소. 확인해 보겠소."

"신중히 알아보시오. 당신 정체가 드러나면 절대 안 되니까. 어쨌든 오늘밤 전에 그 여자 신원을 확인했으면 하오."

이야기를 마친 남자는 인사도 없이 일어서서 걸어가 버렸다. 얀은 사내의 뒷모습을 바라보며 다시 담배를 피워 물었다.

얀이 드 레미 남작과 친해진 것은 이미 오래전 일이었다. 그가 초대하는 화려한 만찬에 맛을 들였고 가끔씩 찔러 주는 엄청난 금액의 봉투에도 익숙해졌다. 결국 얀은 납치된 여자들을 대상으로 하는 그룹 섹스 파티에도 초대받았다. 파티를 통해 얀은 마음속 깊이 숨어 있던 가학적인 변태 성욕을 확인했다. 그 이후 얀은 드 레미의 충실한 하수인으로 전락했다. 드 레미는 얀에게 필요한 것이 무엇인지 너무나 잘 알고 있었고 그 모든 것을 제공해 주었다. 두 사람은 서로 필요한 것을 나누는 사이가 된 것이다.

어제 처음 본 저 사내는 일방적으로 그에게 명령을 내렸다. 상

사가 부하에게 명령하듯이 말이다. 하지만 이상하게도 어떠한 반
감도 들지 않았다. 이미 그 조직의 권력과 재력을 체득한 상태였
고 자신 역시 그 일원이 되어 버린 것을 깨달았던 것이다.

　이비스 호텔의 객실 전화 벨 소리는 아주 시끄러웠다. 진영은
잠에서 깨어 천천히 수화기를 들었다.
　"진영 씨? 니콜이에요."
　진영은 침대 옆에 두었던 손목시계를 확인했다. 오후 6시가 다
되었다. 일어날 시간이었다.
　"그 방으로 잠깐 갈 게요. 할 이야기가 있어요."
　"한 30분쯤 후에 오십시오. 샤워할 시간 정도는 줘야지요?"
　"알았어요. 이따 봐요."
　진영이 샤워를 하고 옷을 갖춰 입자 곧바로 방문 두드리는 소리
가 들렸다. 진영은 감시 렌즈를 통해 객실 밖을 확인한 후 천천히
문을 열어 주었다. 니콜이었다.
　니콜이 완전히 안으로 들어오고 나서야 진영은 손에 든 에머슨
전투 나이프를 침대 옆에 놓인 칼집에 넣어서 갈무리했다. 니콜은
창가 쪽에 놓인 의자 두 개 중 하나에 걸터앉았고 진영은 침대 가
장자리에 앉았다.
　"오늘이 뇌샤텔에서 피아노 연주회가 있는 날이에요. 초청장
은 없지만 가 보려고 해요. 진영 씨가 동행해 줄 순 없을까 해서
왔어요."
　"니콜 씨가 거기 가는 건 알아서 할 일이지만 아시다시피 전 그

렇게 한가하지 않습니다."

못마땅한 얼굴로 자신을 보는 진영을 향해 니콜은 생긋 웃고는 이야기를 계속했다.

"진영 씨가 바쁜 건 잘 알아요. 하지만 거기 놀러 가는 거 아니에요. 계속 수비만 할 수는 없잖아요? 공격 기회를 찾아보려는 거예요. 뇌샤텔 현관에 붙은 피아노 독주회 포스터를 기초로 몇 가지 조사해 봤어요. 뇌샤텔 현관에 붙은 포스터 외에는 연주회가 열린다는 사실을 확인할 방법이 없어요. 동네 소식지까지 다 뒤졌지만 오늘밤 연주회를 소개한 매체는 없어요. 한 달 후에서 세 달 후까지 예정된 뇌샤텔의 모든 행사는 다 찾을 수 있는데도 말이에요. 그리고 오늘 연주한다던 한스 에겔슨이라는 피아니스트도 조사해 봤어요. 함부르크 출신인데 지금 뉴욕에 살아요. 그리 유명한 사람은 아니더군요. 오전에 뉴욕으로 전화해서 브뤼헤 연주 일정에 대해 물어보니까 잠에서 막 깨었는지 퉁퉁 대는 목소리로 욕을 한마디 하더니 끊어 버리더군요."

"있지도 않은 연주회를 핑계로 투숙객들을 몰아낸 거군요. 하지만 그렇더라도 우리가 오늘밤 거기 가야 하는 이유가 있을까요? 더구나 유진 씨까지 팽개쳐 두고."

"조금 전에 뇌샤텔로 트럭 두 대가 들어가는 걸 봤어요. 한 대는 브뤼헤에서 제일 간다는 캐터링 서비스의 파티용 음식 운반 차량이었고, 다른 한 대는 아무 표시 없이 흰색으로 칠한 유개 트럭이었어요. 오늘밤 무슨 일인지는 모르지만 타인의 이목을 꺼리는 파티가 벌어진다는 거지요. 그래도 흥미가 없어요?"

"좋습니다. 가 보지요. 늦어도 12시 30분까지는 병원으로 돌아간다는 걸 전제로요."

"별거 아니라면 그전에라도 끝날 거예요."

"내가 무얼 도와줬으면 합니까?"

"10시쯤 같이 들어가죠. 복장은 침투 복장이에요. 특수 부대 출신이니 그게 뭔지는 알지요? 로프 등 기본 장비는 내 차에 있어요. 진영 씨는 복장만 갖추면 돼요. 그리고 이거 받아요."

니콜은 천으로 만든 커다란 책가방에서 가죽으로 둘둘 만 쇠뭉치를 진영에게 전해 주었다. 22밀리미터 탄환을 발사하는 월터 P99형 권총이었다.

"함부로 사용해서는 안 돼요. 사용법은 알겠지요?"

진영은 니콜의 말을 건성으로 들으며 가죽 홀스터에서 권총을 뽑아 들었다. 그러고는 익숙한 솜씨로 탄창을 제거해서 장탄 여부를 확인하고 노리쇠를 당겨 약실도 확인했다. 안전장치를 풀고 노리쇠를 전진시킨 후 가볍게 격발해 보았다. 스프링의 탄력이나 격발감이 마음에 들었다. 근접 전투용 권총은 아니었지만 호신용으로는 아주 좋았다. 군에 있을 때 진영은 콜트 45구경을 주로 다뤘다. 22구경 월터 p99형은 파괴력은 떨어지지만 명중도가 아주 높은 모델이었다.

"실탄은 열 발 들어 있어요. 오늘밤 행사가 끝나면 다시 돌려줘야 해요. 이따가 9시 30분에 전화할게요."

니콜이 나가자 진영은 옷가방에서 몇 가지 옷을 꺼냈다. 여기 오기 전에 인터넷으로 구입한 옷들이었다. 모두 검은색 일색이었다. 10년쯤 전 강원도 화천 쪽에서 보내던 시간들이 주마등처럼 떠올랐다. 그는 월터를 뽑아 들고는 다시 점검하기 시작했다.

파리 경찰국은 하루 종일 시끄러웠다. 경찰국 내 유치장에서 살인 사건이 벌어진 초유의 사태를 맞아 벌집을 쑤셔 놓은 듯했다. 신문사 및 방송사 기자들이 들쑤시고 다녔으며, 프랑스 내무부의 고위층에서도 조사관을 보내 왔다. 경찰국 내에 조사 위원회가 설치되었고, 알랭은 그곳에 불려 가서 반나절을 보냈다. 가장 큰 문제는 장 뤽 케트너에 대한 정보들이 새어 나간 것이었다. 비밀리에 수사를 하려던 알랭의 의도는 완전히 무산됐다.

어제 저녁과 오늘 아침 신문들은 모두 사회면 머리기사로 장의 살해 소식을 다루었다. 기사는 파리 경찰국의 무능을 질타하는 한편, 장의 피살 동기에 대한 의혹을 연이어 제기했다.

티볼트 총경의 전화가 온 것은 알랭이 지문 조회 결과를 보고 있을 때였다. 예상대로 프랑스뿐만 아니라 유럽 연합 내에는 그 지문에 해당되는 사람이 없었다. 지문 주인이 유럽 바깥에서 왔거나 서류상으로는 존재하지 않는 사람이라는 뜻이었다. 알랭은 체포, 구금, 약식 재판 과정에서 그를 보았던 관계자들 증언을 토대로 작성한 몽타주를 프랑스 전역으로 내려 보냈다. 몽타주에 따르면 범인은 아랍계였다.

서류를 책상 위에 던져 놓은 알랭은 티볼트의 집무실로 갔다. 회의용 탁자에 앉아 있던 그는 심각한 표정으로 훑어보던 신문을 건네주었다. 석간 신문인 《프랑스 수아》였다.

"방금 전에 온 신문이야. 사회면을 보게. 자네 사건으로 도배가 됐어."

알랭은 타블로이드 판 신문의 네 번째 쪽을 펼쳤다. 죽은 장의 얼굴 사진과 장이 운영했던 웹사이트의 초기 화면 사진이 큼지막하게 박혀 있었다. 4면과 5면에 걸친 엄청난 분량의 기사였다. 내용을 자세히 훑어보려는 순간 티볼트가 입을 열었다.

"기사는 천천히 보고 우선 내 말을 듣게. 약속이 있어서 곧 나가야 하거든."

알랭은 신문을 접어서 구석에 놓고 티볼트를 물끄러미 바라보았다.

"기자를 한번 만나 보고 싶더군. 아주 유능한 친구인 모양이야. 이번 사건에 대해 우리보다 더 많은 정보를 갖고 있는 것 같네. 죽기 전날 장이 아주 강압적으로 조사를 받았다고 씌어 있네. 고문이 있었다는 이야기야. 자네도 알겠지? 기사 내용이 사실이라면 자네는 물론 어쩌면 나까지도 목이 남아나지 않을 거야. 아마 법정에서 사법부의 온정에 운명을 맡겨야 할 걸세."

티볼트는 알랭을 지긋이 바라보았다.

"그 친구를 거칠게 다룬 것이 사실인가?"

알랭은 한숨을 한 번 쉬고 고개를 끄덕였다.

"좋아. 그러면 이제부터 살 궁리를 해 보자고. 기사 출처를 조사해 보게. 주변에 있을 걸세. 기사 내용을 부인하려면 제보자가 마음을 바꾸는 수밖에 없어. 빨리 해야 하네. 시간이 없어."

알랭은 멍하니 앉아 있었다. 말을 마치자마자 티볼트는 일어서서 집무실 문을 나섰다. 그가 걸친 버버리 코트가 일으킨 바람이 알랭을 스쳐 지나갔다.

알랭은 신문을 둘둘 말아 쥐고는 사무실로 돌아왔다. 복도에서 마주친 동료들의 눈빛이 낯설게만 느껴졌다. 알랭은 천천히 기사를 읽어 내려갔다.

　기사는 첫머리에서부터 최근에 빈발하는 여성 실종 사건에 대한 혐의를 악마 추종 세력에 두고 조사해 온 알랭의 수사 방향을 철저히 비웃고 있었다. 존재하지도 않는 조직을 수사하는 것 자체가 난센스라는 것이었다. 그러고는 장을 담당했던 수사 관계자가 사건 전날 장의 인권을 철저히 무시하고 고문에 가까운 폭력을 사용하여 강압 수사를 했다는 의혹을 제기했다. 수사 과정에서 극심한 모멸감을 느낀 피의자가 자살로 항의한 거라는 결론이었다. 그것이 사실이라면 장의 죽음에 대한 책임은 새로운 방향에서 물어야 한다는 이야기였다.

　기사를 읽어 가면서 알랭은 당신 따위가 상대할 수 있는 조직이 아니라는 장의 말을 떠올렸다. 그 조직이 움직이기 시작한 것이다. 분노에 온몸을 부르르 떨던 알랭은 인터폰으로 로마노를 불렀다. 그저께 조사실에서 벌어진 일을 기자에게 전할 만한 사람은 셋뿐이었다. 로마노라면 그게 누군지 알고 있을 것이었다.

　로마노가 들어오자마자 알랭은 보던 신문을 던져 주었다.

　"이거 읽어 봤나?"

　로마노는 신문은 거들떠보지도 않고 알랭을 똑바로 봤다.

　"봤습니다. 무척 유감이더군요."

　"자네 짓인가?"

　"그건 말씀드릴 수 없습니다. 하지만 기사 내용이 사실인 것만은 분명히 알고 있습니다. 경사님께선 장한테 지나치셨습니다. 수갑을 채운 피의자를 그렇게 무자비하게 폭행하신 것은 명백히 잘못하신 겁니다. 저는 당연히 경사님께서 그런 행동에 책임을 지실 것으로 생각합니다. 그 일 때문이라면 그만 나가 보겠습니다."

로마노가 휙 하고 몸을 돌려 나간 후 한참 동안 알랭은 멍하니 앉아 있다가 힘없이 자리에서 일어나 밖으로 나섰다. 경찰 생활을 시작한 후 가장 참담한 기분이었다. 경찰국 정문을 나선 알랭은 문득 하늘을 쳐다보았다. 아주 짙은 회색이었다. 안개비가 서서히 내리기 시작했다.

밤 10시가 되자 진영은 니콜을 차에 태우고 이비스 호텔 주차장을 빠져나와 뇌샤텔을 향했다.

뇌샤텔 성관 대문은 크게 열려 있었다. 검은색 정장을 한 사내 둘이 양쪽에 서서 지키고 있었다. 메르세데스 벤츠 S 클래스 한 대가 진영의 차 옆을 지나서 뇌샤텔 입구로 갔다. 사내들이 세심하게 자동차 안을 살펴본 후에 통과시키는 것이 눈에 들어왔다.

니콜의 지시에 따라 진영은 뇌샤텔 옆 골목 안으로 들어가서 차를 세웠다. 그리고 차내에서 침투에 필요한 복장과 도구들을 챙겼다. 검은 위장복을 입고 검은 마스크를 얼굴 위에 덮어쓴 후 어깨에는 가죽과 나일론으로 된 권총 홀스터를 걸쳤다. 준비가 끝나자 벽 쪽으로 바짝 주차한 자동차 조수석 문을 열고 니콜이 먼저 내렸다.

주변을 한 차례 둘러본 다음 니콜은 손에 든 장비를 조작하기 시작했다. 압축 공기로 발사되는 갈퀴가 달린 금속 추를 가는 밧줄에 연결하고 나서 발사관에 장전했다. 그러고는 곧바로 옆 건물 지붕을 향해 발사했다. 작은 발사음과 함께 금속 추는 밧줄을 달고 6층 높이의 뇌샤텔 옆 건물 지붕 위로 날아올랐다. 니콜은 천천히 줄을 당겨 금속 추가 어딘가에 걸리도록 조절했다. 미세한 마찰음과 더불어 니콜의 손아귀에 잡힌 줄은 더 이상 당겨지지 않고 팽팽해졌다. 니콜은 망설이지 않고 줄을 타고 올랐다.

차에서 내린 진영이 주위를 살피는 동안 니콜은 벌써 건물 지붕에 올라서 있었다. 니콜의 수신호에 따라 진영은 두 손으로 번갈아서 플라스틱 마디를 잡고 두 발로 몸무게를 지탱하며 밧줄을 타고 오르기 시작했다. 지붕에 올라선 진영은 신속한 동작으로 아래쪽으로 늘어진 밧줄을 당겨 올려 다시 감아 놓았다.

진영과 니콜은 경사가 아주 급한 지붕을 조심스럽게 타고 넘었다. 그러자 눈앞에 뇌샤텔의 서쪽에 해당하는 거대한 탑두가 모습을 드러냈다. 뇌샤텔에서 가장 오래된 건물이었다. 뇌샤텔 본관이 초기 르네상스 양식으로 건축된 것과는 달리 탑두는 육중한 로마네스크 양식의 원추형 석벽 위에 첨탑을 올린 형태였다. 부르고뉴 영주들이 브뤼헤를 지배했을 때 경비병들이 거주했던 곳으로 지금은 외부인에게는 전혀 공개되지 않았다.

니콜은 다시 발사기를 조작하여 탑두 옆에 자리 잡은 뇌샤텔의 서쪽 건물 지붕 한 부분을 겨냥한 후 발사했다. 긴 꼬리를 단 추가 날아가 르네상스 양식의 지붕 장식 구조물에 정확히 떨어졌다. 진영과 니콜은 금속 추가 고정될 때까지 당겨서 건물 지붕에 있는 커다란 굴뚝에 걸어 묶었다. 그러고 나서 다시 니콜부터 밧줄을 타고 차례로 뇌샤텔로 갔다. 밧줄을 타고 수직 벽을 오르는 것보다 수평으로 늘어진 밧줄을 타는 것이 훨씬 더 어려웠지만 두 사람이 허공을 가로질러 가는 데에는 거의 시간이 걸리지 않았다. 뇌샤텔에 도착한 두 사람은 지붕 위에 있는 작은 목제 출입문으로

갔다. 소리 나지 않게 천천히 밀자 문이 스르르 열렸다. 니콜의 생
각대로였다.

"어떻게 해 놓은 거지요?"

진영은 문을 들어서기 전에 니콜을 향해 물었다. 니콜은 어깨를
한 차례 으쓱해 보였다.

"뇌샤텔에서 놀기만 한 건 아니에요."

문 안쪽에 달린 고리를 보자 의문이 풀렸다. 수백 년은 족히 된
듯한 자물쇠가 달린 문고리가 못이 통째로 빠져나온 채 걸려 있었
다. 미리 뽑아 놓고 다시 눌러 박은 것이다. 겉보기에는 아무 문제
가 없었지만 밖에서 힘주어 밀면 문고리가 힘없이 뽑히게 되어 있
었던 것이다.

두 사람은 계단을 조심스럽게 걸어 내려갔다. 맨 아래층에 도착
하여 복도를 통해 본관 쪽으로 20미터쯤 걸어가자 탑두로 통하는
문 하나가 복도 안쪽으로 은밀하게 나 있었다. 니콜은 조금도 주
저 않고 열쇠 구멍에 금속 공구를 집어넣고 작업을 했다. 조정 게
이지 몇 개가 달린 공구를 한동안 조작하던 니콜이 손을 한 차례
크게 비틀자 철컥 하는 소리와 함께 문이 천천히 열렸다.

실내는 짙은 어둠에 싸여 있었다. 빛이라고는 세로로 길게 난
총안을 통해 비치는 희미한 불빛이 전부였다. 니콜과 진영은 야간
투시용 적외선 고글을 꺼내서 마스크 위에 덮어썼다. 실내 정경이
녹색 모노톤으로 눈에 들어왔다. 20평방미터 정도 넓이의 둥그렇
게 생긴 실내에는 가구나 장식이 하나도 눈에 띄지 않았다.

진영이 먼저 벽에 붙어 있는 나선형 계단을 천천히 올랐다. 천
장 높이로 미루어 보건대 5층이나 6층 정도 될 듯했다. 아무 소리

도 들리지 않는 가운데 발을 디딜 때마다 나는 미세한 마찰음이 두 사람의 긴장감을 더욱 높여 주었다. 1층과 2층 사이에는 출입문이 달려 있지 않았다. 진영은 천천히 하나씩 계단을 올라가서 고개를 내밀고 2층을 살폈다. 초라한 침대 둘과 탁자 하나, 의자 넷이 눈에 들어왔다. 먼지가 꽤 두껍게 쌓인 것으로 보아 최근에는 사람이 사용한 적이 전혀 없는 듯했다. 진영은 서슴없이 3층으로 이어지는 계단으로 발걸음을 옮겼다.

3층에도 사람들은 보이지 않았다. 벤치식으로 된 붙박이 나무 의자가 벽을 따라 둥글게 놓여 있었고, 벽에는 옷을 걸 때 쓰는 듯한 나무 뭉치가 일렬로 박혀 있었다. 실내 가운데에는 작고 높은 탁상이 놓여 있었다. 아래층과 달리 거의 먼지가 없었지만 특별한 표식이나 물건은 눈에 띄지 않았다.

진영은 니콜에게 손짓해 위층으로 더 올라가자는 신호를 보냈다. 하지만 계단 중간쯤을 오르다 말고 진영은 발걸음을 멈추었다. 4층으로 오르려면 덮개 문을 젖혀 열어야 했던 것이다. 진영은 두 손과 어깨로 덮개 문을 들어 올려 보았다. 하지만 문은 꿈쩍도 하지 않았다. 몇 번 시도하다 포기한 진영은 문 구석구석을 살펴보았다. 한구석에 조그만 구멍이 뚫려 있었다. 진영은 말없이 니콜에게 그 구멍을 가리키고는 뒤로 물러섰다.

니콜은 조금 전에 탑두 출입구를 여는 데 사용했던 금속 장비를 꺼냈다. 장비 끝의 뾰족한 부분을 구멍에 집어넣고는 손잡이 부분에 장치된 여러 가지 게이지들을 조작했다. 잠시 후 니콜이 공구 손잡이를 돌려 보았지만 문은 열리지 않았다. 그 후로도 니콜은 꽤 시간을 들여서 여러 가지 방법을 시도해 봤지만 소용없었다.

"진영 씨는 무슨 방법 없어요?"

"해결책이 있긴 한데………."

"뭐지요?"

니콜이 진영의 대답을 채근했다.

"특공대식 방법 말입니다. 콤포지션 계통의 폭약 20그램 정도면 해결할 수 있지요."

"폭약은 조금 있어요. 하지만 소리가 너무 크지 않을까요? 게다가 침투 흔적이 남잖아요."

"소리는 별 문제 없을 겁니다. 건물 바깥으로 소리가 새지 않게 처리할 자신이 있습니다. 흔적이 남는 건 어쩔 수 없겠지요."

니콜은 잠시 생각에 빠지는 듯하다가 고개를 가볍게 저었다.

"안 돼요. 흔적을 남길 수는 없어요."

"그럼 내려가서 파티 동정이나 살피고 철수합시다."

"아니에요. 여기까지 와서 그냥 갈 수는 없어요. 문 위에 분명히 뭔가 있을 것 같다는 느낌이 들어요. 한 번만 더 시도해 봐야겠어요."

니콜은 의자에서 일어나 금속 공구를 다시 들고 문에 매달렸다. 좀 더 힘을 주고 있는 탓인지 마찰음 소리가 크게 울렸다. 진영은 아래층과 연결되는 계단으로 자리를 옮겨 아래쪽 동정에 주의를 기울였다. 10분 정도 지났을 때 진영은 아래쪽에서 희미한 소리가 들려오는 것을 느꼈다. 1층 출입구가 열리는 소리였다. 지체 없이 진영은 니콜을 불러 손짓으로 아래를 가리킨 다음 계단 아래로 뛰어 내려갔다. 니콜도 공구를 손에 든 채 진영의 뒤를 따라 2층으로 내려갔다.

이미 아래층 출입문이 열린 듯 상당한 빛이 들어오고 있었다. 게다가 몇 명인지 알 수 없지만 적잖은 숫자의 인기척도 같이 느껴졌다. 2층에 내려온 니콜은 순간 당황했다. 진영이 보이지 않았기 때문이었다. 순간 2층에 놓인 침대 중 하나의 아랫부분에서 빛이 반짝했다. 니콜은 진영의 신호에 따라 남은 침대 아래로 몸을 날려 기어 들어갔다.

침대 밑으로 들어간 니콜이 미처 숨도 내쉬기 전에 2층 전체에 사람들의 발자국 소리가 가득 울렸다. 열대여섯 명 정도 되는 사람들이 2층을 지나 3층으로 올라가고 있었다. 잠시 후 사람들이 4층으로 연결된 계단에 설치된 덮개 문의 자물쇠를 여는 소리가 들렸다. 그러고 나서 끼이익 하는 요란한 소리와 함께 덮개 문이 열리는 소리가 연이어 들려왔다.

2층에 아무도 없는 것을 확인한 진영은 침대 밑에서 기어 나와 3층 쪽 계단을 살폈다. 사람들이 들고 있던 횃불 빛이 희미해진 것으로 보아 모두 4층으로 올라간 듯했다. 진영은 조심스럽게 계단을 올라가서 3층을 확인했다. 니콜 역시 침대 밑에서 나와 1층을 조사하기 시작했다. 거기에서도 사람은 아무도 보이지 않았다. 아래층으로 내려온 진영이 니콜의 귀에 대고 속삭였다.

"이제 나가 봅시다. 아래쪽에 사람이 있습니까?"

"안 돼요. 아마 문 밖에 지키는 사람이 있을 거예요. 차라리 4층으로 올라가서 살펴보고 다시 침대 밑에 숨어서 사람들이 나가길 기다리는 것이 좋을 것 같아요."

"그럼 내가 먼저 올라가겠습니다. 조심하십시오."

진영과 니콜은 다시 4층으로 조심스럽게 걸음을 옮겼다. 그들은 곧 덮개 문을 통과해 4층으로 들어갔다. 모두 위로 올라간 탓인지 아무도 보이지 않았다. 4층에는 진영과 니콜의 관심을 끌 만한 물건들이 여러 개 있었다. 우선 동서남북으로 추정되는 벽의 네 부분에 두개골이 걸려 있었다. 악마를 상징하는 염소 해골들이었다. 또 고문에 필요한 온갖 장비들이 놓여 있었다. X자 형태의 형틀과 쇠사슬, 도르래, 채찍, 집게 등의 고문 도구들이 줄줄이 늘어서 있었다. 중세를 배경으로 하는 영화의 한 장면처럼 보일 정도로 물건 하나하나에는 오랜 세월의 자취가 스며 있었다.

진영과 니콜은 계속해서 5층으로 올라갔다. 희미하게 새어 나오는 불빛으로 보아 5층에는 사람이 한둘 정도 있는 것 같았다. 진영은 5층으로 얼굴을 내밀기 전에 혹시나 무슨 소리가 들리나 귀 귀울였다. 횃불은 있는데 아무 소리도 들리지 않았다. 진영은 신중하게 고개를 들어 눈으로 5층 전체를 살폈다.

첫 번째로 눈에 띄는 것은 갑옷과 투구들이었다. 박물관에서처럼 사람이 갑옷을 입은 양 진열되어 있었다. 모두 다섯 벌이었다. 갑옷 형태와 갑옷에 걸친 외투에 그려진 표식이 눈에 띄었다. 흔히 장식 삼아 진열해 놓는 갑옷은 주로 15세기 이후, 그러니까 강력한 석궁과 화약으로 발사되는 총기가 등장하면서 만들어진 중장 갑옷이었다. 머리에서 발끝까지 강철판으로 완벽히 방호되는 갑옷인 것이다. 그러나 지금 보이는 갑옷은 사슬 갑옷이었고, 투구 역시 머리 위로 덮어써서 머리 전체를 가리는 형태가 아니라 반구형 강철 투구에 사슬이 늘어져 있는 형태였다. 아마도 12~13세기경에 만들어진 것인 듯했다. 하지만 그보다 더 흥미를 끈 것은 갑옷 위에 걸쳐 있는 소매 없는 외투였다. 때와 먼지에 찌들어서 본래 색깔을 분간하기 힘들었지만, 분명 하얀 바탕에 붉은 십자가 표시가 수 놓여 있었다. 십자군 복장, 그중에서도 특히 성전 기사단의 복장이었다. 뜻밖이었다. 괴기스러운 분위기 한가운데에 놓인 십자군 표식의 갑옷이라니. 또 하나 주목할 만한 것은 5층 공간 가장 안쪽에 자리 잡은 제단이었다. 수백 년은 된 듯한 대리석 석재로 장식된 의식 집전용의 제단 가운데에는 십자가가 놓여 있었다. 거꾸로 선 십자가였다.

진영은 머리 꼭대기에서 척추 끝까지 가벼운 전율이 흐르는 것을 느꼈다. 그때 위층에서 이상한 소리가 들렸다. 여러 사람이 웅얼웅얼 기도를 하거나 주문을 외는 소리였다. 의식을 집전하는 모양이었다. 진영과 니콜은 서로를 바라보았다. 그와 동시에 진영은 손가락으로 위를 가리켰고 니콜은 아래를 가리켰다. 하지만 진영의 고집을 꺾을 순 없었다. 두 사람은 천천히 5층 바닥에 올라섰다. 진영은 곧바로 6층 계단으로 향했고 니콜은 제단 쪽으로 걸었다. 그러나 미처 발을 떼어 놓기도 전에 니콜이 놀라서 진영의 팔을 급히 잡았다. 진영은 걸음을 멈추고 니콜의 시선이 박힌 곳을 쳐다보았다. 십자군 표식을 한 갑옷의 얼굴 부분이었다.

진영도 움찔 하고 놀랄 수밖에 없었다. 어두운 불빛과 사슬 때문에 보이지 않았던 얼굴 부분을 정면에서 보자 투구 안쪽의 해골이 그대로 보였다. 시체 위에 갑옷을 걸쳐 놓았던 것이다.

진영은 자신의 팔을 잡고 있는 니콜의 손을 천천히 떼어 놓으며 어깨를 가볍게 두드려 주었다. 그새 니콜은 정상으로 돌아간 듯했다. 그녀는 다시 제단 쪽으로 걸음을 옮겼다. 위층에서 나는 소리는 점점 커졌다. 진영도 6층으로 향했다. 아주 천천히 계단을 올라가자 손에 횃불을 든 채 검은 망토를 걸친 사람들이 보였다. 6층은 첨탑 형태의 지붕을 이고 있었다. 건물 꼭대기 층인 것이다.

둥글게 둘러선 사람들은 점점 더 소리를 높여 가며 의식에 몰입하고 있었다. 모두 똑같은 문장을 외우고 있었다. 알아들을 수 없었지만, 억양이나 발음 형태를 미루어 보아 라틴어가 아닐까 생각을 했다. 가구는 전혀 보이지 않았다. 둥글게 둘러선 사람들 한가운데에는 무엇인가가 있는 듯했다. 잠시 더 그들의 의식을 지켜보던 진영은 별다른 변화가 보이지 않자 천천히 계단에서 내려갔다. 순간 그들이 내는 목소리가 하나로 합쳐져 한 단어를 반복했다.

"아켈다마, 아켈다마, 아켈다마……."

진영은 그 소리를 들으면서 5층으로 내려왔다. 니콜도 대충 조사를 끝냈는지 내려갈 준비를 하고 있었다. 진영은 니콜이 손에 들었던 작은 물체를 상의 주머니에 넣는 것을 보았다. 어두워서 잘 보이지는 않았지만 카메라인 것 같았다. 그들은 3층을 거쳐 다시 2층으로 내려왔다. 니콜이 진영에게 귓속말로 물었다.

"6층에는 뭐가 있었지요?"

진영 역시 니콜의 귀에 가까이 입을 대고 속삭였다.

"별것 없었어요. 검은 망토를 입은 사람들 열대여섯이 둥글게 서서 의식을 집전하고 있었어요."

그 말을 끝으로 진영과 니콜은 침대 밑으로 기어 들어갔다. 진영은 마음이 착 가라앉은 상태였다. 눈을 감으면 그대로 잠들 수도 있을 정도였다. 진영은 혜정의 모습을 떠올렸다. 여기서 혜정과 유진이 고문을 당했을지도 모른다는 생각이 들었다.

무고하게 잡혀 와서 고통을 당했을 것이다. 엄청난 고통과 공포

속에서 비참하게 울부짖는 혜정의 모습이 눈앞에 보였다. 혜정이 내지르는 비명소리가 귓속을 파고들었다. 심장 박동이 점점 빨라졌다. 분노의 불길이 가슴속에서 타올라 온몸을 불태웠다.

어느덧 건물 위쪽에서 웅성거리던 소리가 그치고 계단을 내려오는 발소리가 들렸다. 진영은 더 이상 침대 밑에 숨어 있을 필요가 없다는 생각이 들었다. 그들을 습격해 혜정의 행방을 캐묻고 싶었다. 열 명이 넘는 숫자쯤은 문제도 아니라고 생각했다. 더구나 월터 권총도 있었다. 승산이 충분하다는 생각도 들었다. 필요하다면 그들에게 혜정이 받았을 고통의 열 배고 스무 배고 돌려주고 싶었다.

진영은 고개를 돌려 니콜이 있는 쪽을 바라보았다. 니콜도 진영을 보던 참이라 눈빛이 서로 부딪쳤다. 니콜의 눈빛은 냉정했다. 복수심을 감추지 못하는 진영의 눈빛을 읽었는지도 몰랐다.

진영의 손이 허리춤에 매달린 전투용 나이프의 손잡이에 가 닿을 때부터 니콜은 가슴이 조마조마해졌다. 이곳에서 뜻밖의 충돌이 발생하면 뒷일을 감당할 수가 없었다. 니콜은 애원하는 눈빛으로 고개를 저어 보였다. 그 애절한 눈빛에 진영은 간신히 분노를 가라앉혔다. 하지만 혜정의 비명소리는 그의 머릿속에서 계속 메아리쳤다.

진영은 오른손으로 전투용 나이프의 손잡이를 당겨 칼날을 뽑아 들고는 두 손을 모아 가슴 위에서 잡았다. 하지만 공격보다는 혹시나 발각될 경우 신속하게 대처하기 위한 것이었다. 니콜도 진영의 의도를 알아차리고 홀스터에서 권총을 빼서 가슴에 올렸다. 5년 전 경찰에 투신한 이래 계속해서 소지하고 있는 글록 19형 권총이었다.

위층에서 내려온 사람들이 2층을 거쳐 아래로 내려갔다. 위에서 덮개 문을 닫고 잠그는 소리가 들려왔다. 모두 열여섯 명이었다. 잠시 후 아래층 출입문을 밖에서 잠그는 소리가 들렸다. 사람들이 모두 나간 것이다.

잠시 더 기다리며 인기척을 살피던 니콜이 야간 투시 장비를 다시 머리에 쓰고 침대에서 나왔다. 그러고는 침착하게 아래층을 조사하기 시작했다. 오른손에는 권총을 든 채였다. 진영도 야간 투시경을 쓰고 3층 쪽을 살폈다. 아무도 없음을 확인한 두 사람은 권총과 나이프를 집어넣고 털썩 하고 침대에 걸터앉았다.

"이제 바로 철수할 겁니까?"

"아니요. 아직 파티 구경을 안 했잖아요, 진영 씨. 맨 얼굴을 보고 싶어요. 가능하면 사진도 좀 찍어 두고."

"겁이 없군요. 좋습니다. 기왕 온 거 하고 싶은 대로 해요."

먼저 아래층으로 내려간 니콜이 장비를 사용해 출입문을 열었다. 두 사람은 사방을 경계하면서 조심스럽게 복도로 나섰다. 아무도 없음을 확인한 두 사람은 본관 쪽으로 조심스레 이동했다.

그때 갑자기 본관 응접실과 붙어 있는 주방 쪽에서 커다란 개가 으르렁거리며 뛰어나왔다. 위베르가 데리고 있던 마시프종 개였다. 순간 두 사람은 깜짝 놀랐다. 평소의 유순한 개가 아니었던 것이다.

니콜은 지체 없이 머리에 썼던 마스크를 벗었다. 며칠간 이곳에 머무르면서 개와 친해지려고 애썼던 것을 믿은 것이다. 다행히 개는 니콜의 얼굴을 보고 크게 짖지는 않았다. 하지만 낮게 으르렁

거리며 여전히 경계의 빛을 감추지 않았다.

"진영 씨도 마스크 벗어요. 이렇게 된 이상 파티는 포기해야겠어요. 천천히 철수하지요."

니콜은 바지 아래에 달린 주머니에서 비스킷 세 개를 꺼냈다. 뇌샤텔에 있을 때 몇 번 개에게 던져 주었던 비스킷이었다. 혹시나 침투할 일이 있을 때를 대비해 미리 준비했던 것이다. 니콜은 그중 하나를 살짝 던져 주었다. 커다란 회색 개는 바닥에 떨어진 비스킷 냄새를 맡아 보더니 바스락거리며 씹어 먹었다. 니콜은 남은 두 개를 마저 던져 주고는 서쪽 건물의 계단을 빠른 속도로 올랐다. 진영도 그 뒤를 소리 없이 따랐다.

5층 계단을 한걸음에 올라선 진영과 니콜은 문을 열고 지붕으로 나갔다. 문을 닫고 나서야 그들은 한숨을 돌릴 수 있었다. 두 사람은 지체 없이 아까 걸어 놓은 밧줄에 매달려 이웃 건물로 건너왔다. 넘어오자마자 니콜은 묶어 둔 밧줄을 풀어 냈다. 그리고 발사기 버튼을 누르자 건너편 뇌샤텔 지붕에 고정되어 있던 추가 풀려 이쪽으로 서서히 다가왔다.

잠시 후 두 사람은 자동차로 돌아왔다. 장비를 해체해서 챙겨 넣고 옷도 교대로 갈아입었다. 니콜은 전혀 부끄러워하지 않으며 바지까지 갈아입었다. 오히려 진영이 겸연쩍어하면서 옷을 갈아입었다.

어느새 밖에는 가을비가 내리고 있었다. 진영은 카스테레오를 켜서 라흐마니노프의 피아노 협주곡을 듣기 시작했다. 니콜은 아무 말 없이 차창 밖을 바라보고 있었다. 차창으로 조금씩 흘러 떨어지는 빗물이 피아노 선율에 맞춰 움직이는 듯했다.

“호텔로 데려다 주겠소.”

진영이 자동차 시동을 걸면서 말했다.

“병원으로 가요. 어차피 진영 씨는 그쪽으로 갈 거잖아요. 같이 가서 얘기도 좀 하고 가능하면 교대로 잠도 좀 자고요.”

진영은 별다른 대꾸 없이 차를 병원 쪽으로 몰았다. 빗방울이 조금씩 더 굵게 떨어졌다. 시간은 어느덧 12시를 넘어서고 있었다.

희망은 사라져 가고
2005년 9월 14일

지난밤 오랜만에 일찍 귀가한 남편이 사랑스러웠는지 마리즈는 .남편 알랭의 맨가슴을 쓰다듬기 시작했다. 아직 충분히 매력적인 아내의 알몸을 안으며 알랭은 필사적으로 《프랑스 수아》의 기사 내용을 잊으려 했다. 운동으로 단련된 알랭은 아내를 충분히 즐겁게 해 줄 수 있었고, 곧 그녀를 깊은 잠에 빠뜨렸다.

그러나 알랭은 잠이 오지 않았다. 곤하게 잠든 아내 얼굴을 내려다보다가 알랭은 조용히 거실로 나와 담배를 피워 물었다. 마리즈는 아직 《프랑스 수아》의 기사를 읽지 않았을 것이었다. 그리고 그 기사가 두 사람의 인생을 어떻게 바꾸어 놓을지에 대해서는 꿈에도 생각하지 않을 것이었다. 알랭은 별로 즐기지는 않지만 늘 떨어지지 않도록 사 놓는 스카치 위스키 병과 잔을 꺼내 왔다. 그가 가장 좋아하는 14년산 싱글 몰트 위스키 오반이었다. 깊고 강한 향과 부드러운 뒷맛이 특징인 위스키였지만 아무 향도 느낄 수 없었다. 높은 도수의 알코올이 목으로 넘어간 다음 목젖부터 번져 내려가는 타는 듯한 고통만이 느껴질 뿐이었다.

모든 걸 포기하고 아내와 아들을 데리고 파리를 떠나고 싶다는 생각이 들었다. 여행사 포스터에 주로 등장하는 마르티니크나 보라보라 같은 곳들이 머릿속을 스쳐 지나갔다. 알랭은 은퇴 후 그런 곳에서 여생을 보내는 것을 꿈꾸어 왔다. 조금 이르긴 하지만 그렇게 나쁠 것 같지도 않았다. 재산을 정리하면 먹고사는 데 힘들 정도는 아니었다. 하지만 오늘 석간신문 기사가 다시 떠올랐다. 아직까지는 알랭 이름이 거론되진 않았지만 아마 이틀 후쯤 되면 그를 파멸시키기 위한 작업이 시작될 것이었다. 경찰 감찰 기구에서 심문을 받은 후 검찰로 송치되어 재판을 받을 것이다. 당연히 유죄 판결이 날 것이고 불명예 퇴직과 함께 어쩌면 1, 2년 정도 실형을 받을지도 몰랐다.

끔찍한 일이었다. 그런 일을 당하느니 프랑스 경찰의 오랜 전통에 기대어 사표를 내는 편이 좋았다. 프랑스 경찰에는 업무상 과실에 관한 한 사표를 내는 것으로 모든 것을 용서해 주는 전통이 있었다. 하지만 개운치 않았다. 그가 그만두면 도처에서 납치당해 고문당하고 사육당하며 살해당하고 있을지도 모르는 피해자들은 어찌 될 것인가. 아마 이 골치 아픈 사건은 잠시 유보되었다가 후임자가 오면 영구 미제 사건으로 처리될 것이었다. 그럴 수는 없었다. 악마한테 굴복할 수는 없었다. 끝까지 싸워야 했다.

거의 뜬눈으로 밤을 지새운 알랭은 30분쯤 늦게 출근했다. 시간을 칼같이 지켜 온 그로서는 드문 일이었다.

일단 자리에 앉자 알랭은 아무 일 없었다는 듯이 여느 때와 다름없이 일하기 시작했다. 아침 커피 향기가 사라지기도 전에 니콜이 전화를 걸어왔다. 뇌샤텔 잠입 수사 보고였다. 보고를 들은 알랭은 크게 고무되었다. 아켈다마와 관련된 조직을 찾아낸 것이다. 곧 범죄 사실도 파악할 수 있을 것이었다. 이제 희생자들이 감금된 곳을 찾아낼 수 있다면 모든 문제가 해결되는 것이었다.

알랭은 니콜에게 몇 가지 지시를 내리고 전화를 끊었다. 그리고 외부로 통하는 수화기를 들어서 평소라면 절대로 먼저 연락하지 않았을 사람에게 전화를 했다. 수화기 속으로 《르 피가로》의 사회부 기자 이브 로카르의 목소리가 들려왔다.

진영은 오후 2시에 잠에서 깨어 평소처럼 샤워를 하고 밖으로 나와서 성 카트린 병원을 향했다.

오늘쯤은 유진과 어느 정도 대화가 가능하지 않을까 기대하면서 담당 의사인 마틸드와 인사를 나누고 진영은 유진의 방으로 갔다. 평소처럼 노크를 하지 않고 천천히 문을 열고 들어갔다. 유진은 환자복 차림으로 창 밖을 내려다보고 있었다. 진영이 두어 번 헛기침을 하자 유진이 몸을 돌렸다. 눈빛이 아주 명료했다.

"유진 씨, 저예요. 좀 괜찮아요?"

"네, 괜찮아요. 어제부터 기다렸어요. 할 말이 있어서요."

거의 정상으로 보이는 유진을 보며 무척 기뻐하면서 진영은 의자에 앉았다.

"어디 아픈 데는 없어요?"

"별로 아픈 데는 없어요. 그저 골이 띵한 것 같은 느낌이에요. 너무 많이 잤나 봐요."

진영이 침대에 눕기를 손으로 권했지만 유진은 진영을 마주 보고 침대에 걸터앉았다.

"침대에 눕기 싫어요. 나가고 싶어요. 이제 집에 가야죠."

"집에 가고 싶어요?"

"네, 여행도 지겹고요. 그런데 혜정이는 어디에 있죠? 같이 안 왔어요? 이놈의 지지배가?"

순간 진영은 뭔가 이상하다고 느꼈다.

"혜정이가 어디에 있는지 몰라요, 유진 씨?"

유진은 멍한 얼굴로 진영을 보기 시작했다.

"걔가 지금 어디에 있는지 내가 어떻게 알아요? 진영 씨가 알죠?"

"유진 씨, 여기 왜 들어왔는지 몰라요?"

"모르겠어요. 교통사고가 난 것 같지도 않은데……."

유진은 침대 위에서 두 팔을 벌려 빙빙 돌려 보고 고개도 갸웃해 보였다. 이상한 몸놀림이었다. 익숙하지 않은 사람이 조작하는 꼭두각시 인형 같았다. 전혀 회복된 것이 아니었다. 유진은 영어를 비롯한 외국어를 잘하지 못했고, 병원 측에서도 한국어를 할 리 없었으니 그녀의 정신 상태를 파악하는 데에는 한계가 있었던 것이다.

진영은 빨리 한국에 가고 싶다고 칭얼거리는 유진을 다독인 다음 병실을 나와 마틸드에게 방금 유진과 나눴던 이야기를 전했다.

"부분 기억상실입니다. 회복이 무척 빨라 보여 다행이라고 생각했는데 역시 한계가 있었군요."

생각에 빠져 있던 마틸드가 고개를 천천히 가로저으며 되뇌었다.

"어떻게 해야 합니까, 이제?"

"회복하는 데 시간이 무척 걸립니다. 회복 자체를 장담할 수도 없고요. 여러 가지 심리 치료를 거쳐야 하고 주위 환경도 무척 중요합니다. 이제 우리 병원에서 할 수 있는 일은 거의 없습니다. 최대한 빨리 한국으로 돌아가서 모국어로 심리 치료를 해야 합니다."

"역시 그럴 수밖에 없겠지요?"

진영은 예상했다는 듯이 말했다. 말이 통하지 않는 이곳에서는 정신과 치료가 불가능하다고 생각해 왔던 것이다.

"한국 대사관의 박 영사님께 연락을 취해 주세요. 최대한 서둘러서 귀국시켜야 할 것 같아요."

"알았습니다. 준비하도록 하겠습니다."

마틸드와 헤어진 진영은 병원 바깥으로 나왔다. 북해 지방의 짙은 먹구름이 낮게 깔려 있었다. 습기를 잔뜩 머금은 찬 공기가 피부에 달라붙었다. 진영은 병원 앞 벤치에 앉았다. 이제 혜정을 어떻게 찾아야 할까? 유진이 정신을 차리면 단서를 얻을 수 있지 않을까 했던 기대가 물거품이 된 것이었다. 진영은 비가 떨어질 것 같은 하늘을 바라보며 담배를 피워 물었다. 그러고는 휴대 전화를 꺼내 벨기에 주재 한국 대사관으로 전화를 했다.

루브르 박물관에서 그리 멀지 않은 몰리에르 거리의 한 회전 초밥 식당.

알랭은 접시에 담겨 컨베이어 벨트에 놓인 채 돌아가는 초밥들을 신기한 듯 바라보며 누군가를 기다리고 있었다. 약속 시간에서 10분 정도가 지나고 있었다. 그때 두툼한 손바닥 하나가 어깨를 두드렸다.《르 피가로》의 이브 로카르 기자였다.

"오래 기다리지는 않았죠? 미안합니다. 데스크가 오늘 기분이 무척 안 좋았거든요."

이브는 알랭의 옆자리에 재킷을 벗어 걸쳐 놓고 앉아서 떠들어 대기 시작했다. 무척 말이 많은 사람으로 170센티미터가 채 안 되는 키에 90킬로그램은 되어 보이는 뚱뚱한 체구였다. 녹색 줄무늬 와이셔츠에 빨간색 넥타이를 느슨하게 매었고 앞머리는 많이 벗어져 있었다. 거기에 도수 높은 금테 안경을 써서 언뜻 보면 약간 바보스러운 인상이지만 렌즈 안에서 가끔씩 빛나는 예리한 눈빛이 만만치 않은 이력을 보여 주고 있었다.

"일본 음식을 좋아하는지 모르겠습니다. 제가 요즘 이 초밥에 맛 들였어요. 다이어트에도 효과적이고요."

이브는 자리에 앉자마자 눈앞에 있는 초밥 접시를 하나 들어 식탁 앞에 놓았다. 그리고 익숙한 젓가락질로 작은 간장 그릇에 와사비를 덜어 놓고 간장을 따라서 섞었다. 내키지 않는다는 표정으로 알랭은 이브의 행동을 따라했다. 이미 이브는 초밥 두 개가 담긴 접시 하나를 비우고 두 번째 접시를 고르고 있었다. 생선 초밥 접시만 고르는 이브와 달리 알랭은 두껍게 부친 일본식 계란말이가 담긴 접시를 내려놓고 먹었다.

한동안 두 사람은 별다른 이야기 없이 묵묵히 먹기만 했다. 예 닐곱 개 정도 접시를 비운 이브는 식당 입구 쪽에 선 종업원에게 녹차를 주문했다. 억지로 초밥을 먹고 있는 알랭 옆에 나란히 앉 은 이브는 뜨거운 녹차가 담긴 사기 잔을 두 손으로 감싸 쥐고 소 곤소곤 이야기를 꺼냈다.

"알랭 경사님이 저를 찾은 이유를 알 것 같습니다. 지금 어려운 처지에 빠져 있지요?"

"그렇습니다."

알랭이 초밥 하나를 입에 넣고 우물거리며 고개를 끄덕였다.

"제가 뭘 도와드릴까요? 물론 주실 것도 있겠지요?"

대충 다 먹었는지 알랭은 식사 중에 갖다 준 일본 된장국을 한 모금 마시고는 담배를 피워 물었다. 그러고는 주위 사람들을 둘러 보았다. 대부분 혼자 내지 둘이 와서 초밥 먹는 일에만 열중하고 있었다. 프랑스 사람보다는 일본 사람이 훨씬 많았다. 근처에 많 이 있는 일본계 회사를 다니는 사람들로 보였다.

"어제《프랑스 수아》기사 보셨겠지요?"

"물론입니다. 이름은 나오지 않았지만 알랭 경사님 얼굴이 떠 오르더군요. 게다가 기사에서 냄새가 풀풀 나던데요."

"그 기사 쓴 친구 알고 있습니까?"

"알지요. 젊은 친구인데 한 건 찾으러 다닌 지 꽤 오래됐어요. 거기에 당신이 걸려든 거지요."

"그건 아무래도 상관없습니다. 제가 오늘 로카르 기자님을 만 나자고 한 건 나 자신의 신상 문제 때문만은 아닙니다. 저는 지금 무척 중요한 수사를 진행하고 있습니다. 요즘 유럽 곳곳에서 벌어지는 납치 사건에 대해 잘 알고 계시지요? 그 배후에 있다고 생각되는 비밀 조직을 추적하고 있습니다. 죽은 사람이 문제가 아닙니다. 아직도 놈들에게 많은 사람들이 잡혀 있습니다. 장이 어이없이 살해된 데에서도 알 수 있듯이 만만한 놈들이 아닙니다. 그들이 제 목을 노리고 있는 거지요. 그들 뜻대로 일이 진행되도록 내버려두어서는 안 됩니다. 지금까지 살해된 수많은 사람들과 납치되어 지금도 공포에 떨고 있는 사람들을 위해서 로카르 기자의 도움이 필요해요. 도와주지 않겠습니까?"

이브가 느긋하게 되물어 왔다.

"제가 뭘 어떻게 도와주면 되지요?"

"당신한테 수사 정보를 넘기겠습니다. 기사화해 주십시오."

"엠바고가 걸려 있지 않습니까?"

"엠바고는 어제 그 빌어먹을 기사로 이미 깨진 상태입니다. 상관하고 싶지도 않고."

이브는 녹차를 한 모금 마신 다음 빈 잔을 테이블에 놓았다. 전혀 서두르는 기색이 없었다.

"저로서는 구미가 매우 당기는군요. 조건 없는 특종 제보라."

"조건이 딱 한 가지 있습니다. 제가 원하는, 아니 수사에 도움이 되는 방향의 기사 논조가 그 조건입니다."

"기사는 제가 쓰는 겁니다. 경사님이 강요한다고 해서 원하는 기사가 나갈 거라는 생각은 곤란해요."

"강요할 생각은 없어요. 단지 사실대로만 써 주면 됩니다."

이브는 약간 짓궂은 미소를 지으며 알랭의 말을 받았다.

"장이 두들겨 맞은 사실만 빼고요?"

“그 일은 숨기거나 피해 갈 생각은 없어요. 하지만 지금도 악마들 손에서 울부짖고 있을 피해자들을 생각하면 저는 그보다 더한 짓이라도 할 생각입니다.”

이브는 잠시 생각에 잠겨 있었다. 그러고는 알랭에게 오른손을 내밀었다.

“제가 경사님을 안 지 벌써 10년입니다. 당신을 믿겠습니다. 우리 한번 해 봅시다.”

알랭은 이브의 손을 맞잡았다.

악마의 발톱
2005년 9월 15일

아침 9시쯤 일어난 진영은 호텔에서 체크아웃을 한 후 짐을 모두 차에 싣고 병원으로 가서 유진의 퇴원 수속을 밟았다. 치료비 전액을 벨기에 정부에서 지불하기 때문에 딸린 서류들이 제법 많았다. 진영이 서류 작성을 다 끝낼 무렵 박영철 영사가 도착했다. 수속을 마친 두 사람은 마틸드의 안내를 받아 유진의 병실로 갔다. 진영의 손에는 검정 스포츠 가방 하나가 들려 있었다.

병실 문을 열자 간호사 하나가 유진을 씻기고 머리를 말리는 중이었다. 세 사람이 들어섰지만 유진은 아무 관심도 보이지 않았다. 진영은 마틸드에게 가방을 건네주었다. 마틸드는 가방을 열고 속에 있는 것들을 침대에 하나하나 늘어놓았다. 편히 입을 수 있는 캐주얼 의류들이었다. 비싼 돈을 들여서 산 탓인지 고급스러운 느낌이 나는 옷들이었다. 마틸드는 남자 두 사람에게 눈짓으로 문쪽을 가리켰다.

"20분 후에 오세요. 숙녀가 옷을 갈아입어야 하니까요."

병실에서 나온 두 사람은 병원 현관 앞까지 나가서 각자 담배를 물었다. 박 영사가 말했다.

"제가 봐서는 전혀 모르겠던데요, 김진영 씨?"

"겉으로 보면 별 이상 없어 보이지만 같이 이야기해 보면 이상해요. 어린아이 같기도 하고 말하는 것도 종잡을 수 없어요. 게다가 브뤼헤에 온 이후는 전혀 기억이 나지 않는 모양이에요."

"안됐군, 젊은 여자가."

"치료가 가능할 거라 하더군요. 시간은 많이 걸리겠지만."

"수사는 어떻답니까? 브뤼헤 경찰에 알아본 바로는 거의 답보 상태던데요. 프랑스 경찰도 수사를 하고 있다면서요?"

"무슨 이유인지 몰라도 브뤼헤 경찰 쪽은 별로 열의가 없는 것 같아요. 프랑스 경찰은 뭔가 찾아낸 모양입니다."

박 영사가 고개를 끄덕이면서 말했다.

"도시 이미지 때문일 거예요. 브뤼헤는 관광에 의존해서 꾸려가고 있습니다. 그러니 여행 중인 여자가 둘씩이나 실종됐다는 뉴스가 나가는 걸 절대로 바라지 않을 거예요."

"그도 그렇겠네요. 하여튼 브뤼헤는 이 병원만 빼고는 마음에 드는 구석이 하나도 없어요."

잠시 더 이런저런 이야기를 나누던 두 사람은 다시 유진의 병실로 향했다. 두 사람이 병실에 들어서자 유진이 전혀 다른 모습으로 그들을 기다리고 있었다. 환자복 대신 진영이 사 온 옷을 입은 유진은 원래의 미모가 되살아나 있었다. 검은 생머리를 뒤로 단정하게 묶고 얼굴엔 가볍게 화장까지 했다.

마틸드가 유진을 일으켜 세우며 말했다.

"자, 유진 씨. 이제 떠날 시간이에요."

유진은 무표정한 얼굴로 일어나 진영과 박 영사를 힐끔 보았다.

"빨리 가요. 나 배고파."

진영은 운전석에 앉아 시동을 걸고 천천히 차를 움직여 성 카트린 병원을 빠져 나왔다. 결국 이렇게 아무 소득 없이 이곳을 떠나게 된 것이다. 진영은 눈을 돌려 유진을 보았다. 무표정한 모습이었다. 진영은 차를 브뤼헤 외곽 순환 도로 쪽으로 몰지 않고 시내 쪽으로 운전했다. 토요일 오전이어서 그런지 행인도 별로 없었고 길가의 가게들 역시 대부분 문이 닫혀 있었다.

차가 브뤼헤의 심장부인 마켓 광장에 다가서면서 성혈 사원의 첨탑과 벨포르 탑이 눈에 들어왔다. 그때 문득 유진이 내뱉었다.

"나, 여기 싫어. 빨리 돌아가요."

진영은 고개를 돌려 유진을 힐끔 보았다. 표정이 달라져 있었다. 무언가 참으려고 애쓰는 얼굴이었다. 진영은 차를 돌려 일부러 뇌샤텔 쪽으로 몰았다. 오래지 않아 뇌샤텔로 들어가는 골목 앞에 차가 도착했다.

유진은 갑자기 발악하듯 고함을 질렀다. 처절한 목소리였다.

"나, 싫어. 무서워. 제발, 제발."

진영은 차를 움직여 시 외곽으로 빠져나갔다. 유진은 극도로 공포에 질려서 간신히 숨을 내쉬었다. 그 모습을 본 진영은 혜정과 유진이 뇌샤텔에서 무슨 일인가를 당했음을 더욱 확신했다.

프랑스 북부의 대도시 릴을 지나서 파리까지 약 100킬로미터 정도 남은 곳이었다. 양 차선 모두 교통량이 아주 적었다. 브뤼헤를 떠난 후 시속 150킬로미터의 속력을 유지해 왔던 진영은 브레이크를 밟아 속도를 줄일 수밖에 없었다. 편도 2차선 도로였는데, 갓길 공사로 차선이 아주 좁아졌던 것이다.

그때 뒤쪽에 있던 검은색 아우디 승용차가 속도를 내더니 거리를 좁혀 왔다. 아우디는 거의 1미터 정도 거리까지 접근했다. 충돌할 것 같다는 생각에 진영은 조금씩 초조해지면서 신경이 날카로워졌다.

제한 속도를 무시하고 거칠게 페달을 밟아 나가던 진영의 눈앞으로 줄지어 달리는 대형 트레일러 두 대가 나타났다. 진영은 금세 그들을 따라잡았다. 그는 좌측 방향 지시등을 켜고 추월선으로 이동했다. 녹색 트레일러를 가볍게 추월한 후 붉은색 트레일러 뒤에 도달했을 때 진영은 힐끗 백미러를 보았다. 검은색 아우디의 위치를 확인하려는 무의식적인 행동이었다.

순간 진영은 깜짝 놀랐다. 방금 추월한 녹색 트레일러가 차선을 바꿔 뒤쪽에 와 있었던 것이다. 동시에 앞에서 달리던 붉은색 트레일러가 차선을 바꿔 진영의 눈앞을 막아섰다. 순식간에 거대한 트레일러 두 대 사이에 갇힌 것이다. 앞에 있던 트레일러의 브레이크 등이 붉게 물들었다. 본능적으로 진영은 브레이크를 밟으며 핸들을 오른쪽으로 꺾었다. 그러자 자동차가 균형을 잃으며 뱅그르르 돌기 시작했다. 순간 뒤에 있던 녹색 트레일러가 진영의 차 오른쪽 후면을 강타했다. 도는 팽이를 한 번 더 때린 격이었다. 진영의 차는 오른쪽으로 회전하다가 누가 집어 던지기라도 한 듯이 전복된 채 미끄러졌다. 그리고 도로 오른쪽에 있는 간이 장애물에 부딪친 다음 공중으로 붕 떠올랐다. 꽝 하는 굉음과 함께 도로 바깥으로 떨어진 차는 30미터쯤 구르다가 마침내 멈췄다.

트레일러들은 아무 일 없다는 듯이 계속 달려서 금방 시야에서 사라졌다. 사고 현장에 검은색 아우디 승용차가 비상등을 켜고 정차했다. 마치 목격자가 구조 활동을 펼치려는 것처럼 보였다. 문이 열리더니 차 안에서 두 사람이 서둘러 내렸다. 한 사람은 삼각형 경고 표시등을 들고 차 뒤쪽으로 뛰어갔고, 한 사람은 장애물을 뛰어넘어 진영의 차가 뒤집혀 있는 곳으로 뛰어갔다.

뒤집힌 채 연기를 내는 차 주위에는 사람 허리까지 올라오는 목초들이 자라고 있었다. 청바지에 검은색 방수 재킷을 걸친 사내는 허리춤에서 검은색 권총을 꺼내 들고 차 쪽으로 다가갔다. 조수석 출입문 쪽 안전 유리는 박살이 나서 너덜거렸다.

사내는 권총을 들고 차분히 내부를 들여다봤다. 여자 하나가 입가에 검붉은 액체를 흘린 채 거꾸로 구겨져 있었다. 확인할 필요도 없는 상태였다. 사내는 운전석 쪽을 마저 확인하기 위해 차량 앞쪽으로 돌아갔다. 에어백이 터져 있어서 안쪽이 쉽게 보이지 않았다. 몇 걸음 더 걸어 완전히 운전석 쪽으로 돌아간 그는 그곳이 텅 빈 것을 볼 수 있었다.

사내의 동작이 민첩해졌다. 그는 권총을 두 손으로 겨누고 차량 주위를 수색했다. 주위에는 민가도 없고 눈에 띄는 지형지물도 없었지만 허리까지 자란 목초들 때문에 잘 보이지 않았다. 주위를 일단 돌아본 후 다시 운전석 쪽으로 와서 사람이 움직여 간 흔적을 찾으려 했을 때, 도로에 있던 사내가 고함을 지른 후 손짓으로 돌아오라는 신호를 보냈다.

사내는 지체 없이 도로 쪽으로 뛰었다. 그가 도로에 채 다가서기도 전에 배관 회사 로고가 새겨진 중형 트럭 한 대가 뒤에 멈춰서는 것이 보였다. 권총을 허리에 다시 꽂아 넣은 사내는 서둘러 도로에 올라섰다. 흰색 트럭에서 위아래가 붙은 작업복 차림의 중년 남자 하나가 내렸다.

"큰 사고가 난 모양인데 도울 게 없습니까?"

사람 좋은 배관공이 구조 작업에 동참하려고 차를 세운 것이다.

"아니 벌써 끝났소. 이미 죽었으니까."

"경찰에 신고 전화는 했소? 빨리 연락해야 할 텐데."

배관공이 휴대 전화를 꺼내며 물었다. 그리고 고개를 젓는 사내의 얼굴을 보며 휴대 전화 번호를 눌렀다. 순간 뒤에 있던 남자의 손에 다시 검은색 소음총이 들렸고, 경쾌한 발사음과 함께 배관공은 가슴이 화끈해지는 것을 느꼈다.

배관공은 천천히 쓰러져 트럭 옆에 누웠다. 두 사내 중 하나가 트럭 옆에 난 문을 열고 시체를 들어 안으로 밀어 넣었다. 트럭 문을 거칠게 닫은 두 사람은 서둘러 승용차에 올랐다.

검은색 아우디는 곧 속도를 내서 사라져 버렸다. 배관공의 몸에서 흘러 생긴 핏자국 위로 빗물이 점점 더 굵게 떨어졌다.

프랑스 헌병대의 고속도로 순찰용 오토바이 두 대가 현장에 도착한 것은 아우디가 떠난 지 약 20분 후였다. 오토바이에서 내리자마자 헌병들은 굵은 빗줄기를 뚫고 도로 바깥에 뒤집혀 있는 파

제로 쪽으로 뛰어 내려갔다. 사고 차량의 조수석에는 동양인 여자
가 즉사해 있었다. 그리고 현장에서 사라진 운전자는 20미터 정도
떨어진 목초지 배수로에 정신을 잃고 쓰러져 있었다.

　니콜은 브뤼헤 시립 대학의 역사학자 자크 바를랭 교수의 연구
실로 향했다. 툴루즈 대학에 있는 은사를 통해 소개받은 사람으로
브뤼헤 역사의 최고 권위자였다. 니콜은 아파트 문에 붙어 있는
번지를 다시 확인한 다음 벨을 눌렀다.
　한가운데에 전기 난로가 있어 방 안은 무척 따뜻했다. 사방은
온통 책들로 덮여 있었다. 잠시 니콜이 두리번거리고 있자니 구석
에 있는 칸막이 안에서 키 작은 노인 한 명이 걸어 나왔다. 60대
후반으로 보이는 나이에 키가 무척 작은 백발 남자였다.
　"안녕하십니까? 어제 전화로 약속한 니콜이라고 합니다."
　교수는 인사는 듣는 둥 마는 둥 하고 니콜의 위아래를 훑어봤
다. 노환성 근시가 있는지 니콜을 보는 눈가가 무척 일그러져서
주름살이 한층 도드라져 보였다. 그는 벽시계를 힐끔 보았다.
　"5분이나 일찍 왔군. 거기 앉으시오."
　니콜은 바를랭 교수의 괴팍한 태도에 전혀 신경 쓰지 않고 난로
옆에 놓인 간이 의자에 앉았다.
　"그래, 투와르 박사의 제자라고 했지? 무슨 용건으로 왔소?"
　"교수님도 좀 앉으시지요. 이야기가 길지도 모르는데요."
　바를랭 교수는 생글거리는 니콜을 잠시 노려보더니 창문 옆에
놓인 의자에 앉았다. 니콜은 곧바로 본론으로 들어갔다.

"브뤼헤 역사에 대해 궁금한 것이 있어서 왔는데요. 교수님의 가르침을 받고 싶습니다. 1300년대 초 브뤼헤를 배경으로 프랑스 왕 필리프 4세와 성전 기사단 사이에서 있었던 일들을 알고 싶습니다. 특히 자크 드 몰레가 화형당한 시기를 전후로 해서요."

"논문을 쓰고 있나?"

"아니요, 사람들을 구하기 위해 역사의 수수께끼를 풀어 보려는 겁니다."

"무슨 얘긴지 모르겠구먼. 장난을 치려고 왔다면 이만 나가 주게. 그렇게 한가한 몸은 아니니까."

니콜은 생글거리던 것을 멈추고 신분증을 꺼내 교수에게 주었다.

"프랑스 경찰이 여기에 무슨 볼 일이 있는 거지? 더구나 나에게 말이야."

니콜은 천천히 그리고 자세하게 그동안 일어난 사건들을 설명해 나갔다. 유진과 혜정에 대한 이야기와 장에 대한 이야기, 그리고 얼마 전 초대받지 않고 뇌샤텔에 들어가 발견한 것들을 차례로 이야기했다. 제법 시간이 걸렸다.

바를랭 교수는 고개를 끄덕이며 니콜의 이야기를 들었다. 니콜의 이야기가 대략 끝나자 바를랭 교수는 양손 손가락 끝을 마주 대고 앉아 한참 있었다. 그리고 문득 일어나면서 이야기했다.

"차 한 잔 하겠나? 중국 운남에서 난 차가 조금 있는데 아주 훌륭하지."

"좋지요. 감사합니다."

교수는 연구실 한구석에 가서 잠시 부스럭거리더니 중국식 도

자기로 된 차 세트를 들고 나왔다. 니콜은 교수가 주는 그리 크지 않은 찻잔을 받아 들고 코로 가져가 향을 맡아 보았다. 고결하고 품위 있는 차 향이 느껴졌다.

"아주 좋은데요."

"중국에서 왔다가 돌아간 제자가 조금씩 보내주고 있네. 시중에서 구할 수 있는 물건이 아니야."

바를랭 교수는 더 이상 이야기하지 않고 차를 즐기고만 있었다. 니콜도 마찬가지였다. 한참 만에 차를 다 마신 교수는 찻잔을 테이블에 올려놓고는 니콜을 주시했다.

"악마가 있다고 생각하는가?"

"아니요. 그런 게 있다고 생각하지는 않습니다."

"아니 있네. 이게 내가 자네에게 주는 첫 번째 충고일세. 인간에겐 누구나 악마가 있어. 권력, 돈, 성욕, 지식 등 인간이 욕망하는 모든 것들은 악마의 것에 속하거든."

"그게 이번 사건과 무슨 관계가 있는 겁니까?"

"자네가 지금 찾는 것은 실존하는 거대한 악마의 뿌리야. 그것을 찾기 위한 첫 번째 조건을 이야기한 거야."

바를랭 교수는 자리에서 일어나 엄청나게 쌓여 있는 책 더미 속을 뒤졌다. 시간이 꽤 지난 후 바를랭 교수는 책 두 권을 들고 와서 니콜에게 내밀었다.

니콜은 책의 표지와 목차 등을 살폈다. 두 권 다 무척 오래된 책들이었다. 한 권은 라틴어, 한 권은 중세 프랑스어로 씌어 있었다. 라틴어로 쓴 책은 로마 교황청에서 발간한 성전 기사단 사건의 심리, 재판 자료집이었고 다른 책은 1313년에 발행된 성전 기사단의 재산 목록이었다.

"라틴어를 읽을 줄 알겠지?"

"네, 쉽지는 않지만 읽을 수 있습니다. 이 책들은 아주 귀한 장서들인데 어떻게 갖고 계세요?"

"두 권 모두 원본이 아니야. 자세히 보면 알 걸세. 원래 프랑스 왕립 도서관에서 보관하던 원본을 근거로 프랑스 대혁명 후에 필사한 것이지. 알고 있을 텐데? 특히 나폴레옹 시대 때 엄청난 양의 출판물들이 쏟아져 나왔지."

"그때 필사된 책들에 대해서 들은 바 있습니다. 그 이후로 프랑스 역사의 수수께끼가 많이 풀렸죠."

"자, 이 두 권의 책을 읽어 보면 대략 상황이 정리될 거야."

"그런데 이건 이미 읽었습니다."

니콜은 성전 기사단의 재판 기록집을 다시 내밀었다. 바를랭 교수는 잠자코 그 책을 돌려받고는 책들이 쌓인 곳으로 다시 가서 한참 동안 무엇인가를 찾았다. 그러고는 다른 책 한 권을 들고 왔다. 역시 꽤 오래된 장서였다. 플라망어로 된 그 책은 제목이 『브뤼헤 상공 회의소의 역사 XIV~XV』였다.

"기본 공부를 조금 한 모양이군. 그럼 이 책을 같이 봐. 조금 전에 준 성전 기사단 재산 목록과 브뤼헤 상공 회의소 역사를 같이 읽어 보면 재미있는 것을 찾을 수 있을 거야."

"좀 얘기해 주실 수는 없을까요? 시간이 많지 않거든요. 물론 노력하겠습니다마는……."

"게으름 피우는 학생은 질색이야. 직접 찾아내. 난 프랑스 경찰의 끄나풀이 될 생각은 추호도 없으니까."

"제가 뇌샤텔에서 본 비밀 의식에 대해서 짐작 가는 것은 없으세요?"

바를랭 교수는 거의 남지 않은 찻잔의 찻물을 마저 비웠다.

"난 역사학자로서 역사를 공부해 왔네. 공부를 하다 보면 의문은 점점 더 많이 생기는 법이야. 성전 기사단과 필리프 4세와 브뤼헤 간의 삼각 관계는 무척 흥미로우면서도 의문점이 많아.

필리프 4세는 일생 동안 조부인 성왕 루이의 그림자를 벗어나기 위해 몸부림친 사람이야. 더구나 성지 회복 전쟁에서 전사한 조부에게 엄청난 콤플렉스까지 느끼고 있었다고 여겨지네. 그래서 통치 초반에는 성왕 루이 시대의 기본 틀을 유지하려고 하지, 착한 손자로서. 하지만 성왕의 자손들마저 성왕일 수는 없었지. 통치 후반기로 가면서 필리프 4세는 욕망을 드러내고 말아. 그 욕망의 실현은 결국 전쟁으로 나타나는데 하나는 세속 권력을 키우는 데 방해되는 로마 교황청과의 싸움이고 하나는 경제적 이익을 손상시키려는 브뤼헤와의 전쟁이야.

전쟁 결과는 물론 알고 있을 거네. 교황과의 싸움은 이겼어. 그 결과가 아비뇽 유수와 교황 클레멘스 5세의 즉위야. 교황을 프랑스 영지에 구속하고 그 이상의 권력을 휘두른 거지. 하지만 브뤼헤 쪽은 이야기가 달랐지. 프랑스 왕의 수입원 중 상당 부분을 차지했던 브뤼헤의 세금이 두 차례의 패배로 사라진 거야. 1302년에 있었던 브뤼헤 시민 봉기와 쿠르트레 전투 말이야. 그 두 번의 전투에서 기세등등하던 프랑스 왕의 기사들은 브뤼헤의 시민들로 구성된 의용군에게 철저하게 패배하고 말았지. 필리프 4세는 이 두 가지 문제를 해결하는 방안을 찾기 시작했어. 아비뇽 유수는 이루어졌지만 로마 가톨릭의 잠재력은 아직 무시할 수 없었지. 전 유럽에 걸쳐 있는 가톨릭 세력의 반감과 반프랑스 정서가 합쳐지면 당시 유럽 최강대국인 프랑스의 왕이라도 감당하기가 쉽지 않았던 거야. 더욱이 그의 돈줄이었던 브뤼헤마저 떨어져 나간 상황에서는……

　그때 그가 주목한 조직이 성전 기사단이야. 알다시피 그 당시 성전 기사단은 로마 교황의 직할 조직이었어. 교황에게는 세속 권력의 배경이었던 것이지. 그 막강한 경제력과 군사적 잠재력을 빼앗아서 경제력은 자기가 챙기고 군사력은 와해한다면 필리프 4세는 그가 고심하는 두 가지 문제를 다 해결할 수 있다고 생각한 거야. 정확한 판단이었지. 필리프 4세는 프랑스 내의 모든 성전 기사단원들을 체포하고 그 재산을 압류했어. 그 결과 성전 기사단에 지고 있던 엄청난 빚을 갚지 않아도 되었지. 그리고 재판 과정에서 가톨릭 세력은 성전 기사단을 구하기 위해 싸우기보다는 필리프 4세에게 굴복하는 길을 택했지. 브뤼헤 문제도 동시에 해결됐어. 성전 기사단으로부터 압수한 재산을 밑천으로 브뤼헤를 압박하자 용기는 있지만 결국 장사꾼들에 지나지 않았던 브뤼헤 시민들이 필리프 4세에게 다시 복종한 거야. 이렇게 놓고 보면 필리프 4세가 얼마나 교활한지 알 수 있겠지? 성전 기사단의 탄압을 통해 원하는 것을 모두 얻은 거야."

　"그럼 자크 드 몰레 기사단장의 처형 이후에는 어떻게 되지요? 성전 기사단은 프랑스만이 아니고 전 유럽과 동지중해에까지 그 세력이 있었는데. 프랑스에 있는 본부 조직은 섬멸됐지만 그 이외의 지역에 있던 조직은 살아남지 않았나요? 특히 브뤼헤에 있던 지부가 막강했던 것으로 알고 있는데요."

"거기에서 의문이 시작되지. 그들은 다 어디로 사라졌는가? 그 엄청난 재산은 어디에, 누구에게로 갔는가? 역사에서 설명하기로는 살아남은 성전 기사단의 조직과 자금은 성전 기사단과 더불어 활약했던 독일계 기사단인 성 요하네스 기사단, 즉 구호와 자선 치료에 중점을 둬서 병원 기사단이라고도 불리는 곳으로 합쳐진 것으로 알려졌네. 지금도 말타 기사단이라는 이름으로 활동을 하는 그곳 말이야. 하지만 당시 자료를 자세히 살펴보면 납득할 만한 증거가 없어. 전 유럽에 걸쳐 있던 성전 기사단원 중 프랑스 내에서 체포되어 죽은 인원은 120명 정도였어. 하지만 외국에 나가 있었거나 프랑스 내에서도 체포당하지 않고 탈출에 성공한 인원이 200명 정도 되었을 거라고 보고 있네. 최소한 3분의 2 정도는 살아남았다는 이야기야. 그중 성 요하네스 기사단으로 투신한 인원은 다 합쳐서 50명도 되지 않아. 주로 독일 내에 있던 단원들뿐이라는 이야기지. 나머지는 어디로 간 거지?

재산 쪽은 더 심하지. 원래 성전 기사단의 주업은 전쟁이지만 그건 십자군 전쟁을 하던 시기의 일이고, 그 이후 유럽에서는 주로 금융업을 했지. 요즘으로 이야기하면 은행과 보험 회사였던 것이지. 업무 특성상 전 유럽에 깔려 있던 성전 기사단의 지부는 거대 금융 기업의 지사와 마찬가지였어. 당시는 철저한 금, 은 본위제였지. 성전 기사단에서 보관하고 있는 금과 은의 양에 맞추어서 수표와 어음과 전표를 발행했던 거야. 그런데 그 거대한 금융 조직의 자산, 즉 금은을 모두 파리의 성전 기사단 본부에 보관했겠는가? 아니야. 전체 자산 중 많이 잡아도 절반 이하였을 거라고 추산하고 있네. 나머지는 전 유럽 여기저기에 산재한 지부들에 나누어 보관했겠지. 그 금은들은 모두 어디로 간 걸까? 성 요하네스 기사단에 합쳐진 재산은 독일 지부가 가지고 있던 재산에 지나지 않아. 특히 주목할 부분은 1307년 10월 성전 기사단에 대한 전격적인 체포가 있기 하루 전에 파리의 성전 기사단 본부에서 거대한 마차 세 대가 빠져나간 기록이 있어. 말 여섯 마리가 끄는 마차였고, 총 30명 정도의 기사들이 호위에 나섰어. 그 호송대를 지휘해서 파리를 떠난 사람은 샤를 드 아말리앵이라는 젊은이였지. 서른 살이 조금 넘었을 거야. 젊은 나이에 기사단의 중책을 맡고 있었어. 자크 드 몰레 단장의 사생아라는 소문도 돌았던 사람이야. 그들은 어디로 갔을까? 아마 그들이 호송한 세 대의 마차에는 엄청난 양의 금이 실려 있었을 거야. 실제로 성전 기사단 본부를 침탈한 필리프 4세는 예상보다 적은 금의 양에 실망한 것으로 기록에 나와. 고문의 주된 심문 항목 중 하나가 사라진 마차의 행방에 관한 것이었지. 이들은 어디로 갔을까?"

바를랭 교수는 꽤 긴 이야기를 마치고 니콜을 바라보았다. 그 답을 알고 있느냐는 듯한 표정이었다.

"글쎄요. 제가 그걸 알 수는 없겠지요."

니콜의 힘없는 대답이 힘이 된 듯 바를랭 교수는 두 손바닥을 세게 비비면서 이야기를 다시 시작했다.

"역사를 연구할 때 우리에게 필요한 중요 도구 중 하나가 바로 상상력이지. 자, 자네가 그 마차 세 대의 호송 책임자인 아말리앵이라고 가정하세. 자네라면 어디로 가겠나? 영국으로? 그쪽에도 성전 기사단의 지부가 있기는 하지만 배를 타고 해협을 건너야 하네. 항구는 프랑스 왕의 권력이 항상 주시하는 곳이지. 남쪽의 스페인이나 이탈리아 쪽은? 너무 멀어. 그 무거운 짐을 가지고 프랑스 영토를 열흘 이상 이동해야 국경 밖으로 나갈 수 있네. 동쪽의 독일은? 원래 성전 기사단과 성 요하네스 기사단 사이의 알력은 유명하지. 그쪽으로 갈 리도 없어. 그런데 파리에서 직선거리로 300킬로미터가 채 안 되는 곳에, 더구나 그쪽으로 가는 길은 고개도 없고 도로 사정도 지극히 양호해서 무거운 짐을 실은 마차가 이동하기에 아주 좋은 곳에 한 도시가 있었지. 그 당시 프랑스 왕과 사이가 가장 안 좋으면서 침략을 두 번이나 격파했고 게다가 성전 기사단의 강력한 지부가 존재하는 도시였지. 바로 이 브뤼헤였어. 그들은 이쪽으로 온 거야."

"하지만 그것은 교수님 말씀대로 상상에 지나지 않는 것 아닌가요? 증거는 없잖아요."

"그래. 실증할 수는 없어. 하지만 유추할 수는 있네. 성전 기사단 사건 이후 브뤼헤는 한자 동맹 도시들의 가장 중요한 중심축으로 일어섰어. 특히 금융 산업 쪽으로. 1307년 이전에는 그러한 대규모 금융 거래가 브뤼헤에서 발생하지도 않았고 가능할 만큼의 자본 축적도 되어 있지 않았지. 그런데 1307년 어느 날 황금 벼락이 떨어진 거야. 파리 성전 기사단 본부에서 빠져나온 마차와 연관짓지 않는다면 설명이 불가능한 것이지."

니콜은 고개를 끄덕였다.

"그러면 교수님. 그 이후 브뤼헤에서 성전 기사단의 활동에 대해 알려진 바는 있나요? 그 이후가 중요한데요."

"공식적으로는 없네. 재판이 완료되어서 자크 드 몰레 단장이 처형당하는 1314년까지는 그런 대로 명맥을 유지했지만 그 이후로 완전히 해체되어 역사 속으로 사라져 버렸지. 전 유럽에서와 마찬가지로……. 기사들은 일반 시민 신분으로 돌아갔지. 개중에는 말 잔등을 버리지 못하고 낭인 기사가 되어 여러 전쟁터를 용병으로 떠도는 사람도 없지 않았겠지만."

"그들 하나하나를 추적해 볼 수 있을까요? 특히 그 샤를 드 아말리앵이라는 사람 말이에요."

"샤를 드 아말리앵이라는 사람은 공식적으로 브뤼헤에 존재한 적이 없는 사람이야. 전혀 흔적이 없어. 하지만 그 외에, 특히 성전 기사단의 브뤼헤 지부장을 맡았던 기욤 드 레미 등을 위시한 몇몇 사람들은 그 자취를 찾을 수 있네. 그들은 지금 브뤼헤와 플랑드르 지방, 그리고 프랑스 도시 릴 쪽에 기반이 있는 몇몇 가문들의 시조가 되네. 칼과 말을 버리고 돈 주머니를 찬 거지. 하긴 그게 더 어울리는 일이었을 수도 있어. 조금 전에 내가 준 『브뤼헤 상공 회의소의 역사』에서 그 자취를 찾아볼 수 있을 거야."

"도움이 많이 됐습니다. 하나만 더 여쭤 보겠습니다. 뇌샤텔이라는 건물의 역사를 대충 봤는데 성전 기사단과 연관되더군요. 어떻게 된 거지요?"

"거기가 성전 기사단의 브뤼헤 지부가 있었던 자리야. 그러다가 15세기경부터 브뤼헤를 장악한 부르고뉴 공작에게 땅을 넘긴 것이지. 소유권자인 드 레미 가문이 새로운 주인 부르고뉴의 선량공 필리프에게 선물한 거야. 건축 공사에 소요되는 상당한 자금도 제공하고 공사를 직접 지휘한 측도 그들이야. 단 조건이 하나 있었지. 조금 전 자네가 들어가 봤다고 한 탑두 부분은 허물지 말고 그대로 남겨 달라는 것이었어. 그 부분은 15세기 훨씬 전부터 있었던, 즉 성전 기사단이 주인이었을 때부터 있던 건물이야. 그 건물에 대한 권리는 계속 드 레미 가문 소유지."

"부르고뉴 공작이 그걸 용납했나요? 나 같으면 용납하지 않았을 텐데요."

"그건 뇌샤텔의 용도를 잘 몰라서 하는 소리야. 당시 부르고뉴 공국은 북쪽의 벨기에부터 남쪽의 이탈리아 북부 지방까지를 아우르는 대국이었어. 수도는 디종이었고."

"그건 저도 잘 알고 있습니다. 프랑스 역사니까요. 17세기에 들어와서야 프랑스 왕권의 통치 아래 들어왔지요."

"15세기에는 유럽 최강대국이었지. 그런데 그 부르고뉴 공작이 브뤼헤에 자주 왔겠나? 고작 1년에 한 번 정도였어. 와 봐야 열흘 이상 머무른 적도 없었고. 명목상으로는 부르고뉴 공작의 거주지지만 사실은 계속 드 레미 가문의 응접실이었던 거지."

"그렇군요. 이해가 갑니다. 그 탑루 부분은 결국 계속 성전 기사단의 건물로 유지되었다는 것이군요."

"그렇지. 하지만 자네가 봤다는 비밀 의식과 악마 숭배는 이해가 되지 않아. 아무리 재판정에서 악마 숭배 혐의를 받았어도 그건 필리프 4세 측이 일방적으로 뒤집어씌운 누명이고 그 증거나 자백들도 잔인한 고문의 결과물일 뿐이라는 것이 역사학자들의 일치된 견해야. 사실 성전 기사단원의 생활은 아주 경건하고 금욕적이었어. 이교도와 사탄에 맞서 싸우는 최고의 전사 집단이었지."

"하지만 제가 본 것은 진실입니다. 그들이 1314년 이후 해체되면서 변질되었다는 가정도 할 수 있잖아요."

그때 니콜의 가방에 있던 휴대 전화가 울렸다. 파리 경찰국에서 지급받은 휴대 전화였다. 알랭의 침울한 목소리가 들렸다.

"김진영과 이유진이 오늘 파리로 오는 길에 사고를 당했어. 파리 북쪽 A1 고속도로 100킬로미터 지점이야. 이유진은 사망했어. 다행히 김진영은 가벼운 부상을 입었네."

"어떻게 그런 일이……."

"단순 사고가 아니야. 사고 현장에서 그들을 도와주려고 정차한 것으로 추정되는 트럭의 운전수가 시체로 발견됐어. 가슴에 9밀리미터 권총 탄을 두 발이나 맞은 채로……."

"놈들 짓이군요."

"그렇다고 봐야지."

"어떻게 하지요, 이제?"

"잠시 후면 김진영이 깨어날 것 같아. 이야기 좀 해 보고 나서 전화해 주지."

니콜은 전화를 끄며 바를랭 교수를 보았다. 궁금증을 감추지 않는 얼굴이었다.

"조금 전에 이야기했던 한국 여학생이 오늘 파리로 가다가 살해당했어요. 그녀의 친구는 다행히 살았고요."

"큰일이군. 이런 사건들이 계속 발생한다면……."

바를랭 교수는 침울한 표정이 되었다. 니콜은 커다란 핸드백에 책 두 권과 휴대 전화를 챙겨 넣고 있어났다.

"이제 가 봐야겠어요. 도움 감사합니다."

"잠깐만. 소개해 줄 사람이 있어. 자네 일에 도움이 될 거야."

"누구죠?"

바를랭 교수는 책상으로 가서 간단한 편지를 쓰기 시작했다. 잠시 후 교수는 작게 접은 편지와 메모지를 니콜에게 주었다. 메모에는 주소와 이름이 적혀 있었다.

에젤 거리. 갈멜 성당. 요나단 신부.

"이 사람이 누구지요?"

"우연히 만난 신부야. 아마 이 사람이라면 성전 기사단과 아켈다마를 연관지어 설명해 줄 거야. 내가 그 사람 이야기를 할 수는 없으니 가서 만나 보게. 하지만 쉽지는 않을 거야. 갈멜파 수도원은 규율이 그리 까다롭지 않지만 요나단은 무척 까다롭네. 내 편지를 먼저 전달한 다음에야 만날 수 있을 거야."

"감사합니다. 책은 다 읽고 연락드리겠습니다. 그전에라도 궁금한 점이 있으면 부탁드려야 할 것 같고요."

"나는 지금 두렵네. 옛날에 요나단 신부가 경고했던 일이 현실로 나타나고 있어. 그저 흘려듣고 말았는데 사실이라면 끔찍한 일이 벌어지고 있는 것일세. 그럼, 조심하게."

"감사합니다. 가 보겠습니다."

니콜은 저물어 가는 브뤼헤 시내의 거리로 나왔다. 어느 곳에선가 기름기 많은 생선을 굽는 고소한 냄새가 났다. 정어리나 청어일 것이다. 문득 진영의 얼굴이 떠올랐다. 죽음 앞에서 간신히 살아 돌아온 것이다. 그 죽음의 기회가 자신에게도 열려 있다는 생각을 하며 니콜은 브뤼헤의 붉은 가로등들 사이로 걸어갔다.

뇌샤텔 성관 거실 벽의 커다란 벽난로에는 큼직한 장작들이 이글대면서 타고 있었다. 거실 소파에 한 남자가 앉아 있었고 그 앞에 두 남자가 나란히 서 있었다. 앉아 있는 남자는 파리에서 장 뤽 케트너를 독살한 사내였다. 그의 표정은 냉혹했다.

"도대체 왜 그런 어설픈 짓을 한 거지?"

사내의 얼굴은 무표정하면서도 냉혹했지만 눈동자에는 분노의 불길이 타올랐다. 그 불길이 매우 뜨겁게 느껴진 탓인지 앞에 있던 두 사람은 잔뜩 움츠려 들었다. 오전에 진영의 뒤를 쫓던 검은색 아우디 A6에 타고 있던 사람들이었다. 그들은 아무 말도 못하고 있었다.

그때 뇌샤텔의 집사인 위베르가 거실로 들어섰다.

"로베르 드 레미님께서 오셨습니다."

위베르의 이야기가 채 끝나기도 전에 검은색 바탕에 가는 은색 줄무늬 정장을 입은 젊은 남자가 거실에 들어섰다. 로베르를 본 두 사람의 표정에는 안도의 빛이 감돌았다. 하지만 소파에 앉아 있던 남자의 얼굴에는 짜증의 기미가 더해졌다.

로베르는 서 있는 두 사람을 향해 손가락질을 하면서 소리쳤다.

"남자 놈도 처리했어야잖아. 머저리 같은 놈들. 꺼져 버려."

남자들은 소파에 앉은 남자의 눈치를 살피면서 서둘러 거실을 빠져나갔다. 로베르는 여전히 못마땅한 표정으로 앉아 있는 남자 옆에 털썩 주저앉았다.

"안토니오 아저씨, 화가 많이 나신 모양이네요. 멍청한 놈들이 제대로 일을 못해서, 참."

"네가 시켰냐? 로베르."

"제가 시켰지만 아버님 지시에 따른 것이었습니다. 둘 다 없애 버리라고 하셨어요."

"왜 내게 이야기하지 않았지?"

안토니오라 불린 남자는 옆에 앉은 로베르의 멱살을 난폭하게 움켜쥐었다.

"그럴 필요가 없다고 생각해서요. 너무 그렇게 화내지 말아요. 어쨌든 대충 해결됐잖아요. 여자는 죽었어요. 기억 상실인 채로. 결국 비밀이 새어 나갈 구멍은 막힌 겁니다."

"그 한국 남자가 살아 있잖아?"

"그놈은 아는 게 아무것도 없어요. 귀찮게 굴면 또 처리하면 되고. 뭐가 문젭니까?"

안토니오는 로베르의 멱살을 풀면서 고개를 좌우로 조금씩 저었다. 이 젊은 친구 하나 때문에 모든 게 시끄러워진 것이다. 로베르는 소파에서 일어나 목 주위와 넥타이를 정리하면서 거실을 걸었다. 20대 초반인 그는 아버지와 무척 닮았다. 부드러운 금발 머리와 푸른 눈동자, 고상하지만 신경질적인 면까지도.

"저도 알아요. 제가 그 인터넷 웹사이트를 만들어서 쥐새끼들이 드나들게 하고 또 요트에 여자들을 싣고 나가 놓쳐서 시끄러워졌다는 거요. 하지만 저도 이제 성인입니다. 제 생각대로 할 권리가 있단 말이에요."

"그럼 네 행동에 책임을 져 봐. 네 놈 때문에 조직이 위험에 빠진 거야. 너 따위 놈은 그럴 권리가 없어."

"대충 해결됐잖아요. 왜 그렇게 부정적으로만 보세요?"

"해결되다니. 파리 경찰국에서 이 문제를 그냥 넘어갈 것 같아? 오늘도 무고한 사람을 쏴 죽였어."

"아버지와 프랑스 지부에서 그 문제를 해결하고 있잖아요. 알랭이라는 놈, 아마 우리 쪽에 신경 쓸 상황이 아닐 거예요."

"살아남은 그 한국 친구는?"

"왜 그 따위 놈한테 그렇게 신경을 쓰세요? 여자친구를 잃고 징징 짜면서 돌아다니는 놈한테."

"멍청한 놈. 그놈은 보통 놈이 아니야. 언뜻 봤지만 맹수 같은 놈이야. 섣부르게 맹수를 건드리면 어떻게 되는지 알아? 네 놈 목숨 하나 정도로는 해결이 안 돼."

"글쎄. 그놈 정도는 저한테 맡기세요. 내가 해결할 테니까. 나가 보겠습니다."

로베르는 안토니오의 대답도 듣지 않고 멋대로 나가 버렸다. 안토니오는 다시 고개를 흔들었다.

모두가 잠들어 있을 시간에 진영은 깨어났다. 뒤죽박죽인 정신을 조금씩 정리하고 나니까 천장에 걸린 형광등 불빛이 춤추듯 흔들리는 것부터 보였다. 점차 형광등 불빛이 뚜렷해지면서 온몸 여기저기에서 통증이 느껴졌다. 진영은 눈앞으로 덮쳐 들던 거대한 붉은 차체와 자신의 차가 붕 떴다고 느껴지는 순간 터져서 시야를 하얗게 가로막아 버린 에어백의 감촉이 생각났다. 그리고 한참을 구른 차에서 유진의 얼굴을 본 것이 기억 났다. 검붉은 피를 토하며 거꾸로 구겨진 모습이었다.

그 직후 미친 듯이 차 밖으로 기어 나가 한동안 풀 속을 헤매다가 푹 가라앉는 느낌과 함께 기억을 잃었던 것이다.

유진의 얼굴이 다시 떠올랐다. 맑은 두 눈을 뜬 채 파리하게 식어 가는 얼굴, 검붉게 흘러 내리던 입가의 선혈, 슬프다는 느낌보다는 억울하다는 느낌이 북받쳐 올랐다. 가슴 깊은 곳에서부터 뜨거운 덩어리가 올라왔다.

고통과 분노의 뜨거운 불덩이가 입으로까지 올라와 터졌다. 격렬한 비명이 터져 나와 병실을 무너뜨리듯이 울려 퍼져 나갔다. 진영의 비명은 계속되었다.

10초도 지나지 않아 여자 간호사 두 명과 인턴으로 보이는 젊은 의사가 뛰어 들어왔다. 진영의 끔찍한 비명이 계속되고 있었다. 인턴은 간호사에게 뭔가를 급히 지시했고 서둘러 진영의 양손을 잡고 주사를 준비했다. 그는 간호사가 내미는 주사기를 진영의 왼팔 정맥에 꽂아 넣었다. 격렬하던 진영의 호흡이 점차 잦아들다가 다시 조용해졌다.

인턴과 간호사들은 다시 병실 밖으로 나갔다.

진영은 꿈속에 떨어졌다. 악몽이었다. 검은 몸에 털이 숭숭 나 있고 짐승의 뿔과 이빨과 발톱과 꼬리를 가진 괴물이 양손에 사람을 들고 입으로 가져가고 있었다. 가까이 가서 보니 벌거벗은 몸에 만신창이가 된 혜정이었다. 큰 소리로 혜정을 부르다가 괴물의 다른 손에 잡혀 거대한 어금니에 막 몸통이 찢겨져 나간 사람의 얼굴을 보았다. 바로 자신의 얼굴이었다.

고해와 화해
2005년 9월 16일

니콜은 아침 일찍 일어나 에젤 거리에 있는 갈멜 성당을 찾아 나섰다. 숙소에서 그렇게 먼 거리는 아니었다. 아이들이 재잘거리며 노는 길을 따라 걷다 보니 잿빛 벽돌로 튼튼하게 쌓아 올린 갈멜 성당이 나타났다. 로마네스크 양식으로 폐쇄적인 분위기의 성당 정문은 굳게 닫혀 있었다. 정면 왼쪽으로 조그만 문이 열려 있는 것이 보였다.

니콜은 그리로 들어가 성당 내부를 살펴보았다. 소박하고 경건한 성당 내부에는 아무도 보이지 않았다. 잠시 망설이던 니콜은 성당 내부에 있는 여섯 개의 고해 성사용 칸막이로 다가갔다. 중간에 위치한 고해실 밑 부분으로 갈색 가죽 샌들이 보였다. 그녀는 즉시 그 옆의 고해실에 들어가 앉았다.

"죄를 지으려고 합니다. "

원래 당연히 해야 할 "죄를 지었습니다."라는 말을 미래형으로

말한 것이다. 저편에 있던 사람은 약간 당황했던지 잠시 멈칫하다
가 고해 성사를 계속했다.

"지난번 고해 성사는 언제였습니까?"

"중학교 1학년 때 이후로는 한 적이 없습니다. 죄송합니다. 저
는 요나단 신부를 뵈려고 왔습니다. 중요한 일입니다."

"이 자리는 장난 치는 자리가 아닙니다. 고해할 것이 없다면 돌
아가십시오."

"이 편지를 꼭 전해 주십시오. 아주 중요한 일이라는 점 다시
말씀드립니다. 밖에서 기다리겠습니다."

니콜은 그 말을 마치고 고해실 칸막이에서 나와 성당 뒷 좌석에
앉았다. 어디에선가 나직하고 은은한 합창 소리가 들려왔다. 그레
고리안 성가인 것 같았다. 니콜 역시 태어나서 곧 세례를 받았고
가톨릭적인 분위기의 가정에서 어린 시절을 보냈다. 하지만 중학
교 이후로는 스스로가 기독교인이라 생각해 본 적이 없었다. 성당
에 앉아 있는 것도 얼마 만인지 기억이 나지 않았다.

예배당 옆쪽의 작은 문이 열리고 마음씨 좋은 아저씨처럼 생긴
수사가 짙은 회색 망토를 걸치고 들어왔다. 가까이에서 보니 혈색
도 좋고 나이가 그렇게 많지는 않아 보였다. 그 수사가 물었다.

"바를랭 교수님의 편지를 가져오신 분입니까?"

"네, 그런데요."

"요나단 신부님은 지금 외부 인사를 만날 상황이 아닙니다. 연
락처를 놓고 가시면 되도록 빨리 연락드리겠습니다."

"드린 편지를 읽어 보셨나요?"

"아니, 그것도 어렵습니다. 아마 오늘 오후에 제가 편지를 전해

드리고 아가씨 이야기도 할 수 있을 것 같습니다."

"급한 일인데요. 어떻게 방법이 없습니까?"

"바깥세상의 아무리 급한 일이라도 우리 수도원 내부의 규율에 우선할 수는 없습니다."

별다른 방법이 없었다. 니콜은 젊은 수사에게 이름과 전화번호를 남기고 성당을 나왔다. 니콜은 진영을 보기 위해 파리에 다녀오기로 마음먹고 걸음을 서둘렀다.

알랭은 일요일인데도 아침에 집을 나섰다. 다니는 차량이 아주 적어서 평일에 거의 한 시간이 걸리는 출근길이 겨우 15분밖에 걸리지 않았다. 하지만 알랭의 목적지는 시테 섬의 경찰국이 아니고 그 옆에 있는 오텔 듀 병원이었다.

알랭은 노트르담 성당 앞을 지나 병원으로 들어섰다. 성당 앞에는 많은 관광객들이 가이드들을 따라 옹기종기 서 있었다.

알랭은 접수처에서 신분증을 보여 주고 어제 들어온 김진영이라는 환자를 찾았다. 진영은 응급실에서 일반 병실로 옮겨져 있었다. 알랭은 접수처에서 알려 준 대로 복도를 따라 정형외과 쪽으로 걸었다.

일요일이라서 담당 의사들은 없었고 당직 인턴 한 명이 자리를 지키고 있었다. 진영은 목뼈 골절과 오른쪽 무릎 관절 부분의 인대 손상을 제외하고는 이상이 없다고 했다. 사고 규모에 비하면 기적적으로 가벼운 부상이었다. 알랭은 인턴의 안내를 받아 진영의 병실로 갔다.

진영은 계속된 진통제 투여 때문인지 정신이 몽롱한 상태였다.

"좀 어떻소?"

"글쎄요. 잘 모르겠습니다."

"정말 다행이오. 그렇게 큰 부상은 아니라니까."

"유진 씨는 어떻게 됐지요? 어디 있지요?"

자기 눈으로 직접 처참하게 다친 유진을 보았지만 그녀가 죽었다고 단정할 수는 없었다.

"죽었소. 어쩔 수 없었소."

진영은 잠시 눈을 감았다. 머릿속에 떠오르는 유진의 모습을 지우려고 노력하다가 눈을 다시 떴다. 눈물이 살짝 흘러나왔다. 진영의 가슴속에 단단한 덩어리 하나가 맺히고 있었다. 슬픔과 고통과 분노가 모여 덩어리 지고 있었던 것이다.

"사고 상황을 자세히 이야기해 주시오. 놈들에게 갚아 줄 것이 이만하면 꽤 많으니까."

알랭은 작은 다이어리와 볼펜을 꺼내 들면서 진영에게 말했다.

"앞쪽 트럭은 빨간색 바탕에 벨기에 국적이라는 것 외에는 전혀 모르겠습니다. 뒷부분만 볼 수 있었는 데다 순식간이었으니까요. 하지만 뒤쪽 트럭은 녹색으로 스카니아 모델이었습니다. 번호는 알 수 없지만 분명히 프랑스 번호판이었어요. F자 스티커를 봤으니까요. 트럭 옆면에 회사 이름이 적혀 있었는데요. 이름은 생각이 안 나지만 분명히 무슨 그림이, 그래요. 지구 모양의 그림이 그려져 있었습니다. 아마 그 회사의 로고였던 것 같은데요."

진영은 조용하고 차분한 어조로 하지만 정확하게 하나하나 진술해 나갔다. 알랭은 꼼꼼히 메모를 했다.

"이 정도면 곧 수배가 될 거요. A1 고속도로의 파리 방향 톨게 이트에 설치된 감시 카메라에 분명히 녹화되어 있을 테니까. 이제 그렇게 호락호락하게 당하지 않을 것이오. 자, 진영 씨는 아무 생 각 말고 푹 쉬어요. 원수를 갚아 주겠소."

알랭은 병원에서 나오자마자 파리 북동부 방향의 A1 고속도로 쪽으로 출발했다. 텅 빈 파리 시내를 빠져나가 포르트드샤펠을 통 해 A1 고속도로에 접어들었다. 톨게이트까지는 45킬로미터 정도 의 거리였다.

알랭이 어제 진영의 사고 소식을 접한 것은 오후 2시경이었다. 사고 현장을 수습하던 고속도로 순찰 헌병이 알랭이 내준 휴대 전 화를 수습하여 조사하다가 메모리에서 파리 경찰국 고유 번호를 식별한 것이다. 알랭이 경찰국 건너편에 있는 오텔 뒤 병원에서 세 사람을 실은 앰뷸런스를 맞이한 것은 오후 4시경이었다. 원래 파리 북쪽의 생드니 병원으로 가야 할 그들을 이쪽으로 오게 한 것이다.

오텔 뒤 병원은 프랑스 내 대부분의 종합 병원들이 그러하듯이 국립 병원이었다. 그중에서도 경찰 병원의 역할을 하는 곳이었다. 프랑스 과학 수사 연구원이 있는 곳도 이곳이었다.

배관공과 유진의 시신은 바로 부검에 들어갔다. 진영은 정신을 잃은 상태였지만 큰 부상이 아니어서 간단한 응급조치를 취한 후 엑스레이 촬영 등 필요한 조치를 했다.

알랭은 자신이 코너에 몰린 킥 복서 같다고 생각했다. 집요하게 상대방의 허점을 노려야 승산이 있는 것이다. 상대방의 공격이 커질수록 허점은 많이 드러날 것이었다.

알랭은 생각보다 훨씬 쉽게 트럭 두 대를 찾아냈다. A1 고속도로 45킬로미터 기점에 위치한 고속도로 순찰대 본부의 감시 카메라 녹화분을 검색하던 그는 사건 발생 후 약 40분 후인 12시 30분경에 이곳 톨게이트에서 돈을 지불하고 빠져나가는 녹색 스카니아 트레일러 트럭을 확인할 수 있었던 것이다.

톨게이트에 여러 각도로 설치된 감시 카메라 덕분에 그는 녹색 트레일러의 자동차 번호와 소속 회사명, 그리고 운전사의 얼굴 사진까지 얻을 수 있었다. 빨간색 트레일러는 파리 방향의 톨게이트가 아니라 사고 현장과 이 톨게이트 중간쯤에 있는 샹티 지점을 통해 빠져나간 사실을 그쪽의 감시 카메라를 통해 알아냈다.

빨간 트레일러는 고속도로를 빠진 후 인터체인지를 돌아 다시 A1 고속도로 상행선으로 들어갔다가 벨기에 방향으로 빠졌다. 벨기에 국적의 차량임을 감안한 알랭의 추리가 들어맞은 것이다. 하지만 검은색 아우디 A6 차량을 찾아내기는 쉽지 않았다. 알랭은 한없이 밀려드는 승용차들을 담은 비디오를 약 두 시간가량 보다가 포기해 버렸다. 물론 그 차량에 대한 검색은 고속도로 순찰대에서 계속 수행할 것이고 결과가 나오면 알랭에게 보고할 것이었다.

알랭은 파리 경찰국으로 돌아와 교통과 전산실에서 녹색 트레일러의 차적 추적을 시작했고 오래지 않아 회사와 차고지의 주소와 전화번호를 얻을 수 있었다.

검정 정장 차림을 한 안토니오 기도는 무척 기분이 좋지 않았다. 사르데냐에서 파리로 가서 장을 처리하고 이곳으로 올 때만 해도 일을 간단히 끝내고 돌아갈 수 있으리라 생각했다. 하지만 상황은 그리 간단하지 않았다. 그가 가장 고민하는 것은 드 레미 남작의 외아들로 그의 유일한 상속자인 로베르 문제였다. 일이 이렇게까지 된 것은 그 철없는 녀석 때문인 것이다. 안토니오는 그를 처리하지 않고서는 아무것도 해결되지 않는다는 사실을 깨달았다.

황혼이 붉게 물들어 가면서 길게 그림자를 드리우는 드 레미 남작의 저택 정면에 차를 세운 안토니오는 집사의 안내를 받아 거실로 갔다.

거실에 도착하자 곧 드 레미가 화려한 디자인의 쥐색 정장을 하고 들어왔다. 주홍색 실크 넥타이와 은빛 와이셔츠 그리고 이탈리아 수제품이 분명해 보이는 고상한 디자인의 가죽 구두까지 완벽한 차림이었다. 그는 들어오자마자 거실 한 켠에 자리 잡은 홈 바로 가서 술병을 고르고는 냉장고 안에서 차게 식힌 홀쭉한 잔을 꺼내 따랐다. 남부 스페인산 포도주인 헤레스였다. 무척 고급품인 듯 뚜껑을 열고 따르는 사이에 안토니오의 코에도 그 감미로우면서도 쌉쌀한 향이 느껴졌다.

"자네도 한잔할 텐가? 참, 안 마시지."

남작은 잔 하나에만 따르고는 병을 원래 자리에 놓으려고 했다.

"아니요. 한 잔 주십시오."

드 레미 남작은 고개를 약간 갸웃거리더니 웃는 얼굴로 한 잔을 더 따르고 안토니오에게 건네주었다. 두 사람은 가볍게 잔을 부딪쳐 맑은 소리를 낸 다음 입으로 가져갔다.

"자, 한 잔 마시고 식사하러 가지."

"그전에 할 이야기가 있습니다."

"아니, 식사 마치고 하세. 자네 표정을 보니 식욕 돋우는 이야기는 아닌 것 같으니까."

부르고뉴산 적포도주에 애피타이저로 비둘기 가슴살로 감싼 푸와그라가 나왔다. 드 레미는 서두르지 않고 양손을 움직여 음식을 자르고 입으로 옮겼다. 그는 계속 유럽 경제 통합의 효과를 이야기하고 있었다. 안토니오는 두 번째 접시로 나온 어린 양 갈비구이를 다 비울 때까지 거의 말이 없었다. 화려한 비엔나식 푸딩으로 식사가 끝나고 두 사람 자리를 서재로 옮겼다.

드 레미는 엑스트라급의 코냑을 두 잔 따르고 시거를 피워 물었다. 최고급 코냑과 시거에서 나는 향기가 서재를 채웠고 두 사람은 각자 잔을 들고 편히 앉았다.

"이제 이야기를 해 보세."

"남작님 아들인 로베르 일입니다."

드 레미의 미간이 약간 찌푸려지다가 다시 정상을 찾았다. 코냑을 한 모금 마신 후 그는 안토니오를 바라보았다.

"여기 오기 전까진 이렇게 문제가 커지리라고 생각도 못했습니다. 어제 일을 보고받으셨는지 모르겠지만 바보 같은 짓이었습니다. 기껏 기억 상실에 걸린 여자를 하나 죽이고 너무나 큰 단서를 그들에게 제공했습니다. 김진영이라는 친구가 걸어 나가서 확인 사살을 피했다는 것은 가벼운 부상을 입었다는 증거입니다. 그 작전에 투입된 우리 조직의 일부분이 노출될 수 있습니다. 더구나 로베르는 전문가들에게 이 일을 맡기지 않았습니다. 두고 봐야겠지만 어떻게든 프랑스 경찰이 우리 쪽에 손을 뻗쳐 올 겁니다."

"나도 예상하고 있네. 대처해야겠지. 나에게 맡겨 주게."

"아니, 그럴 수 없습니다. 이렇게 된 이상 제가 해결해야겠습니다. 아무한테도 맡길 수 없는 상황입니다. 더구나 로베르에게는 말입니다. 그 친구는 온갖 무책임한 행동을 저질러 왔습니다. 해킹당한 인터넷 사이트는 뭐 하려고 만듭니까? 어떻게 700년간 이어진 기사단의 전통을 누구나 들어올 수 있는 온라인에 팽개칠 수 있는 겁니까? 그리고 기사단의 규율과 관계없이 여자들을 마구잡이로 납치하는 것도 이해 못 하겠습니다. 더구나 뇌샤텔에 묵던 여자들을 건드리다니 제정신입니까? 또 납치한 여자들을 중동 쪽으로 팔아넘기고 있다는 보고를 받았습니다. 여자들을 고문하거나 희생시키는 동영상을 팔아먹고 있다는 이야기도 들었고요. 이건 미친 짓이고 기사단의 품위를 손상시키는 일입니다."

안토니오의 목소리는 점차 격앙되고 있었다.

"글쎄 그쪽 일은 나도 잘 몰라. 그애한테 맡겨 놓은 일이니까."

"로베르는 지금 기사단을 위해 일하는 것이 아니고 자신의 넘치는 욕망을 위해 일하고 있습니다. 어떻게 제물을 마음대로 자기 배에 태워서 즐기고 팔아넘기는 겁니까?"

"나도 야단을 많이 쳤네. 아마 조심할 거야, 이제는. 근거 없는 이야기는 하지 말아 주게."

"아니, 절대 그렇지 않을 겁니다. 저에게 진상을 조사할 권리를 주십시오. 그리고 로베르는 이 일에서 손떼게 해 주십시오."

"그건 월권이야. 여기 벨기에 땅의 일은 내가 책임지고 있네.

스스로를 과대평가하는 것 아닌가? 분수를 지키게."

"단장님께 보고드리겠습니다. 이대로 놔둘 수는 없습니다."

"마음대로 하게. 나는 자네 도움이 필요해서 불렀지 간섭을 받으려고 부른 것은 아니야. 돌아가 주게."

"일단 사르데냐로 돌아가겠습니다. 하지만 다시 돌아올 겁니다."

안토니오는 자리에서 일어났다. 그러고는 인사도 없이 서재 밖으로 나갔다. 드 레미는 고개를 저으며 그사이 꺼져 버린 시거에 불을 다시 붙였다.

진영을 면회한 후 알랭의 집에 초대받은 니콜은 실로 오랜만에 식사다운 식사를 했다. 신선한 야채에 올리브유와 포도 식초를 듬뿍 뿌린 샐러드도 맛있었고, 온갖 향료로 양념한 돼지고기를 토마토에 넣어 구워 낸 본식은 너무나 맛이 있어서 세 개나 먹어 버렸다.

알랭의 외아들인 니콜라가 디저트인 무스 쇼콜라를 먹고 방으로 가자 두 사람은 이야기를 시작했다. 알랭의 부인은 식사 뒷정리를 위해 분주히 오가다가 침실로 들어가서 나오지 않았다. 아마 TF1 채널의 스타 아카데미 프로그램을 시청하고 있을 것이다.

알랭은 오반 위스키를 한 잔 들고 있었고, 니콜은 커피를 마시고 있었다.

"그럼 이야기가 그렇게 되는군. 필리프 4세의 탄압을 피한 성전 기사단원들이 브뤼헤로 가서 전열을 정비하고는 비밀 결사체로 아직까지 남았다. 원래의 성격은 사라지고 그들을 단죄한 죄목대로 악마 추종 세력으로 변질되었다 이거지. 그리고 이름 역시 성전이라는 거룩한 이름을 버리고 저주받은 땅을 뜻하는 아켈다마로 바꾸었다. 그리고 악마 숭배 의식을 치르기 위해 여자들을 납치했다는 거지. 대충 정리가 되는군. 그렇다면 그 조직의 전모를 밝혀서 하나하나 잡아넣고 여자들을 구해 내면 되겠군.”

알랭은 잔을 들지 않은 왼손 손가락 끝으로 소파의 팔걸이 끝부분을 두드리면서 말했다. 하지만 그게 말처럼 쉬운 일이 아니라는 것은 알랭이 더 잘 알고 있었다.

더구나 문제는 사건의 주요 무대가 프랑스가 아니고 벨기에라는 사실이었다. 그가 벨기에 쪽에서 사건을 풀어 나갈 수는 없었고 방법은 두 가지였다. 벨기에 경찰 당국과 공조 수사를 하거나 인터폴의 힘을 빌리는 것이었다. 그러나 인터폴로 사건을 해결하는 것은 어려웠다. 인터폴은 사실 상징적인 행정 조직으로서 각국 경찰들 간의 정보 교환이나 이견 조정이 원래 기능이지 구체적인 범죄 수사에는 한계가 있었던 것이다.

결국 알랭의 머릿속에는 얀 경사가 떠올랐다. 그와는 동일 사건을 수사하는 셈이어서 큰 문제가 없었다. 하지만 뭔가 석연치 않은 구석이 있었다.

“니콜, 브뤼헤 경찰서를 가 봐야겠어. 내일 나랑 같이 올라가지. 결국 그쪽과 손을 잡아야 가능한 수사야. 얀을 직접 만나 봐야겠어.”

“진영 씨 이야기를 들은 바로는 이 사건에 별로 관심이 없는 것 같은데요.”

“그래 맞아. 우리 쪽에서는 적지 않은 수사 자료와 단서를 넘겨

주었는데 그쪽에서 우리에게 준 것은 아무것도 없어. 둘 중 하나지. 수사를 안 했든지 우리에게 주기가 싫든지."

알랭은 위스키를 홀짝거리면서 얀의 마지막 연락을 떠올렸다. 진영의 신상에 대한 문의였다. 장의 수사 결과에 대해서는 문의한 바가 없었다. 그가 살해당하기 전에도 그 후에도 그랬다. 생각해 보니 이상했다. 경찰이 자신이 수사하는 사건과 관련된 정보에 관심이 없다니? 만약 지금 그가 상대하는 조직이 브뤼헤에서 막강한 영향력을 행사하고 있다면 경찰 쪽에도 만만치 않은 뿌리를 둘 수도 있겠다는 생각을 했다.

니콜이 커피를 한 모금 마시더니 물었다.

"내일 브뤼헤에 올라가는 것보다는 트럭 두 대를 수배하는 것이 더 중요하지 않을까요?"

알랭은 어깨를 으쓱하면서 잔을 테이블에 올려놓았다. 그러고는 상체를 앞으로 숙이면서 두 손을 깍지 끼고 이야기했다.

"이 사건의 중심에는 브뤼헤가 있어. 내가 만약 브뤼헤 경찰이었다면 벌써 영장을 들고 뇌샤텔에 쳐들어갔을 거야. 하지만 우리는 아무것도 할 수 없어. 내일 초록색 스카니아를 수배하겠지만 그동안 놈들이 일해 온 방식을 고려했을 때 좋은 결과를 얻기란 쉽지 않아. 결국 우리의 승패는 믿을 만한 벨기에 경찰과 어떻게 잘 협조하느냐에 달려 있는 거지."

"그럼 어찌 됐든 내일 브뤼헤에 같이 가는 것으로 알게요. 그런데 그보다 신문에 난 장 문제는 어떻게 되고 있지요?"

"《프랑스 수아》에 난 거 말이야? 글쎄 내일쯤 조사 위원회가 구성되고 내게 출석을 요구하겠지. 금요일까지는 별 얘기 없었어."

"어떻게 하실 거예요? 쉽게 해결될 일은 아닌 것 같은데요."

"행동에 책임은 져야겠지. 하지만 물러설 생각은 없어. 나를 위해서가 아니고 지금도 고통 속에 떨고 있을 피해자들을 위해서. 내일 이맘때면 내 의도를 알 수 있을 거야."

"그런데 대체 누가 그런 일을 기자에게 흘렸을까요? 겨우 서너 사람 중에 한 명이잖아요. 로마노와 얘기해 보셨어요?"

"그게 제일 괴로운 부분이야. 동료 중 누군가가 나를 팔았다는 것 말이야. 누군지 굳이 알고 싶지도 않아. 또 알아봐야 어떻게 하겠어? 다 내가 모자란 덕분이지."

사실 알랭의 팀은 오래전부터 같이 일해 오던 동료들이 아니었다.

원래 혼자 일하기를 좋아하는 성격이라 알랭에게는 딱히 동료라고 할 만한 사람이 없었기에 각 부서에서 추천하는 인원들로 구성된 것이었다. 결국 인간적 유대감에 크게 기대지 않는 알랭의 업무 스타일이 문제를 만든 것이라고 볼 수 있었다. 이야기는 진영 쪽으로 넘어갔다.

"김진영 씨는 언제쯤 회복될까요?"

"글쎄. 어제 의사 얘기로는 별도의 문제가 발견되지 않는다면 두 주일 정도 후에 퇴원할 거라던데."

"그 사람 만만치 않은 실력을 가지고 있더군요. 처음에는 좀 멍청하다 싶었는데 그게 아니에요. 아주 치밀하고 냉철해요. 시간이 갈수록 면모가 새로워지는 것 같고요. 왜 동양 사람들 특유의 그거 있잖아요. 처음에 봐서는 잘 안 보이는데, 알면 알수록 사람을 놀라게 하는 그 깊이 말이에요."

"나도 처음 봤을 때 그렇게 느꼈어. 어때 그 친구 솜씨는 좀 봤나?"

"아주 거친 불량배 넷을 상대하는 것을 봤어요. 인상적이었지요. 영화에서도 그런 장면은 못 본 것 같아요. 무술의 형태는…… 글쎄요. 다 섞여 있는 것 같아요. 굳이 비교하자면 스티븐 시갈의 전투 합기도 같은 것이었어요. 하지만 훨씬 빠르고 정확해요. 마술을 하는 것 같더라고요."

"한 번 보고 싶군. 겨루어 보든지."

"경사님 솜씨로는 안 될 거예요. 미안한 얘기지만."

"뇌샤텔에 들어갔을 때는 어땠어?"

"전문 교육을 받은 저 이상이었어요. 단지 분야가 좀 다른 쪽이라는 것을 느꼈어요. 침투, 수색뿐 아니라 그 이상의 것들 있잖아요. 납치, 살해, 폭파 그런 것들 말이에요."

"맞아. 그쪽이 원래 전문 분야야. 한국의 특수 부대 수준이 어느 정도인지는 모르지만 한국군 최고의 베테랑 요원이었어. 한국 정부에서 제대 후에도 지속적으로 동향을 추적할 정도지. 내가 알아본 바로는 말이야."

"퇴원하면 어떻게 할까요. 가만있지 않을 텐데요. 자신도 직접 공격받은 셈이잖아요. 친구는 죽고 애인은 아직 행방도 모르고."

알랭이 고개를 끄덕였다.

"나도 고민이야. 그 친구를 잡아 둬야 하는 것인지, 우리 쪽 조커로 써먹어야 할지 말이야. 내가 제대로 된 경찰이라면 그를 진정시키고 신변을 보호해 주는 쪽으로 애쓰겠지만……."

알랭은 이야기를 하다 말고 니콜을 빤히 보았다.

"그런데 니콜도 알다시피 나는 그쪽이 아니잖아. 솔직히 얘기하면 상처 입은 야수 같은 그를 브뤼헤에 풀어 놓고 싶어. 아마 볼 만할 거야. 우리가 할 수 없는 일을 해 줄 수 있다는 거지."

"위험한 생각을 하시는군요."

"그래. 천천히 생각해 보려고 해. 상황에 따라서 말이야. 늦었군. 내일 브뤼헤로 올라가면서 또 이야기하자고. 오랜만에 집에서 푹 쉬어야지."

니콜은 가방과 재킷을 챙겨서 일어섰다. 알랭의 부인과 아들이 나와서 작별 인사를 했다. 알랭은 니콜의 차가 서서히 도로로 접어들어서 속도를 내는 것을 보고 있었다.

그때 뒤에 서 있었던 승용차 한 대가 상향등을 두 번 반짝였다. 알랭이 뒤돌아 서자 차문이 열리고 낯익은 얼굴이 내렸다. 로마노였다.

"놀랐는걸. 무슨 일이지 이 밤중에? 설마 내 집 앞에서 잠복 근무를 하고 있던 건 아니지?"

로마노는 피식 웃으며 양손을 들어 보였다.

"이 근처에 맥주 한잔할 데 있습니까? 드릴 얘기가 있는데요."

두 사람은 로마노의 승용차에 타고 200미터쯤 떨어진 포르트도레의 카페로 갔다. 자리를 잡고 맥주를 두 잔 시키고 나자 로마노가 이야기를 꺼냈다.

"경사님 이야기를 흘린 친구를 알아냈습니다."

알랭은 별다른 반응 없이 대답을 기다렸다.

"지금 그 친구의 뒤를 밟다가 여기로 온 겁니다. 가엘 형사 말이에요. 그 친구 지금 아마 미셸이라는 기자 놈하고 술판을 벌이고 있을 겁니다. 13구에 있는 중국계 사교 클럽에서요. 미셸은 경사님 기사를 썼던 친굽니다."

"왜 그런 일을 했지? 자네가 내 편이라고 생각한 적 없는데?"

"물론 제가 경사님 편은 아니지요. 장 건은 여전히 유감입니다. 하지만 동료를 밀고해서 팔아먹는 놈은 개자식이라는 것이 제 생각이에요. 그래서 오늘 시간을 내서 그 개자식이 누군지 알아본 거지요. 사실 간단했습니다. 가엘 그 친구 전부터 좀 수상했어요. 우리 경찰 월급으로는 사기 어려운 물건들을 꽤 많이 사는 것을 보고 의심이 갔습니다. 월급 외에 다른 돈줄이 있구나 하고……."

"그래서 어쩌자는 거지? 그놈을 패 주기라도 하자는 건가?"

"두들겨 패는 것이 필요하면 그렇게라도 해야겠지요. 어쨌든 나쁜 버릇은 고쳐 줘야 하니까요. 경사님뿐 아니라 저도 이번 수사가 얼마나 어려우면서 중요한지 압니다. 그렇기 때문에 경사님과 그 끝을 봐야겠다고 생각합니다."

그제야 주문했던 맥주가 나왔다. 두 사람은 건배를 하고는 한 모금에 다 마셨다. 그리고 바로 두 번째 잔을 주문했다. 두 사람의 이야기는 계속되었고, 두 사람 앞에 놓이는 맥주 값 계산서도 점점 많아졌다.

암중모색
2005년 9월 17일

아침 일찍 로마노가 이끄는 수사 요원들 다섯 명이 파리 남서부에 있는 이시레물리노 소재의 글로벌트랜스라는 화물 운수 회사에 들이닥쳤다. 아무런 영문도 모르는 운수 회사 사장은 당황하면서 트럭 운행 일지를 내주었다.

로마노는 9월 10일 오후에 이 회사 소속의 초록색 스카니아 트럭을 몰고 간 사람을 추적했다. 그 결과 운전사 이름은 알도 카릴이고 목적지는 바르셀로나임을 확인했다.

"지금 어디 있는지 알 수 있습니까?"

"전화해 보겠습니다. 그런데 무슨 일인데요?"

"청부 살인에 연루되었다는 혐의를 받고 있습니다. 협조해 주십시오."

운수 회사의 사장은 살인 사건과 관련됐다는 로마노의 이야기에 놀란 나머지 말까지 더듬었다.

"그 친구가 그럴 사람은 아닌데요. 착실했습니다. 여태 아무 문제도 없었고요. 어쨌든 전화해 보지요."

로마노가 보는 앞에서 사장은 계속 알도라는 기사의 개인 휴대 전화와 트레일러에 장착된 무선 전화로 전화를 걸었다. 그러나 통화가 되지 않았다. 결국 이 정도 성과에 만족한 채 로마노는 철수할 수밖에 없었다. 이미 프랑스 전역에 이 회사 소속의 녹색 스카니아 트레일러 트럭을 수배해 놓은 상태였다.

안토니오 기도는 브뤼셀 공항 한쪽에 자리 잡은 자가용 제트기 전용 터미널에서 커피를 마시고 있었다. 사르데냐로 돌아가려는 것이다. 터미널 대합실 전면에 넓게 설치된 유리창을 통해 검은색 기체의 닷소 팔콘이 착륙하여 다가오는 것이 보였다. 그를 태우기 위해 사르데냐에서 날아온 것이다. 그는 간단히 짐을 챙겨서 이중 차단문을 지나 활주로로 나갔다. 기체 중간의 문이 열리더니 계단처럼 밑으로 내려갔다. 그는 혼자가 아니었다. 중간 키에 약간 마른 듯한 몸매의 두 남자가 뒤를 따랐다. 파리에 도착할 때부터 그를 수행하던 벨기에 지역 조직원들이었다.

기내에서 승무원 복장을 한 두 남자가 뛰어 내려와 문 양옆에 섰다. 안토니오가 다가서자 그들은 동양인들이 하듯이 허리를 구부리고 고개를 숙여서 인사를 했다. 한 명은 안토니오의 뒤를 따라 탑승하고 한 명은 공항의 짐꾼이 운반해 온 안토니오의 가방을 받아서 기체 중간 아래에 위치한 화물칸에 집어넣었다. 기내에 들어서자 안토니오는 집에 온 듯한 기분이 들었다.

기내는 검은색 톤에 백금과 호두나무로 기품 있게 치장되어 있었다. 그는 늘 앉던 자리에 앉았다. 뒤이어 들어온 승무원이 인사를 했다.

"파에턴 호에 탑승하신 것을 환영합니다. 안토니오 기사님."

출입문이 곧바로 닫히고 자가용 제트기는 서서히 활주로를 따라 발진 지점으로 이동했다.

승무원 중 한 명이 백금 쟁반에 역시 백금으로 된 샴페인 잔을 받쳐왔다. 모에 샹동에서 한정 생산한 최고급 샴페인의 상쾌한 향이 코로 스며들었다. 안토니오는 느긋한 자세로 앉아 샴페인을 마시며 출발을 기다렸다. 오래지 않아 그가 탄 닷소 사의 팔콘 기는 부드러운 엔진 소리를 남기고 브뤼셀 북부 상공으로 이륙하여 기수를 남으로 돌렸다.

로베르 드 레미는 간밤의 폭음으로 늦게까지 일어나지 못했다. 어젯밤 브뤼셀 시내의 회원제 고급 클럽에서 과음을 한 것이다. 아버지와 달리 그는 아직 보드카와 코카인을 즐기는 편이었다. 거대한 마호가니 침대 위를 뒹굴다가 침실 문을 두드리는 소리를 들었다. 신경질 섞인 소리로 "누구야." 하고 고함을 지르자 문이 열리고 집사인 앙드레가 들어왔다.

앙드레는 곧바로 창 쪽으로 가서 두꺼운 커튼을 양 옆으로 천천히 열었다. 화사한 오전 햇살이 방 구석구석까지 퍼져 나갔다.

"무슨 짓이야. 이거."

짜증 섞인 로베르의 말을 무시하고 집사는 도자기 포트에 담긴 짙은 향기의 커피를 잔에 따랐다.

"남작님께서 내려오라고 하십니다. 지금 기다리고 계십니다."

"아침부터 왜 이러는 거야. 난 좀 더 자야겠어. 커튼 닫으라고."

앙드레는 로베르의 반응은 전혀 무시하고 커피 잔을 침대 머리맡의 테이블에 올려놓았다.

"지금 남작님께서 기분이 좋지 않으십니다. 빨리 내려가시는 것이 좋지 않을까 합니다. 사실은 어젯밤부터 도련님을 찾으셨지만 연락이 안 되었습니다."

로베르는 투덜거리면서 일어나 침실 옆에 붙어 있는 욕실에 들어갔다. 한참 동안 욕지거리를 하면서 양치질과 샤워를 마친 그는 나체로 욕실에서 나왔다. 그사이 앙드레는 속옷부터 재킷, 양말까지 고루 챙겨서 침대 위에 준비해 두었다.

커피를 마시면서 한편으로는 옷을 입고 한편으로는 여전히 투덜거리던 로베르는 곧 침실을 나서서 기다란 복도와 계단을 거쳐 서재에까지 왔다. 문은 열려 있었다.

드 레미 남작은 빈틈없는 옷차림으로 몇 장의 편지들을 훑어보고 있었다. 로베르가 안으로 들어서자 그는 보던 편지들을 책상 위에 놓고는 지긋이 아들을 바라보았다. 심상치 않은 눈빛을 읽은 로베르는 붙임성 있는 미소를 지으려고 무척 노력했다.

"어젯밤에 어디 가서 뭘 했느냐?"

"오랜만에 친구들과 좀 놀았어요. 요즘 조금 바빴잖아요."

"어떤 경우에도 내가 연락을 원하면 연결이 돼야 한다는 걸 잊었느냐? 어제 내가 그렇게 찾았는데 너는 그 쓰레기 같은 친구 놈들하고 퍼마시고 있었단 말이야?"

남작의 어조는 무척 격했고 화가 치민 탓인지 안색도 붉게 물들었다.

"죄송합니다. 아버지. 이제 앞으로 조심하겠습니다."

로베르는 내리는 소나기는 일단 피하고 봐야 한다는 생각으로 아무 말도 하지 않았다. 효과가 있는 듯했다. 남작은 의자에 힘없이 기대어 앉아 눈을 감고 있었다. 로베르는 슬쩍 몸을 빼서 문 쪽으로 갔다.

"거기 앉아라. 얘기 좀 하자."

남작이 잔뜩 가라앉은 목소리로 그를 불렀다. 로베르는 천천히 남작 앞으로 가서 앉았다. 머리가 지끈지끈 아팠다. 어서 이 자리가 끝나 침대에 누울 수 있다면 뭐든지 할 수 있을 것 같았다.

"너 언제까지 이럴 셈이냐. 공부는 대충 때려치우고 망나니짓만 하는 것도 이제 지겹지 않니?"

로베르는 묵묵부답 고개를 숙이고 앉아 있었다.

"너는 아직 정식 기사 서임을 받지 못했어. 만약 내가 죽을 때까지 기사가 되지 못하면 어떻게 되는지는 알겠지? 아비 소유의 이 거대한 제국이 네 것이 아니라 다른 사람에게 넘어간단 말이야. 알고 있지?"

다그치는 남작의 말에 로베르는 고개를 들어 주억거렸다.

"압니다, 물론. 하지만 아버지가 돌아가시다니요. 아직 한창이시잖아요."

"내가 물론 그렇게 쉽게 죽지는 않겠지. 하지만 어떻게 알겠니? 요즘 네 놈 하는 꼬락서니를 보면 심장마비나 뇌졸중도 남의 일 같지가 않아. 오늘 아침에 안토니오가 돌아갔다. 어제 저녁을 같이 먹었는데, 무척 화가 나 있었어. 화내는 것은 당연해. 나라도 그랬을 테니까. 아마 오늘 오후쯤이면 단장님에게 여기서 일어난 일들을 상세하게 보고할 거야. 당연히 네 이야기가 나올 것이고 내 책임도 거론되겠지. 안토니오는 단장님의 수석 보좌관이야. 사실은 단장님의 눈과 귀, 손과 발인 셈이지. 서열상으로는 장로인 내 밑이지만 실질적인 권력은 나 못지않아."

"하지만 아버지를 어떻게 할 수 있는 것은 아니잖아요?"

"네가 아직 우리 기사단을 잘 모르니 별수 없구나. 어쨌든 최대한 서둘러서 지금 상황을 마무리해야 한다. 너는 지금부터 모든 일에서 손을 떼라. 그 대신 기사 수업을 제대로 시작해라. 너에게 가장 중요한 일은 그거야!"

"살아남은 한국 놈이나 그 뒷정리는 어떻게 하고요?"

"아비가 알아서 할 거다. 너는 집을 떠나서 사르데냐 본부로 갈 준비를 해라. 거기에서 수업을 받아서 2년 내로 기사 서품을 받을 수 있도록 해야 한다. 내가 너를 너무 멋대로 키운 것 같아. 명심해라. 그곳에서 쫓겨나면 내 얼굴을 볼 생각도 하지 마라."

로베르는 고개를 숙이고 공손한 자세로 그 이야기를 들었다. 남작은 대답을 들을 생각도 하지 않고 일어나 서재 밖으로 나갔다.

남작이 나가고 나자 로베르는 침실로 돌아왔다. 침대에 털썩 누워서 아버지 이야기를 떠올렸다.

'기사 서임을 위해 기사단 본부로 가서 교육을 받으라고.'

머리에 손으로 깍지를 낀 채 로베르는 고개를 좌우로 가볍게 흔들었다. 기사단 내의 엄격한 규율에 대해 들은 바 있었다. 특히 기사 서임을 위한 교육 과정은 특히 혹독했다. 로베르는 이 꿀처럼

달콤한 생활을 버리고 기사단 본부에 들어갈 생각이 없었다. 그는
어떻게 해야 할지 머리를 굴리기 시작했다.

　안은 사무실로 들어오는 알랭을 반갑게 맞았다. 두 사람은 악수
를 나누고 의자에 마주 앉았다.
　"이유진 건은 참 안됐네요. 한국으로 돌아가서 치료가 잘되리
라고 생각했는데."
　"동감입니다. 하지만 이유진은 그렇다 치고 실종된 다른 여자
들은 어떻게 합니까? 하루라도 빨리 단서를 찾아야 할 텐데요. 이
브뤼헤 쪽에서 실종된 인원은 어느 정도입니까?"
　"뭐, 브뤼헤 내에서는 이 한국 여자 둘 외에는 별다르게 이번
사건과 연관 지을 만한 실종 사건은 없습니다. 하지만 벨기에 전
체로는 그렇지 않아요. 한 달 평균 다섯 건 정도의 실종 사건이 일
어나고 7월 이후로 매달 일고여덟 건 정도 벌어져요. 프랑스 쪽은
어떻습니까?"
　"예년보다 20퍼센트 정도 증가했습니다. 그런데 지난번 장이
체포된 이후로 실종 사건이 많이 줄어들었어요. 연관이 있다고 볼
수 있겠지요."
　"그때 많이 놀랐습니다. 유치장 내에서 피살당하다니요."
　"보통 놈들이 아닙니다. 저는 악마 숭배를 하는 어떤 집단이 저
지르는 것이 아닌가 의심하고 있습니다."
　알랭은 장이 죽으면서 남긴 '아켈다마' 라는 단어를 설명했다.
그리고 희생자들 몸에 있는 A자 낙인이 그 조직의 이니셜이며 이

쪽 브뤼헤에서 그 흔적을 찾을 수 있을 것 같다는 이야기를 덧붙였다. 특히 김진영이 진술한 뇌샤텔 쪽이 아무래도 수상하다고 말했다.

"글쎄요. 수사를 진행하는 데 상상력이 중요하다는 것은 알고 있습니다마는 지나친 비약이 아닐까요? 사실 프랑스 쪽에서 몇 배나 실종 사건이 많이 일어난다는 걸 감안하면 열쇠는 이 벨기에가 아니고 프랑스 내에서 찾아야 한다는 것이 제 생각입니다."

"하지만 이유진이 여기에서 실종돼서 여기에서 발견됐잖습니까? 우리가 동영상에서 본 것과 같은 낙인을 가지고요. 그리고 결국 퇴원하자마자 살해당했습니다."

"그제 사건은 분명히 프랑스에서 일어났습니다. 우리 벨기에와는, 특히 이곳과는 아무 관계가 없음을 말해 두고 싶습니다."

"그럴까요? 김진영과 이유진을 노렸던 트럭 두 대와 아우디 승용차 한 대 중 트럭 한 대와 승용차 한 대가 벨기에 번호판을 달고 있었습니다. 자, 이 사진을 보시지요. 김진영의 승용차를 앞에서 막아선 이베코 사의 대형 트레일러 트럭입니다. 우리측 감시 카메라에 잡힌 사진입니다. 수배해서 수사해 주시지요."

"물론 수배 조치를 하겠습니다. 그 점은 염려하지 않으셔도 됩니다. 하지만 별다른 근거도 없이 악마가 어떻다든가 뇌샤텔이 그 근거지라든가 하는 식의 조언은 받아들일 수 없습니다."

오후 2시경 니콜과 알랭은 뇌샤텔 근처의 카페에 앉아 있었다.
"얀을 신뢰할 수 없어."

"왜 특별한 점이라도 있어요?"

"수사에 관심이 없는 정도가 아니라 아예 이 사건을 덮었으면 하는 눈치였어."

"브뤼헤 시의 경제 사정과도 관계가 있을 거예요. 브뤼헤 경제는 90퍼센트 가까이를 관광객들에게 의지하고 있어요. 만약 수사가 성공해서 이곳이 악마 숭배 단체의 본거지라는 오명을 얻고 관광객 실종 사실이 언론에 발표되면 그때는 정말로 심각한 사태가 올지도 몰라요. 그점을 고려하지 않았나 생각하는데요."

"그렇겠지?"

"더구나 그 사람 입장에서 보면 실종 사건 한 건에 지나지 않거든요. 파리 같은 곳에선 하루에 수십 건씩 벌어지는 사건 말이에요."

"어쨌든 브뤼헤 경찰과 공조 수사는 어려운 것 같고 니콜이 혼자서 더 수고해 줘. 나는 벨기에 경찰 고위층 쪽으로 좀 알아볼 테니. 아, 그리고 요나단 신부 만나게 되면 연락해 줘."

"그렇게 쉽게 만날 수 있을 것 같지는 않아요."

"어쨌든 노력은 해 봐."

흔적 지우기

2005년 9월 18일

알랭은 출근 즉시 파리 경찰국 내에서 소집된 특별 위원회에 출두했다. 위원회는 부서장급 이상의 간부 일곱 명으로 구성되었고 위원장은 부국장이었다. 엄숙하게 제복을 갖춰 입은 일곱 명 중에는 티볼트도 포함되어 있었다. 알랭은 정복 대신 평소와 같은 캐주얼 차림으로 그들 앞에 앉았다. 부국장이 시작했다.

"알랭, 본 위원회는 경찰국 내부의 자체 조사 활동이오. 숨기거나 왜곡하지 말고 사실 그대로 증언해 주길 바라겠소."

부국장은 주위를 둘러보며 '자, 이제 시작합시다.' 하는 표정을 지었다. 감찰부장 실뱅 트뤼포 경정이 질문을 시작했다. 그렇게 우호적이지는 않은 말투였다. 주로 지난 9월 13일자 《프랑스 수아》에 보도된 기사 내용을 거론해서 그 진위를 확인하는 것이었다.

질문을 다 들은 알랭은 잠시 뜸을 들이다가 답변을 시작했다.

"먼저 저 때문에 별로 명예스럽지 못한 이 자리에 모이신 여러

분들께 유감의 뜻을 표합니다. 지금 트뤼포 경정께서 말씀하신 건은 지난 9월 13일자 《프랑스 수아》 석간지에 보도된 기사를 근거로 한 것으로 압니다. 장 뤽 케트너가 살해당한 다음 날이지요. 저는 먼저 이 점을 주목했으면 합니다. 장은 피의자로서, 그리고 최근 벌어진 일련의 연쇄 납치 사건의 주요 참고인으로 경찰국 내에 유치되어 있습니다. 그런데 그가 죽었습니다. 아시는 대로 살해당한 거지요."

그때 트뤼포 경정이 알랭의 말을 막았다.

"경사. 우리가 다 알고 있는 사실로 시간을 낭비하지는 맙시다. 본론을 애기하시오."

"알겠습니다. 아직 살아서 고통받을 실종자들에 대한 주요 단서를 가지고 있던 사람은 살해당하고 그 사건을 책임지고 수사하는 담당자는 이 자리에 이렇게 있는 겁니다. 여러분들께서는 이 상황에서 어느 누군가의 의도가 느껴지지 않으십니까?"

트뤼포 경정은 알랭의 말을 끊고 단호하게 이야기를 했다.

"경사. 지금 이 자리는 수사 방향을 회의하는 자리가 아니오. 단도직입적으로 묻겠소. 9월 11일 오후에 장 뤽 케트너의 취조를 직접 담당한 적이 있소?"

"네, 있습니다."

"그 자리에서 프랑스 법률에 의거하지 않은 형태의 취조 방법을 사용한 적이 있었소? 말하자면 구타나 가혹 행위, 그리고 폭언 등 말이오."

"없습니다. 폭언을 했는지는 잘 모르겠습니다. 아시다시피 우리들의 일상어를 남들은 폭언이라고도 하는 모양이니까요."

일곱 명 중 두 사람 정도는 알랭의 대답에 가벼운 미소를 잠깐 얼굴에 내비쳤다. 하지만 트뤼포 경정은 아니었다.

"분명히 아니라고 대답했소. 자, 그러면 증인을 불러 증언을 듣겠소. 서기, 밖에 있는 로마노 경위와 가엘 순경을 부르시오."

서기가 밖으로 나가고 곧 경찰 두 사람이 정복 차림으로 들어왔다. 그들은 알랭의 등 뒤에 섰다.

"먼저 두 사람에게 경고하겠소. 이 자리는 법정은 아니지만 그에 못지않게 엄숙하고 신성한 곳임을 잘 알거요. 일체의 위증은 금지되어 있으며 나중에 위증 사실이 드러날 경우 엄중한 책임이 뒤따를 것을 경고해 두는 바요. 계속하시오."

부국장의 위엄 어린 발언 뒤로 트뤼포 경정이 질문했다.

"로마노, 9월 11일 오후에 벌어진 장 뤽 케트너의 취조 현장을 처음부터 끝까지 지켜봤소?"

"네, 그렇습니다."

"취조 과정에서 어떤 불법적인 형태의 취조 수단이 사용된 것을 본 적이 있소?"

"불법적인 형태의 취조 방법이라면 가혹 행위를 말씀하시는 겁니까?"

"그렇소."

"물론 취조가 항상 친절하고 상냥한 것은 아닙니다, 다들 아시다시피."

로마노는 말을 끊은 뒤 주위를 보았다. 그리고 침을 한 번 삼켰다.

"하지만 폭력을 동원한 취조는 전혀 없었음을 말씀드립니다."

트뤼포 경정은 로마노를 지긋이 바라보다가 가엘에게 시선을 돌렸다.

"가엘 순경, 역시 9월 11일 오후의 취조 현장에 계속 있었소?"

"아, 아니요. 커피나 소변 따위 때문에. 그리고 특수 수사과에도 다녀오느라고 자리를 잠깐씩 비웠습니다."

"가엘 순경이 입회한 그 시간 동안 옆의 로마노 경위가 진술한 것이 사실임을 증언할 수 있소?"

"네. 물론입니다. 저 역시 어떤 형태의 불법 취조도 없었다는 것을 증언하는 바입니다."

"두 사람은 이제 나가도 좋소."

두 경관은 평소와 다른 절도 있는 동작으로 경례를 한 다음 문 밖으로 나갔다.

"이쯤에서 끝내야 하지 않겠습니까?"

한구석에서 팔짱을 낀 채 심문을 지켜보던 티볼트가 말했다.

"알랭 경사, 나가 있으시오."

알랭은 천천히 일어나 가볍게 목례를 한 후 위원회가 열리고 있는 소회의실을 나섰다.

복도에는 가엘과 로마노가 담배를 피우고 있었다. 로마노는 반가운 기색으로 알랭에게 다가왔으나 가엘은 그렇지 못했다. 약간 외면하는 듯한 자세로 창 밖을 향해 서서 담배 연기를 길게 내뿜었다. 알랭은 가엘 옆으로 다가가 어깨를 쳤다. 친근감을 표시하는 행동이었다.

"담배 하나 줄 텐가? 아침에 미처 못 샀거든."

가엘은 주머니에서 파란색 담배갑을 꺼내 뚜껑을 열고 알랭에게 권했다. 프랑스산 골로와즈였다. 알랭은 담배를 받아 들고 가엘 옆에 나란히 서서 천천히 불을 붙였다.

"고맙네."

무엇에 고마움을 표현하는지 알 수 없는 막연한 알랭의 말에 가엘은 아무 대답도 못했다. 로마노가 뒤에서 두 사람 어깨를 잡았다.

"곧 끝나겠지요? 얼른 가서 수사를 해야 할 텐데요. 할 일이 많잖아요."

안에서 회의를 하던 일곱 사람이 서기를 통해 알랭을 다시 부른 것은 꽤 오랜 시간이 지난 다음이었다.

알랭에게 부국장이 이야기를 꺼냈다.

"자네 혐의는 증명되지 않았네. 이 위원회는 더 이상 필요하지 않을 것 같아. 하지만 이 이야기는 덧붙여야 할 것 같네. 수사 절차를 무시하지 말게. 힘들게 쌓은 탑이 밑에서부터 무너지는 것은 종종 있는 일이야. 특히 자네 같은 사람에게는 말이야. 어렵게 진행된 수사 결과가 절차 문제로 손상되는 일이 없도록 하게. 가서 일하게."

부국장은 주위를 향해 폐회를 선언했다. 대체로 만족스러운 표정들이었다. 트뤼포 경정 한 사람을 빼고는.

잠시 후 알랭은 티볼트 총경 앞에 앉아 있었다.

"일을 잘 처리했군. 다행이야. 나중에 문제되지는 않겠지?"

"아마 그럴 겁니다. 제가 해결한 게 아니고 저절로 그렇게 됐으니까요."

"좋아. 자세히 묻지는 않겠어. 그런데 이건 어떻게 된 건가. 자네 짓인 것 같은데."

티볼트는 어제 저녁에 받은 오늘 아침판 《르 피가로》를 알랭에게 건넸다.

알랭은 이미 오늘 아침에 그 신문을 읽었다. 이브 로카르 기자의 기사가 사회면 하단에 배치되어 있었다. 최근 빈발한 실종 사건들과 장 뤽 케트너 살해 사건의 용의점을 악마 숭배 단체 쪽에 두고 수사가 진행되고 있다는 기사였다.

"네. 제가 지난주에 한 번 만났습니다."

"공개 수사를 할 참인가?"

"그건 두고 봐야겠습니다. 저쪽에서 《프랑스 수아》를 이용하겠다면 《르 피가로》를 통해 붙어 볼 생각입니다. 이미 비공개 수사의 필요성은 사라졌다고 보고 있습니다."

"알아서 하게. 하지만 이런 기사는 정도에 따라 반향이 커질 수도 있어. 유념하게."

"네, 이 《르 피가로》 기사는 사실 저쪽에 어떤 메시지를 보내는 겁니다. 햇빛 밑에서 겨루어 보자는 것이지요. 원한다면."

알랭은 티볼트와 간단한 면담이 끝나자 사무실로 돌아와 팀원들을 소집했다. 그리고 힘 있는 어조로 각각의 역할을 다시 명령하고 조정했다. 평소와 같이 힘이 넘치면서도 예전과 달리 조금은 정감이 느껴지는 알랭의 지시를 들으며 팀원들은 똑같은 생각을 하고 있었다. 알랭이 뭔가 조금 달라졌다고.

니콜의 뒤를 쫓는 형사는 무척 심심했다. 이틀 동안 그녀가 한 일이라고는 도서관, 식당, 호텔을 왔다 갔다 하는 것밖에 없었다.

특히 도서관에 한 번 들어가 앉으면 대여섯 시간을 꼼짝 않고 있다 보니 결국 오늘 아침에는 두꺼운 낱말 맞추기 퍼즐 책을 두 권이나 사고 말았다.

니콜은 지금도 브뤼헤 도서관의 열람실에 앉아 바를랭 교수가 빌려 준 두 권의 책을 열심히 보고 있었다. 성전 기사단의 재산 목록과 브뤼헤 상공 회의소의 역사를 면밀히 보던 니콜은 한참 지나서야 바를랭 교수가 언급한 기욤 드 레미라는 인물을 찾을 수 있었다.

1314년 당시 성전 기사단의 브뤼헤 지부를 맡았던 사람이었다. 그는 이후로 성전 기사단의 지위를 버리고 환속한 후 여러 가지 사업, 특히 금융업에 열을 올렸다. 니콜은 드 레미 가문에 대해 더 알아보기로 했다. 유럽 최고의 금융 가문이라 일컬어지는 영국의 로스 차일드 가문이나 독일의 골드 스미스 가문도 기껏 그 역사는 200년 정도인데, 드 레미 가문은 거의 600년을 금융업에 종사해 온 것이다.

그 외에도 니콜이 봐야 하는 책은 아주 많았다. 대학 졸업 논문을 쓸 때도 이렇게 공부를 한 것 같지는 않았다. 요점만 정리해서 작성한 노트도 벌써 두 권 분량이 되고 있었다. 이러다가 아예 브뤼헤 상공 회의소의 역사에 대한 논문을 쓰게 될지도 모른다는 생각을 했다.

니콜은 화장실을 가기 위해 도서관 자리에서 일어났다. 밖으로 나가다가 그녀는 세 번째 뒷자리에서 문자 맞추기 퍼즐 책을 펴 놓은 채 엎드려 잠들어 있는 남자의 뒷모습을 보았다. 그녀는 속으로 한 번 웃으며 그를 지나쳤다.

알랭의 수사팀은 글로벌 트랜스 사의 녹색 스카니아 트레일러 수배에 전력을 다하고 있었다. 전국의 고속도로 순찰대와 지방 경찰청에 수배 공문을 보냈고 운행 목적지까지의 거리와 시간을 계산해서 통과할 만하다 싶은 주요 길목을 맡고 있는 경찰 조직에는 직접 전화도 했다.

고속도로에서 아직 발견되지 않는 것으로 미루어 국도나 지방 도로로 운행하는 게 틀림없었다. 고속도로를 운행하고 있다면 수배 후 만 24시간이 지난 지금까지 발견되지 않을 리는 없었던 것이었다.

원칙적으로는 허용되지 않지만 알도 카릴의 휴대 전화 위치 추적도 신청해 놓은 상태였다. 본래는 검사의 제청을 통해 판사가 영장을 발부해야만 가능한 일이었지만 시간이 급했기 때문에 편법을 동원했다. 처음에는 쉽게 찾아낼 수 있으리라 생각했던 알랭도 오후 5시가 되면서는 그리 쉽지는 않으리라는 생각을 했다.

알랭이 인터넷으로 도착한 몇 가지 전자 우편 보고서를 읽고 있을 때 컴퓨터에 새로운 전자 우편이 도착했음을 알리는 표시가 떴다. 클릭해 보니 얀이 보낸 붉은색 이베코 트레일러에 대한 조사 및 수사 내용이었다.

벨기에 앤트워프에 소재한 화물 운송 조합 소속의 트럭이었다. 차주 및 운전사는 에리히 반베르크라는 이름의 북부 벨기에 사람이었고 알도와 마찬가지로 현재 소재가 파악되지 않는 상황이었다. 조합에 기록된 운행 계획표에 따르면 파리, 리용을 거쳐서 밀라노에 다녀오는 것으로 되어 있었다.

알랭은 그 보고를 믿지는 않았지만 우선 그에 맞춰서 수배 조치를 밟았다. 붉은색 이베코 트레일러 역시 어떤 경로로든 프랑스 국경 내에 있을 수도 있다는 가능성을 확인한 것이다. 트레일러 두 대를 찾아내는 것이 지금 알랭이 할 수 있는 전부였다.

낙엽이 깔리기 시작한 한적한 프랑스 국도 변의 휴식용 정차 구역에 녹색 스카니아 트럭이 서 있었다. 투르에서 보르도 방향으로 이어지는 24번 국도의 한 지점이었다. 파리에서는 300킬로미터 정도 떨어진 지점이었고 투르 남쪽으로 60킬로미터 정도 거리에 있는 장소였다. 간이 화장실 하나만 있는 휴식용 정차 구역에는 공중전화 하나가 화장실 벽에 부착되어 있었다.

낡은 청바지에 꽤 두꺼운 검은색 파카를 걸치고 있는 남자가 거기 붙어서 통화를 하고 있었다.

"지정한 장소에 와 있습니다. 얼마나 기다려야 합니까?"

"20분 정도 걸릴 거요. 이따 봅시다."

전화를 끊은 알도 카릴은 거대한 트레일러로 돌아가 높게 달린 문을 타고 올라가 운전석에 앉았다. 남자는 운전석 위에 달린 텔레비전을 켰다.

7시 저녁 뉴스가 막 시작되고 있었다. 담배를 꺼내서 불을 붙인 그는 텔레비전 뉴스를 심각한 얼굴로 보고 있었다. 사흘 전부터 그는 텔레비전이나 라디오 뉴스를 빼놓지 않고 보았지만 아직 그 사건에 해당되는 뉴스는 볼 수가 없었다.

그들 말대로 운전 부주의로 벌어진 평범한 교통사고로 끝이 났을지도 모른다는 생각도 들었다. 하지만 그는 마음을 놓지 않고 있었다. 오늘밤 돈을 받으면 당장 이 트레일러를 버리고 잠적할 생각이었다. 신분증 검색이 거의 없는 기차 여행으로 프랑스를 벗어나서 조국인 루마니아로 가는 것이다.

이미 받은 돈과 오늘 받을 돈을 합치면 가난한 조국에서는 평생 일하지 않고도 부유하게 살 수 있다는 계산이 서 있었다. 고국의 젊고 아름다운 처녀들이 떠올랐다. 원한다면 그녀들과 딴 살림을 차릴 수 있을 것이었다. 파리 근교 방브에 있는 월세방에서 기다리고 있을 뚱뚱이 마누라에게는 조금 미안하기도 했지만 기회가 왔고 그는 그 기회를 잡은 것이다. 조수석 쪽에 달린 콘솔을 열어 꽤 두꺼워 보이는 노란 봉투를 꺼냈다. 현금으로 5만 달러가 들어 있었다. 그는 기분이 약간 들떴다. 나흘 전 미쓰비시 파제로를 덮치기 전날에 받은 것이었다. 오늘 또 5만 불을 받고 나면 거래는 끝난다.

7시 뉴스는 이미 끝났고 일기 예보가 나오고 있었다. 쌀쌀해지는 날씨를 예보하는 매력적인 중년의 여성 리포터를 바라보면서 남자는 아랫도리를 한 번 훔쳤다.

나흘 전 미쓰비시 파제로를 밀어붙여서 길가로 나가떨어지게 한 다음부터 알도는 강한 성적인 충동을 느끼고 있었다. 왜 그런지 모르겠지만 그의 남성이 계속 발기하며 욕정을 해결해 줄 것을 요구하고 있는 것이다. 물론 손으로 흔들어서 일단 진정은 시켰지만 요구는 계속되고 있었다.

잠시 후 알도는 서쪽으로 넘어가는 황혼을 등지고 휴게소 정차 구역으로 들어서는 승용차의 헤드라이트 불빛을 발견했다.

그는 약간 긴장한 채 승용차가 트럭 앞에 주차한 뒤 시동과 전원을 끄는 걸 보았다. 검은색 아우디였다. 하지만 번호판은 벨기에가 아니라 선명하게 F자가 박혀 있는 프랑스 번호판이었다.

앞 승용차의 운전석 쪽 유리창이 내려가고 손 하나가 차 밖으로 나와 손짓을 했다. 오라는 뜻인 듯했다. 알도는 서둘러 트레일러 문을 열고 내려가 승용차의 운전석 쪽으로 다가갔다.

열린 창문을 통해 노란 봉투를 든 손이 나왔다. 그 안에 뭐가 들어 있는지 아는 알도는 손을 내밀어 그 봉투를 받았다. 진하게 선팅이 된 유리 때문에 차 내부는 보이지 않았고 자신에게 봉투를 전해 주는 남자의 옆얼굴만이 살짝 보였다.

"고맙습니다."

봉투를 두 손으로 들고 허리를 약간 굽혀 인사를 하는 알도의 뒤로 뒷좌석의 유리창이 소리 없이 내려왔다. 그리고 뭉툭한 소음장치가 달린 검은색 권총이 드러났다.

다음 순간 둔탁하게 공기를 가르는 소리가 두 번 났다. 알도는 등 뒤에서 날아드는 총탄에 심장 부분을 맞고 앞으로 털썩 쓰러졌다. 동시에 검은색 아우디의 운전석과 조수석 문이 열리고 두 사람이 뛰어나왔다.

두 사람은 주위를 살피고는 신속하게 알도의 늘어진 시체를 나눠 들고 간이 화장실로 들어갔다. 오래지 않아 화장실에서 나온 두 사람은 녹색 스카니아 트레일러 운전석으로 올라가서 차 속을 뒤졌다. 그들은 찾는 노란 봉투를 아주 쉽게 손에 넣을 수 있었다.

잠시 후 두 사람은 승용차로 돌아와 앉았다. 그들은 차문을 닫고 봉투를 뒤에 앉은 사람에게 건네주었다. 봉투 안을 살짝 확인한 사내가 앞좌석에 앉은 두 남자에게 웃으며 얘기했다.

"한 장도 안 꺼낸 모양이야, 흐흐. 자, 이제 가자고. 찾아야 할 봉투가 하나 더 있잖아."

검은색 아우디는 시동을 걸고 이제 완전히 어두워진 국도로 진입했다.

옆으로 스치듯 지나간 자동차의 헤드라이트 불빛에 뒷좌석의 사내 얼굴이 살짝 드러났다. 이제 막 소년 티를 벗은 로베르 드 레미의 얼굴이었다.

눈물의 편지
2005년 9월 29일

진영은 오텔 듀 병원에서 퇴원 준비를 하고 있었다. 어제에야 목 보호대를 풀고 움직일 수 있었다. 거의 통증이 느껴지지 않았다. 하지만 깁스를 한 왼쪽 무릎은 움직일 때마다 여전히 고통스러웠다.

"많이 걸으면 안 돼요. 당분간 푹 쉬어야 할 거요."

그동안 진영의 치료를 맡았던 50대 초반의 남자 의사가 짐을 꾸리고 있는 진영의 옆에서 차트를 보면서 얘기했다.

"목뼈 부분은 전혀 문제가 없고 왼쪽 무릎도 1주일 정도 지나면 깁스를 풀 수 있을 거요. 손상된 인대 수술이 아주 잘된 데다가, 김진영 씨의 체력도 훌륭하니까 말이오."

진영의 왼쪽 다리는 무릎부터 아래로 석고 깁스가 되어 있었다. 그는 침대 옆에 놓인 보조용 목발을 집어 들고 왼쪽 겨드랑이에 끼었다. 무척 부자연스러운 행동이었다. 지난 며칠간 연습을 해 보았지만 익숙해지기는 어려웠다.

"지금 나가려고요? 아니 잠깐만. 경찰국의 알랭이 곧 올 겁니다."

"꼭 그가 와야 합니까?"

"지금 김진영 씨의 법적 보호인이 알랭으로 되어 있어요. 그가 사인을 해 줘야 퇴원이 됩니다."

"그래요? 별수 없군요."

진영은 등에 멘 가방을 침대 위에 다시 올려놓고 침대에 걸터앉았다. 병원에 있는 동안 면도를 하지 않아서 수염이 얼굴 아래쪽 절반을 덮고 있었다.

알랭은 곧 나타났다. 알랭은 진영이 들고 있던 스포츠 가방을 굳이 받아 들고 앞장서 걸었다.

아무 말 없이 자기 승용차까지 간 알랭은 진영의 가방을 뒷자리에 던져 넣은 다음 차 문을 연 채로 천천히 목발을 짚고 걸어오는 진영을 기다렸다.

"집이 쿠르셀 대로 80번지 맞지요?"

"네."

두 사람은 차에 타고 병원 주차장을 빠져나왔다. 제법 차가워진 날씨 탓인지 행인들의 차림이 아주 무거워 보였다. 파리 특유의 회색빛 건물들 사이로 달리던 차는 센 강 좌안의 강변도로를 거쳐 개선문을 지나 진영의 집이 있는 쿠르셀 대로에 접어들었다.

"고맙습니다. 이제 돌아가셔도 되겠습니다."

"좋아요. 가 보지요. 잘 쉬십시오. 그리고 이건 내가 보관하던 겁니다."

알랭은 재킷 안주머니에서 길쭉한 물건을 꺼냈다. 비닐봉지에 넣어 둘둘 말아 놓은 물건이었다. 알랭으로부터 물건을 받아 든 순간 진영은 자신의 나이프라는 것을 깨달았다.

"좋은 물건이던데. 사용하는 일이 없어야 할 겁니다."

"안녕히 가십시오."

알랭이 복도에 난 계단을 총총히 내려가자 진영은 가방에서 열쇠를 꺼내서 문을 열고 들어갔다. 오래 비워 둔 탓인지 퀴퀴한 먼지 냄새가 나는 듯했다. 우선 그는 창가로 가서 커튼을 열고 창문을 양 옆으로 활짝 열었다.

상쾌한 바깥 공기가 흘러들었다. 집 안은 그가 떠날 때 모습 그대로였다.

집 안을 돌아보던 그는 문 밑에서 꽤 많은 봉투들을 발견했다. 그가 없는 동안 이렇게 쌓인 것이다. 귀찮다는 생각에 그냥 침대에 누울까 하다가 몸을 숙여서 열 개 남짓 되는 봉투들을 집어 올렸다.

전기, 전화 등의 고지서, 은행에서 보낸 듯한 편지 등을 넘겨 보던 진영은 봉투 하나의 겉면에 눈이 가 박혔다. 수취인은 분명 김진영이었고, 발신인은 강혜정으로 된 편지였다. 진영은 손끝이 떨리는 것을 느끼며 우표에 찍혀 있는 소인 날짜를 확인했다. 8월 19일. 진영이 혜정을 만나기 위해 브뤼헤로 가기 전날이었다. 우표는 벨기에 우표였고 소인을 찍은 우체국은 브뤼헤 우체국이었다. 납치되기 직전에 우체통에 넣어 보낸 편지가 이제야 진영의 손에 들어온 것이다. 진영은 조심스럽게 봉투를 뜯고 안에서 세 번으로 접은 편지지를 꺼내 들었다.

사랑하는 진영에게

오늘따라 네가 무척 보고 싶어서 편지를 써. 조금 있다가 아마 전화해서 여기로 와 달라고 징징거릴 것 같아.

아마 이 시간 너는 말도 안 듣는 아이들 데리고 고함 지르고 있겠지만 나는 브뤼헤 시내 중심의 광장(무슨 이름인지는 모르겠어.)에 있는 카페에 앉아 이 편지를 쓰고 있어. 네가 무척 좋아하는 호에가르덴 맥주 한 잔을 시켜 놓고 말이지.

아! 미안. 옆에 있는 유진이가 무척 놀린다. 서방님(?) 보고 싶어서 어떻게 하느냐고. 무척 보고 싶어. 정말이야. 여행한 지 벌써 3주가 넘었잖아. 네 얼굴 본 지 3주가 넘었다는 얘기야. 이상해. 파리에 같이 있을 때는 이렇게까지 네가 그리운 적이 없었는데 말이야. 지금은 항상 삐져 나오는 네 코털도 보고 싶거든.

여기 브뤼헤는 너무 예뻐. 3주간 꽤 많은 유럽의 도시들을 다녔는데 아마 다섯 손가락 안에 넣을 수 있을 것 같아. 첫째는? 물론 베니스야. 아직도 그 물결에 찰랑이는 현란한 색깔들의 건물들을 잊을 수 없어. 그리고 오스트리아의 잘츠부르크, 독일의 로텐부르크, 체코의 프라하 등등이야. 로마는 볼거리는 많지만 너무 혼란스러워서 머리가 지끈거리는 느낌이었고 스위스의 도시들은 졸리는 듯한 느낌이었어. 초콜릿은 맛이 있었지만 말이야. 참 유진이는 밀라노가 제일 좋대. 잘생긴 이태리 남자들 많고 명품 가게들이 많다나…… 앙큼한 기집애.

진영, 여기는 지금 온통 붉은색이야. 황혼이 질 무렵이거든. 빨간 벽돌 건물들 사이로 빨간 노을이 지며 온 도시를 붉게 물들이고 있어. 괜히 나 눈물이 나려고 한다. 왜 그거 있잖아. 정말 아름다운 장소에 서면 과거와 미래가 정신없이 섞이고 있는 느낌. 내일 이맘 때쯤 우리가 같이 앉아서 또 이 아름다운 노을을 봤으면 해. 그럴 수 있겠지?

나 그동안 많이 반성했어. 한결같이 나만 바라보며 지켜 서서 사랑해 주던 너를 많이 아프게 했잖아. 왜 그랬을까? 내 안에 가득한 허영과 이기심이 네 마음을 받아들일 수 없게 했던 것 같아. 5년 전 처음 집을 보러 온 너를 봤을 땐 그냥 고리타분한 애 늙은이라고 느꼈을 뿐이야. 유머 감각도 없고 세련된 패션 감각도 없고 춤도 못 추고. 그 대신 그때부터 나를 보는 시선에서 네 진심을 느꼈지. 하지만 그때의 나는 지금의 나와는 달랐어.

세상에 온통 넘치는 듯한 즐거움을 한 모금이라도 더 마시려고 종종거리는 병아리였다고나 할까. 오랫동안 네 진심은 나에게 부담이었고 네 따뜻한 시선을 일부러 뿌리치기 위해 못할 짓도 많이 한 거야. 나 용서해 줄 거지? 두 달 전 그 일이 아니라면 나는 아직도 네 마음을 아프게 하면서 헛된 즐거움을 찾아헤매고 있을 거야. 그때 내 마음이 눈을 뜬 거야. 내 마음에 박힌 차가운 얼음 조각이 녹아 없어진 거지.

나는 지금 이 세상에서 가장 나에게 소중한 것이 너라는 것을 깨달았어.

사랑해 진영아!

사랑해 진영아. 그동안 너에게 받은 사랑 이상으로 너를 사랑할 거야. 운명이 우리를 어떻게 시험할지 몰라도 우리 사랑을 지켜 나갈 거야. 혹시 네가 변할지라도 나는 변치 않을 거야. 약속해.

오늘 네가 무척 보고 싶다. 아마 네가 이 편지를 펴 볼 때면 이미 우리의 여행이 끝나고 쿠르셀의 집에 같이 도착해 있겠지? 하지만 오늘 내 진정한 마음을 너에게 보여 주고 싶었어. 그럼 내일 보자.

19 AUG. 2005
브뤼헤에서 혜정이 사랑하는 진영에게

P.S 내일이라도 너 만나면 이야기하려 했는데 이 편지에 써야 할 것 같아 적을게. 나 아기 가진 것 같아. 어제 약 사서 검사해 봤어. 임신이야. 네 아이를 가진 것 같아. 나 낳아서 키우고 싶어.

편지의 중간 부분을 읽을 때부터 진영은 눈앞이 뿌옇게 흐려지는 것을 느꼈다. 떨리는 손끝으로 편지를 잡고 읽어 내려가던 진영은 혜정이 마지막에 적어 놓은 추신 부분을 읽을 때는 하늘이 하얗게 되면서 세상이 모두 도는 듯한 현기증을 느꼈다. 그는 편지를 몇 번이고 더 읽었다.

아기라니, 혜정이 아이를 임신하고 있었다니. 진영은 하얗던 시야가 갑자기 어두워지며 깜깜해지는 것을 느꼈다. 온몸이 떨리며 주체할 수 없는 울음이 터져 나왔다.

그렇게 갈망하던 사랑을 확인하는 순간 그는 자신의 손이 닿지 않는 곳에 잡혀 있는 혜정과 그녀 안의 아기를 위해 할 수 있는 것이 아무것도 없음을 느낀 것이다. 차마 소리는 내지 못하고 뚝뚝 떨어지는 눈물이 진영이 들고 있는 편지를 가득 적셨다. 진영은

아무 생각도 나지 않았다. 그저 한참 동안 눈물만 흘렸다.

진영은 침대에 기대어 누운 채로 집안이 천천히 어두워지는 것을 보았다. 벌써 저녁이 된 것이다. 진영의 눈은 충혈되었고 눈가역시 붉게 물들어 있었다. 그는 천천히 침대에서 일어나 욕실로가서 칫솔에 치약을 듬뿍 짜 놓고 이를 닦았다. 그리고 거울 속에비치는 자기 얼굴을 마주 보며 마음속으로 이야기했다.

"이대로 그녀를 놔둘 수는 없어. 어떻게 해서든 그녀를 찾아내야 해. 필요하다면 악마에게 영혼을 팔아서라도 그녀를 찾아낼 거야. 아니 악마든 뭐든 그녀에게 가는 것을 방해하는 것은 모두 없애 버릴 거야."

진영은 양치질을 마치고 오랫동안 사용치 않았던 은회색의 질레트 면도 거품을 들고 손바닥에 거품을 가득 짜 냈다. 상쾌한 향기와 함께 그의 본래 얼굴이 드러났다. 발갛던 눈가도 어느 정도정상으로 돌아왔다. 면도를 마친 그는 전화를 걸어 피자를 배달시켰다.

잠시 후 깁스한 왼쪽 다리를 이끌고 간단히 집 안 정리를 마친진영은 전투용 나이프를 꺼내 들었다. 그리고 침대가에 앉아서 방문 옆에 놓인 원목 서랍장을 향해 나이프를 집어 던졌다. 작은 손짓이었는데도 칼날은 세찬 기세로 날아가서 나무로 된 서랍 부분에 가 꽂혔다. 그는 천천히 일어나서 서랍장으로 가 박혀 있는 나이프를 뽑았다.

그때 아파트 입구의 벨이 울렸다. 진영은 한 손에 칼을 든 채 문을 살짝 열어 문 바깥을 확인했다. 빨간 파카를 입고 빨간 오토바이 헬멧을 쓴 피자 배달원이었다.

문을 닫아 걸은 진영은 테이블에 앉아 피자를 먹기 시작했다. 아무 표정도 없이 묵묵히 씹어서 목으로 넘기는 기계적인 동작이었다. 같이 배달되어 온 하이네켄 맥주를 마셔 가면서 피자를 절반 정도 먹어치운 진영은 피자 포장지 뚜껑을 덮어 놓고 다시 침대가에 앉았다. 그리고 다시 손 안의 나이프를 서랍장을 향해 던졌다.

던진 다음엔 천천히 일어서서 서랍장에 박힌 나이프를 뺀 다음 다시 침대가에 앉아서 나이프를 던졌다. 다섯 칸의 서랍 중 제일 위쪽 판의 나무가 완전히 부서져 거의 형태를 알아보기 어려울 때까지 그의 동작은 반복되었다. 나이프는 이제 두 번째 칸의 나무판으로 날아갔다. 나무에 칼이 박힐 때 나는 둔탁한 소리가 밤이 깊도록 한없이 이어졌다.

서로를 겨누는 총구
2005년 10월 2일

알랭은 이태리 헌병대 토리노 본부에서 온 사건 보고서를 받았다. 피살자는 에리히 반베르크였다. 등 뒤에서 한 발은 머리에, 두 발은 가슴 쪽에 도합 세 발의 총탄을 맞았다. 부검이 끝난 후 검사 결과가 와 봐야 알겠지만 알랭은 글록 17형에서 발사된 9밀리미터 총탄일 것이라고 생각했다.

일 주일쯤 전인 9월 17일에 프랑스 투렌 지역 경찰들이 녹색 스카니아 트레일러를 찾아냈고 근처 간이 화장실의 닫힌 청소 도구함에서 알도 카릴을 발견했다. 부검 결과 그 역시 뒤에서 두 번의 총격을 심장 부분에 당했다. 프랑스 경찰청의 총기 시험실에서 그의 시체 속 탄환을 분석한 결과 글록 17형에서 발사된 9밀리미터 페더럴 클래식 탄이라고 보고해 왔다. 그들은 용의주도하게 꼬리를 잘라 내고 있는 것이다.

알랭은 고개를 천천히 저으며 이태리 헌병대의 보고서 파일을 닿았다. 이제 그가 기다리는 것은 알도의 휴대폰 통화 기록이었다. 분명히 통신을 했을 것이고 그 흔적을 찾아낼 수 있을 거라고 믿었다.

파리의 앙드레 말로 광장에 있는 코미디 프랑세즈 건물 옆에 위치한 총포상 '라 샤쇄트'는 100년 가까이 그 자리에서 영업을 해왔다. 광장 쪽으로 난 쇼 윈도에는 우아하게 장식된 2연발 엽총들과 사냥용 나이프, 가죽 가방, 모자 등의 악세서리들이 고급스럽게 진열되어 있었다.

가게 주인 장 로통드는 카키 색 모직 스포츠 재킷을 걸치고 책상에 앉아 카탈로그를 뒤지고 있었다. 내년에 들여올 새로운 상품들을 골라서 주문하는 중이었다. 50대 후반의 나이였지만 직업 군인처럼 단단해 보이는 골격과 자세는 범상치 않았다.

그는 지금 권총류가 소개된 카탈로그를 대충 보아 넘기고 도검류를 다룬 카탈로그를 넘기기 시작했다. 목가적이고 귀족적인 가게의 디스플레이와는 달리 라 샤쇄트의 매상 대부분을 차지하는 물건들은 총기류와 도검류들이었다. 프랑스에선 오랜 사냥 전통에 따라 기본 교육 이수와 간단한 신원 확인만 되면 코끼리를 잡을 만한 라이플도 구매가 가능하다. 그러다 보니 사냥용 내지는 호신용 총기류와 수집용 도검류가 제법 많이 팔리고 있었다. 프랑스에서 쉽게 얻을 수 없는, 아니 얻기가 거의 불가능한 총기 거래 허가를 가진 로통드는 2대에 걸쳐 편하게 장사를 해 왔다고 볼 수 있었다. 요즘은 특히 동양 쪽 도검류가 수집가들에게 인기가 높아 그쪽 물건 확보에 열성을 다하고 있었다.

썩 마음에 드는 물건을 찾지 못한 채 로통드는 점심식사를 위해 나갈 준비를 했다. 그때 오페라 거리 쪽에서 천천히 목발을 짚고 걸어오던 젊은 동양 남자가 가게 문을 열고 들어왔다. 진영이었다. 로통드는 그 남자가 들어오는 모습을 살피면서 오늘 매상은 해결됐다고 생각을 했다.

그에게는 쓸데없는 호기심으로 들어오는 귀찮은 손님과 필요한 여러 가지 것들을 손에 넣기 위해 들어오는 손님을 구분하는 능력이 있었다. 식사를 위해 일어선 그대로 인사를 하면서 그는 손님에게 붙임성 있는 미소를 띄웠다.

"뭘 도와드릴까요?"

예상대로 손님은 두리번거리지도 않고 손짓으로 권하는 의자에 앉은 다음 이야기를 꺼냈다.

"필요한 것이 몇 가지 있어서 왔습니다. 이 집에서 다 구할 수 있었으면 합니다. 보다시피 이 모양이라서."

진영은 깁스가 된 왼발을 가리키면서 담담하게 대답했다.

"구체적으로 어떤 것을 보여 드릴까요? 사냥을 좋아하실 스타일은 아닌데요."

진영은 재킷 안주머니에서 A4 용지 여러 장을 꺼내서 잠시 들춰 보더니 주문을 했다.

"투척용 단검이 필요합니다. 일본에서 만든 것이 있다면 좋겠지만 없으면 홍콩제도 좋습니다."

"몇 개나 필요하시지요?"

"한 열 개 정도면 되겠지요? 대개는 세트로 되어 있을 텐데요."

"잠시 기다리시지요."

로통드는 출입문으로 가서 문을 잠그고 창가의 블라인드를 조절해서 바깥에서 안을 들여다볼 수 없도록 한 후 가게 제일 안쪽의 대형 캐비닛을 열었다. 커다란 나무 문을 좌우로 열어젖히자 세로로 높게 배열된 철제 서랍들이 줄지어 서 있었다.

그중 하나를 잡아당기자 높이 1.5미터에 길이가 2미터 정도 되는 책장 형태의 진열장이 모습을 드러냈다.

주로 일본에서 사용했던 여러 가지 형태의 도검류가 걸려 있었고 만든 지 꽤 된 듯한 일본의 남성용 악세서리들도 갖춰져 있었다. 로통드는 그중 제일 구석에 걸린 가죽 띠를 꺼내서 탁자 위에 올려 놓았다. 가죽 띠에는 정교하게 상감 처리한 작은 손잡이가 있는 투척용 단검들이 일렬로 쭉 꽂혀 있었다.

진영은 목발을 들어 탁자 한 켠에 세워 두고 그중 하나를 뽑아 살펴보았다. 하지만 금방 흥미를 잃었는지 제자리에 넣었다.

"왜, 원하시는 물건이 아닙니까?"

대번에 고객의 표정을 읽은 로통드는 예의 바르지만 낮은 목소리로 물었다.

"저는 장식품이 아니라 진짜 물건을 사러 왔습니다."

한 손을 들어서 무심하게 흔들어 대는 진영을 보던 로통드는 고개를 가볍게 끄덕이고는 가죽 띠를 원래대로 진열해 놓고 밖으로 나와 있던 긴 서랍을 밀어 넣었다. 그러고는 가장 오른쪽 서랍을 당겼다.

로통드는 서랍 아래쪽에서 둘둘 말려 있는 가죽 띠를 들어서 보여 주었다.

"중국 항조우 쪽에서 만든 물건입니다. 물론 수작업으로 제대로 만들어졌지요. 품질은 보증할 수 있습니다."

아무 장식 없이 차가운 금속으로만 이루어진 단검을 뽑아들고 손 안에서 만져 보고 돌려 보던 진영이 고개를 끄덕였다.

"제대로 된 물건이군요. 좋습니다. 다음 품목입니다. 오스트레일리아의 스티브 필리시에티가 만든 다마스커스 단검이 필요합니다. 도검 전문 잡지의 광고를 보고 왔는데 아직 있습니까?"

"아주 까다로운 물건을 찾으시는군요."

하지만 로통드의 얼굴엔 자부심 깃든 미소가 떠올랐다. 그는 진열장 형태로 꺼낸 서랍 한곳에서 긴 대검을 꺼내 왔다.

전체 길이는 45센티미터 정도였고 아무 장식도 없는 수수한 손잡이는 길이가 15센티미터 정도로 보였다. 로통드가 건네주는 칼을 받아든 진영은 두꺼운 캥거루 가죽으로 싼 칼을 천천히 뽑았다. 수수한 손잡이 부분과 달리 은색과 검은색 금속이 현란하게 섞인 다마스커스 검 특유의 화려한 불규칙 무늬가 도신(刀身) 전체를 뒤덮고 있었다.

"손잡이는 상아로 마감한 것이고 가죽은 수컷 캥거루의 등 가죽입니다. 칼 자체에 대해서는 설명이 필요 없겠지요? 현대에 만들어진 최고의 칼 중 하나입니다."

진영은 아무 대꾸도 없이 손에 쥔 다마스커스 단검을 쓰다듬고 있었다.

"좋습니다. 훌륭하군요. 말로만 들었지 보기는 처음입니다."

"스티브 팔레시에티는 세계에 몇 명 남지 않은 다마스커스 강철을 제련해 낼 수 있는 장인입니다. 지금 손님이 들고 있는 칼은 그의 걸작 중 걸작입니다."

"그렇네요. 이런 칼은 정말 구경하기도 어렵지요. 그럼 다음으로 넘어갈까요?"

로통드는 오늘 매상 정도가 아니고 가게 일 주일 평균 매상 정도가 해결되고 있음을 느꼈다.

"푸시 대거를 하나 샀으면 합니다. 역시 제대로 된 걸로요."

로통드는 잠시 생각해 보더니 다마스커스 검을 꺼낸 서랍에서 기괴한 물건을 하나 꺼냈다.

"기왕 오스트레일리아제를 보셨으니 하나 더 보시지요. 스티브 로슨이라는 사람이 만든 겁니다. 마음에 드실 겁니다."

진영은 로통드가 내미는 폭이 아주 넓고 끝이 갑자기 뾰족해지는 단검을 받아 들었다. 푸르스름한 칼날 빛이 섬뜩하게 느껴졌다. 칼 가운데에는 정교한 장식이 새겨져 있었다.

그런데 손잡이가 이상한 형태로 달려 있었다. 보통 칼처럼 칼날 부분과 직선으로 이어지지 않고 포도주의 코르크 마개를 따는 도구처럼 칼날과 직각 방향으로 칼의 몸체 부분과 한 덩어리인 금속 링에 고정되어 있었다.

진영은 흡족한 표정으로 그 물건을 투척용 단검과 다마스커스 대검 위에 올려놓았다.

"에머슨제 전투용 단검 두 개를 고르고 싶습니다. 접히지 않는 걸로요."

"에머슨보다는 벤치 블레이드 제품이 어떻겠습니까? 택티컬 나이프로는 더 신뢰할 수 있는 물건입니다."

"일단 보여 주십시오."

두 사람은 약 열 가지 이상의 단검을 늘어놓고 하나하나 고르기 시작했다. 진영은 결국 나비 모양의 상표가 새겨진 벤치 블레이드 두 개를 골라 냈다.

"계산해 주십시오."

가격을 전혀 묻지 않던 진영이 간단하게 이야기하자 로통드는 머리가 갑자기 복잡해졌다.

얼마나 불러야 할지를 몰랐던 것이다. 한 가지 확실한 것은 이 정도로 칼에 해박한 손님이라면 적당한 가격도 미리 알고 있으리라는 것이다. 로통드는 합리적인 가격을 제시하기로 마음먹었다.

"다마스커스 대검은 워낙 비쌉니다, 아시겠지만. 8000유로에 드리겠습니다. 푸시 대거도 걸작이지요. 2000유로로 계산하겠습니다. 투척용 단검은 열 개짜리 세트로 1000유로고요. 벤치 블레이드 단검은 200유로씩 계산하겠습니다."

로통드는 계산기를 두드리고는 진영에게 금액이 적힌 포스트잇 메모지를 건넸다. 합쳐서 11400유로였다.

"현찰로 10000유로 드리지요. 그 정도면 어떨까요?"

"좋습니다. 손님을 만난 기념으로 그 정도는 깎아 드리지요."

로통드는 500유로짜리 지폐 다발을 건네받고 재빨리 셌다. 정확히 10000유로였다. 이 남자는 미리 10000유로짜리 돈 다발 한 덩어리를 준비해 온 것이다.

로통드가 현금을 챙겨 넣고 이미 판매한 물건들을 포장할 때 잠자코 있던 진영이 물어 왔다.

"권총도 하나 구했으면 하는데 방법이 있을까요?"

"라이선스가 없다는 말씀이군요."

"얻는 데 시간이 걸리더군요. 더구나 보시다시피 저는 외국인
이라……."

"총기 라이선스가 없는 분께 총을 팔 수는 없습니다. 저의 가게
에서는."

로통드가 뒤에 붙인 '저의 가게에서는'이라는 말의 뉘앙스는
미묘했다. 다른 곳에서라면 가능하다는 뜻이었다.

"물론 보시다시피 현금으로 지불할 겁니다. 거래를 주선해 주
시겠습니까?"

로통드는 고민에 빠졌다. 그에게는 사실 미등록 총기 재고가 조
금 있었고 그걸 원하는 사람들과 음성으로 거래해 왔던 것이다.
그는 눈앞의 고객을 뜯어보았다. 나중에 문제가 생긴다면, 즉 자
신이 판매한 무기로 불법을 저지르다가 검거된다면 끝장이었다.

"연락처를 주시지요. 전화를 드리겠습니다. 제가 아니라 다른
사람이 도와드릴 수 있을 겁니다. 원하시는 모델을 지금 얘기해
주시지요."

"콜트나 베레타 정도면 무난할 듯합니다. 45구경 정도로요."

"알겠습니다."

이야기가 다 끝난 듯 진영은 로통드가 내미는 두꺼운 비닐 백을
받아 어깨에 걸치고 목발에 의지해서 가게 문을 나섰다.

로통드는 문을 열어서 고객을 배웅한 후 책상으로 와서 메모를
들여다봤다.

미셸 06 77 89 39 19

프랑스에서 가장 흔한 미셸이란 이름과 휴대 전화 번호였다. 로통드는 아무렴 어떠냐고 생각하고 재고 중에 등록이 안 된 발트로 반자동 권총이 있음을 떠올렸다.

파리의 거리에 가로등들이 빛을 발하면서 하늘은 검게 저물어가고 있었다. 세바스토폴 거리에 위치한 거대한 지하 주차장에 검은색 아우디 A6를 주차한 세 남자가 엘리베이터를 통해 지상으로 나와 레알 광장으로 걸어갔다.

주위엔 허름하거나 기괴한 옷차림의 젊은이들이 많이 오갔다. 특히 힙합 스타일이나 레게 스타일로 외모를 꾸민 흑인들이 많았다. 펑크 스타일의 가죽 쪼가리를 걸친 친구들도 제법 있었다.

피어싱이 유행하면서 귀나 코, 입 등에 쇠 조각을 박아 넣은 사람들도 대단히 많았다. 광장 입구에 위치한 맥도날드와 켄터키 프라이드 치킨에서 흘러나오는 냄새가 세 사람 코에 들어왔다. 로베르 드 레미는 이 냄새를 무척 싫어했다. 쓰레기 냄새라고 부를 정도였다.

세 사람은 '쓰레기' 냄새를 맡으면서 파리라는 아름다운 귀부인의 가장 냄새 나는 치부에 들어서고 있었다. 그들이 지금 걷고 있는 생드니 거리는 마약, 매춘, 불법 무기, 청부 살인 등 온갖 범죄들의 매매가 이루어지는 시궁창이었다. 정상적인 생활을 하는 사람이 발을 디딜 만한 곳은 전혀 아니었다.

"어이, 마틴, 확실히 약속한 거야?"

로베르는 왼쪽 편에서 나란히 걷고 있는 남자에게 말을 건넸다.

두꺼운 검은색 가죽 외투를 입은 키가 크고 예리한 눈매의 남자는
배관공에게 총질을 했던 사람이었다. 짧은 머리에 무표정한 얼굴
이었다.

"마음에 드시지는 않겠지만 일을 청부하는 것은 문제없을 겁니
다."

세 사람은 묵묵히 걸어서 목적지인 '플라즈마 카페'로 갔다. 생
드니 길은 차가 다닐 수 없는 거리였다. 주위에는 금지된 것들을
사고팔려는 사람들이 서성대고 있었다. 이 거리에서 이루어지는
거래의 대부분은 주로 육체적인 쾌락이었다. 남자가 여자를, 여자
가 남자를, 남자가 남자를, 여자가 여자를, 그 외에 인간 사이에서
짜낼 수 있는 어떠한 형태의 성적 조합도 여기에서는 가능했다.
물론 돈만 있으면 말이다.

플라즈마 카페는 한산했다. 초저녁부터 마약 주사를 맞은 듯한
사내 둘이 바 앞에 서서 맥주를 마시고 있었고 구석 테이블에는
막 돈을 벌러 나온 듯한 여자 셋이 도발적인 옷차림으로 앉아 시
끄럽게 떠들어 대고 있었다.

세 사람이 자리 잡고 앉자 웨이터보다 매춘부 중 하나가 먼저
다가왔다. 세 남자의 옷차림에서 돈 냄새를 맡은 것이다.

"안녕, 미남 오빠들. 좀 이르지만 한 잔 사 주지 않을래요?"

로베르는 잠자코 앉아 있었고 마틴이 앉은 채로 오른손 검지손
가락을 흔들면서 낮은 목소리로 얘기했다.

"우린 지금 놀고 싶지 않아. 다른 데 가서 알아보라고."

"아이, 왜? 우리 끝내 줄 수 있어요. 후회 안 할 텐데에."

말꼬리를 길게 끌면서 여자가 마틴의 무릎에 걸터앉으려고 하

자 순간 마틴은 여자의 손목을 잡아 가파른 각도로 돌려 올렸다. 곧바로 여자의 고통에 찬 비명이 울려 퍼졌다.

"놔, 이 자식아. 아악! 놓으라고."

마틴은 바로 여자의 손목을 살짝 밀면서 놓아 주고는 손을 바지에 비벼 닦았다. 구석 테이블에 앉아 있던 두 여자가 이쪽으로 급히 걸어와서는 손목을 쥐고 씩씩거리고 있는 동료를 살폈다. 그러고는 표독한 표정을 지으며 세 남자에게 다가섰다.

"이 자식들아. 싫으면 그만이지 왜 행패를 부려? 죽어 볼래?"

짧은 가죽 스커트에 머리를 붉게 물들인 여자가 시비를 걸어왔다. 그동안 아무 말이 없었던 작은 키에 검은색 양복을 입은 남자가 일어섰다. 아우디를 운전하던 남자였다.

"이봐 아가씨들. 우리 지금 놀 상황이 아니야. 이해해 줄 수 있지? 내일 보자고, 응?"

제법 부드러운 말투였다. 그때 대머리에 앞치마를 두른 창백한 안색의 웨이터가 그들 사이로 다가왔다.

"무엇을 주문하시겠습니까? 너희들은 자리로 가."

웨이터가 말을 마치자마자 여자들은 아무 대꾸 없이 카페 밖으로 나갔다.

"이런 돈을 안 냈군. 저 여자들 커피 값은 신사분들께서 내 주시겠습니까? 그쪽에도 조금은 책임이 있다고 생각됩니다만……."

"그러지요. 나는 페리에로 주고, 마틴, 피에르. 너희들은 뭘 주문할 거야?"

마틴과 피에르는 각각 스카치 위스키와 맥주를 주문했다. 웨이터가 주문을 받고 돌아서려 할 때 마틴이 말을 붙였다.

"사람을 찾고 있소. 빅토르라고 물어보면 알 거라던데. 알고 있소?"

"약속을 하셨습니까?"

"구체적으로 약속한 것은 없고 아는 사람에게서 소개를 받았소. 여기에서 그를 찾아 직접 얘기하라고 말이오."

"잠시만 기다려 주시죠."

웨이터는 카운터로 가서 음료와 계산서를 가져왔다. 테이블에 음료들을 놓은 후 그는 돌아가지 않고 쟁반을 옆 테이블에 놓더니 앞치마도 벗어서 의자에 걸쳐 두었다. 그러고는 로베르 일행이 차지한 테이블의 빈 의자에 털썩 앉았다.

"내가 빅토르요. 누구한테 내 이야기를 들었소?"

앉아서 마주 보자 그는 더 이상 웨이터가 아니었다. 대머리처럼 완전히 깎아서 밀어 버린 머리와 차가운 눈빛으로 로베르 일행이 찾던 유형의 사람이었다.

로베르는 아무 대답도 없이 주머니에서 사진 한 장을 꺼내 테이블 위로 던졌다. 김진영의 얼굴이었다.

"서로 많이 알 필요는 없는 듯하고 이 친구를 해결해 주시오. 사진 뒤에 주소나 이름 등 필요한 것들이 적혀 있소."

"좋소. 이미 충분히 알고 온 것 같으니 긴 말은 필요 없겠군. 가격도 알고 있소?"

"선금 10000유로에 일 끝나고 그만큼이라고 들었는데 나는 조금 더 주겠소. 선금 15000유로 여기 있소."

로베르는 재킷 안의 주머니에서 봉투 하나를 꺼내 테이블의 사진 위로 던졌다. 빅토르라는 남자는 봉투 쪽은 거들떠보지 않고 로베르를 가만히 쳐다보았다.

"15000이라. 그만큼, 아니 그 이상으로 까다로운 표적인 모양이군. 어떤 놈이오?"

"별거 아니오. 한국 놈이고 여기 유학 와 있소. 동양 무술을 조금 잘하는 정도요. 당신이라면 그렇게 어렵지는 않을 거요. 단지 그놈이 조금 명줄이 질긴 것 같아 확실히 해 두자는 거요."

"좋소. 두고 가시오. 3, 4일 내로 처리될 거요. 처리 후 다시 여기를 와서 잔금을 지불하면 될 테고. 잔금은 내가 정할 거요. 일이 간단하다면 이 봉투 하나면 될 거고, 경우에 따라서는 더 두꺼운 봉투를 준비해야 할 수도 있소."

"어쨌든 좋소. 처리만 해 주시오."

로베르는 주문한 페리에를 한 모금 마시고는 자리에서 일어났다. 옆의 두 사람도 그를 따랐다. 빅토르는 앞치마를 천천히 다시 걸치고 테이블 위의 봉투와 사진을 바지 주머니에 넣은 다음 테이블을 치웠다.

"페리에, 위스키, 맥주 거기에 아까 커피 두 잔에 맥주 한 잔, 합쳐서 17유로입니다, 손님."

피에르가 20유로짜리 지폐를 꺼내 주었다.

"감사합니다. 또 오십시오."

세 남자는 다시 생드니 거리로 나왔다. 이미 노골적인 유혹의 밤이 시작되었다. 젊은 주정뱅이 하나가 초췌하고 더러운 몰골로 그들 앞을 막아섰다. 세 남자는 되지도 않는 말로 시비를 거는 주정뱅이를 피해 주차장으로 걸었다.

"다음에 올 때는 마틴 자네 혼자서 와. 정말 지저분하군."

“그러지요. 저 친구라면 그 동양 놈 정도는 쉽게 처리해 줄 겁
니다.”
“그래야지. 그래야 나도 마음 편히 아버지께 돌아갈 거 아냐?”
세 남자는 계속 걸어서 다시 지하로 내려갔다.

실패한 청부

2005년 10월 4일

엊저녁에 파리로 돌아온 니콜은 오랜만에 경찰국에 출근을 했
다. 경찰국에 들어서자 동료들이 농담 섞인 인사를 해 왔다.

"오랜만이야, 니콜. 그동안 바람 났던 모양이지?"

"휴가는 어땠어? 타히티는 아니었던 모양인데?"

니콜은 미소를 지으며 하나하나 인사를 나누고는 동관 5층에
있는 알랭의 사무실로 갔다. 회의실에 팀원 여섯 명이 오랜만에
모여 있었다.

"자, 이제 정리 좀 해 보자고."

알랭은 그리 밝지 않은 표정으로 부하들 얼굴을 차례로 둘러
보았다.

"알도의 휴대 전화 통화 기록을 입수했습니다. 의심 가는 발신
자가 하나 있더군요. 벨기에 번호였습니다. 조회해 본 결과 마틴
브라운이라는 친군데 흥미가 있습니다. 미국 위스콘신 주 출신으

로 1969년생입니다. 미 해군 특공대 SEAL팀으로 군 생활을 했고, 1998년 제대 후엔 용병 생활을 한 듯합니다. 벨기에 용병 에이전트인 벨가 인터내셔널에 소속되어 있습니다."

"용병 에이전트라. 재미있군. 니콜 이야기 좀 들어 보자고."

니콜은 커다란 핸드백에서 노트를 꺼냈다.

"역사 이야기예요. 지난번 성전 기사단의 변질에 대해 이야기한 것은 기억하실 거예요. 이제 구체적인 윤곽이 잡히고 있어요. 벨가 인터내셔널도 포함되어 있고요. 자, 이걸 하나씩 보세요."

니콜은 가방에서 A4 용지 3장 정도 되는 문서를 다섯 부 꺼내서 동료들에게 나누어 줬다.

"가장 주목할 이름은 드 레미 가문이에요. 700년 전부터 브뤼헤를 근거지로 융성하고 있는 금융 가문이지요. 기욤 드 레미가 그 시조예요. 1314년 프랑스 내의 성전 기사단원들이 전멸한 다음 기욤 드 레미라는 사람은 성전 기사단의 브뤼헤 지부장이라는 지위를 내던지고 금융업을 시작했어요. 원래 성전 기사단의 전문 분야가 그쪽이었으니까 이상할 건 없지요. 그 이후 드 레미를 비롯해 벨기에서 남아 있던 성전 기사단원들은 전부 금융업자 내지는 상공업자로 변신해서 살아남았어요. 오늘날까지……."

"이 리스트가 그 가문들 리스트인가?"

"네, 가문들과 관련 기업체들 명단이에요. 대단하지요?"

알랭은 문건의 세 번째 쪽에 있는 리스트를 주의 깊게 살펴보았다. 조금 전 로마노가 언급한 벨가 인터내셔널도 있었다.

"여기 적힌 모든 기업은 상호 출자와 대출, 담보, 이사 겸임, 납품 계약 등으로 치밀하게 연결되어 있어요. 그 중심에 드 레미 가문이 있지요. 벨기에를 대표하는 금융 재벌과 벨기에를 대표하는 몇몇 기업이 한통속인데, 그 관계가 700년을 거슬러 올라간다니 참 대단하지요?"

벨기에 상업 은행(소유: 샤를 드 레미 남작)—금융업

브뤼헤 신용 조합 은행(소유: 샤를 드 레미 남작)—금융업

플랑드르 화포 제작소 FGA(소유: 레오나르드 커셀 경)—총기, 미사일, 대포 제작

벨포르 중기 공업(소유: 마티스 막스)—탱크, 장갑차 제작

콘티넨탈 곡물 중개 상사(소유: 빈센트 반 쇼몽)—식품 수출입

가젤 화물 운송(소유: 피에르 브로글리)—컨테이너 등 화물 운송 회사

벨가 인터내셔널(소유: 파트릭 반 데르트)—무기 용병 중개 에이전트

스텔라 아미티스 주조(소유: 클로드 바뇰레)—맥주 회사

중앙아프리카 플랜테이션(소유: 로저 스월런스)—카카오, 사탕수수, 무역

코메트 증권(소유: 샤를 드 레미 남작)—증권, 채권 회사

미라벨라 인터내셔널(소유: 프랑소와 마고트)—가수, 영화배우, 모델 에이전트

얀 에튀드 부동산(소유: 에밀 에튀드)—부동산 중개 회사

로렌초 광업 개발(소유: 로빈 로렌초)—보석 원석 채취 및 가공

"여기 적힌 회사 말고도 그 세력은 더 뻗어 있을 것으로 보입니

다. 언론계, 법조계, 경찰계, 학계 등등 말이에요."

"옛 성전 기사단 세력이 벨기에서 융성했다는 것이군."

"아마 다른 나라에도 그 세력이 남아 있을 거예요. 어쩌면 프랑스에도 말이에요."

알랭은 오른손으로 턱을 쓰다듬고 있었다. 벨기에서 모든 것을 결판내야 하는 상황이었다. 하지만 그에게는 힘도 없었고 증거도 부족했다.

"드 레미 남작은 조사 좀 해 봤나?"

"전혀 손댈 데가 없어요. 완벽해요. 탈세 흔적도 없어요. 오히려 많은 기부금으로 양심적인 사업가로 통하고 있어요."

"가족 관계는?"

"그쪽으론 조금 불우한 편이에요. 17년 전에 이혼했어요. 캐서린 맥크레이든이라는 여자로 스코틀랜드 금융 가문의 딸이었는데 결혼 후 3년 만에 이혼했더군요."

"그 여자는 지금 어디 있지?"

"프랑스에 있어요."

"프랑스? 어디에서 뭘 하면서?"

"리지외에 있는 꽃의 테레사 수녀회에 들어가 있어요."

"이혼하고 수녀가 됐단 말인가?"

"이혼 후 바로 출가했더군요. 친정에도 가지 않고요."

"재미있군. 자식들은?"

"아들이 하나 있어요. 로베르라고요. 아주 망나니예요. 2년 이상 다닌 학교가 없어요. 브뤼셀의 명문 사립인 테이튼 고등학교를 어떻게 졸업하긴 했는데 작년에 입학한 브뤼셀 상업 대학에선 제

적당했어요."

"무슨 일로?"

"여학생 강제 추행, 시험 부정 행위, 교내 폭력 행사 등 한두 가지가 아니예요."

"지금 뭐 하고 있지?"

"그건 파악이 안 되고 있어요."

"좋아. 우선 포인트는 두 가지군, 로마노."

"네, 경사님."

"영장을 발부받아서 마틴 브라운이란 놈의 위치를 파악해 줘. 휴대 전화 위치 추적을 해서 말이야. 인터폴에 의뢰해서 전 유럽에 수배하자고. 1급 살인 혐의로 말이야. 놈을 잡아야 해. 니콜은 리지외를 다녀와야 할 것 같아. 캐서린이라는 여자를 만나 봐. 뭔가 걸리는 게 있을 거야."

"그러죠. 그런데 벨기에 쪽을 좀 더 수사해야 하지 않을까요?"

"물론이지. 지금 티볼트와 상의 중이야. 벨기에 경찰 본부를 통해 공조 수사를 해 나갈 생각이야. 자, 이제 움직이자고."

진영은 아파트에서 50미터도 채 떨어지지 않은 카페를 향해 걸어가고 있었다. 깁스한 왼쪽 다리는 이제 전혀 문제가 없는 듯했다. 힘을 주어도 통증이 없었고 목발 없이도 걷는 데 지장이 없을 정도였다. 니콜은 카페 깊숙한 곳에 앉아서 에스프레소 커피를 마시고 있었다. 거리는 바람에 날려 춤추는 낙엽들로 가득했다.

"어머, 안녕하세요. 안색은 괜찮네요. 속은 모르겠지만……"

니콜은 생글거리면서 인사를 했고, 진영도 미소 띤 얼굴로 맞받
으며 앉았다.

"속도 괜찮을 겁니다. 확인해 보겠습니까?"

"어머, 농담하는 거 봐! 굉장히 걱정했는데. 한술 더 뜨네요?"

"인상 쓰지 않기로 했습니다. 달라질 게 없잖아요. 하지만 할
일은 할 겁니다. 누가 뭐래도."

니콜은 진영의 미소 띤 얼굴에서 굳은 의지를 느꼈다.

"내일 깁스 풀고 나면 뭐 할 생각이에요?"

"글쎄요."

"나랑 같이 리지외에 가 보지 않을래요? 거기 아주 유명한 수
녀회가 있어요. 갈멜파 교단에 속한 곳인데, 작은 꽃, 즉 소화(小
花) 테레사 성녀와 관계된 곳이지요. 아참, 어제가 그녀의 축일이
었어요."

"꼭 거길 가야 할 이유가 있습니까?"

"자, 이걸 보세요. 오늘 아침 회의 때 회람한 문서예요."

"대외비 아닌가요?"

"그렇지만 진영 씨한테는 예외예요."

니콜은 문서 내용과 오늘 아침 회의 내용을 상세히 설명했다.

"그러니까 유력한 용의자인 드 레미의 전 부인을 만나 보겠다
는 거군요."

"그래요. 뭔가 건질 것이 있을 거예요. 기분 전환도 할 겸 어때
요? 같이 갈 거죠?"

진영의 시선은 니콜이 내민 문서에서 떠나질 않고 있었다. 거기
에 혜정의 행방이라도 적혀 있는 듯했다.

"좋습니다. 같이 가지요. 하지만 분명히 할 것이 있는데 이제부터는 누가 뭐래도 내 방식대로 할 겁니다. 혜정이를 찾기 위해서는 목숨도 겁니다. 그보다 더한 것도. 내일 여기 같이 가는 목적도 그것뿐입니다."

"좋아요. 내가 바라는 것도 그거예요."

"이거 내가 가져가도 됩니까?"

진영은 앞에 놓인 세 장짜리 서류를 가리켰다.

"그래요. 그건 진영 씨 거예요. 혹시나 해서 이야기하는데 몸조심하세요. 놈들이 가만히 있지 않을 거예요. 조금 전에 이야기했듯이 놈들은 협력자들조차도 모두 살해해 왔어요."

"걱정할 필요 없습니다. 난 오히려 저들이 그래 주길 기다리고 있습니다. 자, 내일 봅시다."

진영은 커피 값을 테이블에 놓고는 밖으로 걸어 나갔다. 니콜은 그 모습을 계속 바라보고 있었다. 한없이 외로워 보이면서도 어딘지 강해 보이는 뒷모습이었다.

열쇠를 꺼내면서 진영은 아파트 문 아래쪽을 힐끔 보았다. 점심 먹으러 나올 때 은밀하게 붙여 두었던 작은 스카치테이프 조각을 확인한 것이다. 병원에서 퇴원한 후, 외출할 때마다 늘 문 밑바닥 틈에 스카치테이프 조각을 붙여 두었다.

그런데 그 스카치테이프가 보이지 않았다. 진영은 허리를 굽혀 떨어진 조각을 찾았다. 테이프 조각은 본래 붙여 둔 자리에서 약간 떨어진 곳에 있었다. 진영은 아파트에 누군가 들어왔음을 깨달았다. 진영은 목발을 옆에 세워 두고 무기가 될 만한 것을 먼저 챙겼다. 우선 그는 들고 있던 맥주 박스가 든 비닐봉지의 손잡이 부분을 한데 합쳐 묶었다. 손잡이가 달린 무거운 추가 된 것이다. 그러고는 재킷 안에 넣어 둔 에머슨 나이프를 뽑아 들었다. 준비를 마친 진영은 심호흡을 한 차례 한 후 나이프를 든 오른손으로 열쇠를 돌려서 아파트 문을 열었다.

자물쇠가 나무로 된 문을 스치면서 나는 거북한 소리와 함께 문이 천천히 열렸다. 어두운 실내로 작은 복도가 나 있었다. 2미터 정도 되는 복도를 지나면 오른쪽으로 침실과 주방이 있고 왼쪽으로 거실이 있었다. 진영은 신경을 곤두세운 채 문을 닫고 오른손을 들어 등을 켰다.

순간 권총을 손에 든 사내 하나가 오른쪽 구석에서 튀어나왔다. 진영은 곧바로 왼손에 든 비닐 봉투를 휘둘러 남자의 정면으로 날리면서 앞으로 굴렸다. 비닐 봉투는 빠른 속도로 날아가 사내의 얼굴 정면에 명중했다. 사내는 피를 튀기면서 휘청거리다가 뒤로 넘어졌다. 진영은 몸을 굴리면서 에머슨 전투 나이프로 사내의 발꿈치 윗부분을 그어 버렸다. 사내 입에서 비명소리가 터져 나왔다. 진영은 몸을 조금 일으켜서 권총을 쥔 사내의 손목을 낚아채고 바깥 방향으로 사정없이 돌려 꺾었다.

잠시 후 방바닥에 누운 채 정신을 차린 사내는 눈앞에 놓인 검은색 권총의 총구를 보았다. 그것은 조금 전까지도 자신의 손에 들려 있던 데절트 이글 MK14형 권총으로 총구에는 뭉툭한 소음기가 달려 있었다. 코와 입 부근에는 아직도 끈적끈적하고 비릿한 피가 흐르고 있었고 오른쪽 발목은 격심한 통증을 호소하고 있었으며, 오른팔도 완전히 탈골된 상태였다. 완벽하게 제압당한 것이다. 권총을 오른손에 쥐고 서 있는 사람의 실루엣이 떠올랐다. 그는 왼손에 검은색 나이프도 들고 있었다.

"자, 이제 이야기해 보자고. 나를 노린 이유가 뭐지? 누가 시켰지?"

약간 어색한 동양식 억양의 프랑스어가 들려왔다. 하지만 그는 대꾸할 마음이 없었다.

침묵 속에 자신을 쳐다보는 창백한 안색의 사나이를 내려다보며 진영은 여러 가지 생각을 떠올렸다. 처음에는 곧바로 경찰에 연락할 생각이었지만 그전에 궁금한 것들을 몇 가지 물어봐야겠다고 생각이 바뀌었다. 만약에 사내가 순순히 협조하지 않는다면 경찰은 절대 사용치 않을 방법들을 사용할 작정이었다.

"이야기하고 싶지 않은 모양이군. 나는 경찰에 서둘러 신고하고 싶은 생각이 없어. 상황에 따라서는 당신이 여기 왔다는 사실도 숨길지 몰라. 무슨 말인지 충분히 알아들을 수 있을 거야."

그 말을 끝으로 진영은 옆에 세워 둔 목발을 들어 사내의 배를 예고도 없이 찍어 버렸다.

악 하고 비명소리가 났다. 그러나 진영은 그 소리를 무시하고 계속 목발로 남자의 배를 찍어 댔다. 한참 그렇게 한 후 그는 목발을 다시 옆에 세웠다.

"이제 겨우 시작인데 뭘 그렇게 힘들어하나. 자, 처음부터 다시 할까? 이름이 뭐지?"

진영은 왼손의 나이프를 들어 보이면서 말했다. 사내는 온몸으로 퍼져 나가는 고통을 겨우 이겨 내고 머리 위에 선 진영의 눈빛을 바라보았다. 차분하면서도 분노에 가득 찬 매서운 눈빛이었다. 그 눈빛에 기가 질린 사내는 가능한 한 빨리 단둘이 있는 상황을 피해야겠다고 생각했다.

"빅토르…… 빅토르 말셰비치요."

"좋아. 머리가 좀 도는 친구군. 왜 나를 노렸지?"

"청부를 받았소. 당신을 없애 달라고."

"언제, 누구에게서? 정확히 말해."

"그제 저녁이었소. 하지만 누구인지는 모르겠소. 원래 그런 건 서로 묻지 않으니까."

"어떻게 생긴 놈이었지?"

빅토르는 일을 시킨 세 남자에 대해 상세히 설명했다. 잠시 후 진영은 더 이상 사내에게서 얻을 것이 없다는 결론을 내리고 휴대 전화를 꺼내 니콜에게 걸었다.

"니콜, 습격을 받았습니다. 우리 집에서. 괜찮습니다. 그래요."

알랭은 책상 위에 놓인 세 가지 물건을 내려다보고 있었다. 찢어져서 안에 든 녹색 하이네켄 맥주 캔 뭉치가 보이는 비닐봉지와 검은색 나이프, 그리고 소음기가 달린 권총이었다. 김진영은 간단한 조서 작성을 마치고 임시로 오텔 듀 병원에 입원 조치를 취했다.

알랭은 비닐 커버에 넣은 뭉툭한 검은색 권총을 들어 보았다. 아주 무겁고 구경이 큰 위력적인 권총이었다. 전문가용 권총으로 소음기까지 달려 있었다. 이런 무기를 들고 습격해 온 전문 킬러를 김진영은 맥주 캔과 단검 하나로 제압한 것이다.

그때 노크 소리와 함께 로마노가 들어왔다.

"지금 막 몽타주 작업이 끝났습니다. 한 번 보시겠습니까?"

"그러지. 생각보다는 빨리 끝났군. 빅토르는?"

"오텔 듀 병원의 피의자 병동으로 보낼 겁니다. 작정을 하고 수사에 협조하더군요."

"그쪽 경비를 강화하게. 장 같은 꼴을 한 번 더 당할 수는 없으니까."

"그렇게 하겠습니다. 그런데 빅토르가 협상을 제의했습니다."

"그래? 뭘 가지고?"

"형량을 배려해 준다면 청부자의 신분을 알 만한 확실한 증거를 제공하겠다고 합니다. 그 친구 보통이 아니더라고요."

"뭐라고 했나?"

"수사 책임자를 만나게 해 주겠다고 했지요. 지금 가 보시겠습니까?"

"그러지."

두 사람은 빅토르가 있는 방으로 갔다. 빅토르의 몰골은 참담했다. 오른팔은 응급조치 후 깁스를 했고 오른발 뒤꿈치 부분은 아킬레스건을 이어 붙인 후 봉합한 상황이었다. 얼굴은 붕대 때문에 거의 볼 수가 없었다.

"알랭이라고 하네. 수사 책임자지. 할 얘기가 있다고?"

붕대를 통해 거북스러운 목소리가 흘러나왔다.

"청부자들 지문을 가지고 있소. 수사를 더 하려면 그게 필요할 거요."

"대신 뭘 원하는데?"

"최대한 형량은 줄여 주시오. 그리고 놈들을 잡아 주시오. 나
혼자 들어와 있는 건 조금 억울하거든."

"좋아. 최대한 배려하지. 네가 가진 걸 보여 줘 봐."

"내 소유인 플라즈마 카페의 주방에 흰색 대형 냉장고가 있소.
그 안에 비닐로 싼 유리 컵 세 개가 있을 거요."

알랭은 손가락을 퉁겨 딱 소리를 내고는 로마노에게 말했다.

"이 친구를 병원으로 옮겨 줘. 특실로 말이야. 그리고 어이, 가
엘. 나랑 생드니 좀 다녀와야겠어."

벌써 밤 12시가 다 되어 가는 시간이지만 퇴근할 분위기는 전혀
아니었다. 알랭은 가엘과 밖으로 달려 나갔다.

창 밖으로 센 강이 흐르고 있었다. 길고 납작한 모양의 유람선
이 오징어잡이 배 같은 휘황한 조명을 사방에 비추며 하류 쪽으로
내려가는 것이 보였다.

로베르는 센 강변의 아파트식 고급 호텔인 플라토텔 21층 거실
에서 그 모습을 내려다보고 있었다. 머릿속이 한없이 복잡했다.
헐레벌떡 뛰어 들어온 마틴이 나쁜 소식을 전한 것이다.

로베르는 안락의자에 앉아 창 밖을 보면서 난처한 표정을 짓고
있는 등 뒤의 마틴에게 손짓했다. 옆으로 오라는 표시였다. 마틴
은 잠자코 로베르의 호화로운 가죽 의자 옆에 와서 섰다.

"설명해 봐. 빅토르라는 놈을 소개한 건 너였잖아. 네 그 잘난

용병 친구 놈을 통해서 말이야."

"전혀 예상치 못한 결과입니다. 빅토르는 이 바닥에서 알아주는 사람입니다. 그런 친구가 실패하고 오히려 역습을 당해 경찰에 체포되다니 이해되지 않습니다."

그때 한쪽 소파에 앉아 있던 피에르가 끼어들었다.

"역시 안토니오 기사님 말이 옳았던 것 같습니다. 그 동양 놈은 섣부르게 건드릴 놈이 아니었습니다."

로베르는 고개를 끄덕였다. 안토니오가 멱살을 잡은 채 한 이야기가 생생하게 떠오른 것이다.

"놈이 우리에 대해 떠들어 대지는 않을까?"

"놈은 아는 것이 아무것도 없습니다. 현금과 사진 한 장만 줬잖습니까? 그 점은 안심해도 될 것 같습니다."

"그렇지? 잘해야 몽타주 한 장 정도 그려 내겠지? 이렇게 된 이상 김진영이라는 놈은 더 살려 둘 수가 없어. 신중하게 궁리해 보자고."

센 강을 내려다보던 로베르는 오래지 않아 한숨을 쉬며 몸을 돌렸다. 그리고 티 테이블 위에 놓인 위스키 병을 들어서 잔에 가득 따르며 중얼거렸다.

"아무래도 내일 브뤼헤로 돌아가야겠어. 아버지한테 말이야."

용병과 수녀
2005년 10월 5일

거의 뜬눈으로 밤을 새운 진영은 커피와 크루아상으로 아침 식사를 마치고 정형외과로 옮겨서 깁스를 풀었다. 다리 전체가 약간 저리고 무릎을 움직이면 힘줄이 당기는 느낌이었지만 전반적으로는 아무 문제가 없었다. 병실로 돌아온 진영이 스트레칭으로 온몸을 풀고 텔레비전에 시선을 돌릴 무렵 니콜이 나타났다.

"깁스를 풀었군요. 어때요? 괜찮아요?"

"너무 괜찮아서 탈입니다. 이제 나가고 싶습니다. 그래도 되겠지요?"

"약속을 잊었군요. 오늘 같이 리지외에 가기로 했잖아요."

"그게 아직 유효합니까? 어제 사건으로 연기된 것으로 알았는데."

"아니요. 그 때문에 오히려 꼭 가야겠어요."

진영은 어리둥절한 표정으로 니콜을 바라보았다.

"어제 진영 씨가 때려눕힌 빅토르라는 자가 결정적 단서를 넘겼어요. 청부자들 지문이에요. 혹시나 해서 자기 카페에서 마신 음료수 잔을 씻지 않고 보관해 두었던 거지요. 대단한 놈이지요?"

"그래서 청부자를 알아낸 거요?"

"당연하지요. 예상대로였어요. 진영 씨의 교통사고를 청부했던 마틴 브라운이라는 용병의 지문이 나왔고, 피에르 브루노라는 벨가 인터내셔널 직원의 지문도 나왔어요. 그리고 가장 중요한 인물의 지문도 나왔어요. 샤를 드 레미 남작의 외아들 로베르 드 레미의 지문 말이에요."

니콜의 이야기를 들은 진영은 말없이 고개를 천천히 끄덕였다.

"이제 문제가 풀려 갈 거예요. 프랑스 전역에 수배 조치가 내려졌고 유럽 다른 나라에도 오늘 중으로 수배 조치가 내릴 거예요. 1급 살인죄로 기소되겠죠. 범죄 사실과 증거가 확실하니까요. 지금 프랑스 내의 모든 숙박업소를 뒤지고 있어요. 독 안에 든 쥐라고 볼 수 있지요."

"로베르라는 놈만 잡으면 여자들이 있는 곳을 알아낼 수 있겠군요."

"그렇다고 보고 있어요. 이제 베로니카 수녀를 만나야 할 이유를 알겠지요? 아, 베로니카는 남작 부인의 세례명이에요."

"그렇다면 로베르의 행방보다는 드 레미 가문에 대해 좀 더 탐문하겠다는 거군요."

"그래요. 로베르가 엄마 치마 속에 숨지는 않을 거고요. 우리 목표는 결국 드 레미 남작이니까요."

"좋습니다. 어쨌든 답답하니까 가면서 더 이야기하지요."

숙박계에 마틴 브라운이라는 이름이 적힌 플라토텔의 숙박 기록을 확인한 것은 수배 명령이 떨어진 지 네 시간 만인 오전 11시경이었다. 알랭은 바로 출동 명령을 내렸다.

알랭이 플라토텔에 도착한 것은 이미 지역 경찰과 경찰 특공대가 호텔 주변을 완전히 차단한 후였다. 방탄 조끼와 헬멧을 착용하고 각종 중화기로 무장한 경찰 병력이 호텔로 진입했다. 알랭은 경찰 특공대의 지휘 책임자인 뱅상 카로 경사와 더불어 현장을 지휘했다. 로비에 있던 사람들을 일일이 확인하고 나서 호텔 밖으로 내보낸 후 알랭은 지배인을 통해 로베르 일당이 투숙한 21층의 실내 평면도를 얻어 냈다.

"아침에 나가는 것을 못 봤죠?"

알랭은 심각한 얼굴을 한 지배인에게 물었다. 알랭 역시 방탄 조끼에 헬멧을 쓰고 머리에는 소형 무전기를 달고 있었다.

"아직 못 봤습니다. 아마 방에 있을 겁니다."

알랭은 지배인에게서 등을 돌리고 뱅상에게 올라가자고 손짓했다. 로비와 비상구 쪽은 벌써 소대 병력 정도가 봉쇄하고 있었다. 28층짜리인 이 호텔에서 벗어날 길은 없었다.

경찰 특공대 여덟 명은 지원조와 돌격조로 나뉘어 알랭과 로마노를 에워싸고 엘리베이터에 올랐다. 21층 엘리베이터 문이 열리면서부터 그들은 신중하게 경계를 하면서 복도를 거쳐 2102호로 이동했다. 도면에 따르면 2102호는 스위트룸으로 침실 세 개와 거실 및 주방으로 구성되어 있었다. 거실에 세 사람이 모여 있다면 쉽지만 세 명이 흩어져서 반격해 온다면 이쪽에서도 사상자가 발생하지 않는다는 보장이 없었다.

잠시 작전 회의를 한 그들은 HK MP5 기관단총을 든 돌격조 한 사람과 노린코 산탄총을 지닌 지원조 한 사람으로 조를 만들어 세 개 조로 나누었다. 지휘를 맡은 뱅상과 통신병 한 명이 배후를 맡았다. 알랭과 로마노는 권총을 들고 2선으로 돌격할 예정이었다.

2102호 문 앞까지 다가간 경찰들은 익숙한 솜씨로 작전에 들어갔다. 통신병이 먼저 문 쪽으로 다가가 문 밑으로 극소형 감시 카메라가 붙은 와이어를 밀어 넣을 준비를 했다. 얼마 전부터 도입된 장비로 직경 3.5밀리미터의 카메라가 달린 와이어가 5인치 흑백 모니터와 연결된 형태였다. 시각이 차단된 공간에 병력을 돌입시키기 전에 내부를 감시할 수 있는 장비인 것이다.

통신병은 카메라 와이어를 집어넣을 위치를 탐색하다가 이상한 것을 발견했다. 방 안에서 바깥으로 빠져나와 있는 초소형 감시 카메라였다. 그가 지금 설치하려던 것과 같은 것이 이미 밖으로 삐져나와 있었던 것이다.

통신병이 카메라 와이어를 잡으려는 순간 타타타 하는 소리와 함께 엄청난 총탄이 객실 문을 뚫고 나왔다. 문 바로 앞에 앉아 있던 통신병은 총탄에 맞아 퉁기면서 쓰러졌다. 얼굴 부분을 맞춘 총탄 때문에 플라스틱 안면 보호대는 형편없이 깨져서 피로 물들었다.

알랭과 경찰 특공대는 복도 좌우에 엎드려서 응사를 했다. 격렬한 발사음과 함께 각종 총기에서 발사되는 엄청난 숫자의 탄환들로 두꺼운 티크 원목 문은 금방 누더기가 되었다.

뱅상은 무선 통신 장치를 통해 지원 병력을 보내라고 명령했다. 좁은 호텔 복도는 서로 얼굴도 못 본 채 난사하는 각종 총기들의 발사음으로 아수라장이 되었다.

전열 앞쪽에 있던 알랭과 뱅상이 쓰러진 통신병을 향해 포복으로 다가가서 그를 끌며 뒤로 빠졌다. 피투성이인 통신병의 헬멧을 벗기고 경동맥을 짚어 본 뱅상이 알랭에게 고개를 저어 보였다.

"사격 중지. 사격 중지."

뱅상이 사격 중지 명령을 외치자 복도는 갑자기 거짓말처럼 조용해졌다. 안쪽에서도 사격을 멈춘 것이다. 알랭은 엎드린 채 뱅상과 몇 마디 귓속말을 나누었다.

그때 엘리베이터 문이 열리며 로비에서 대기하던 지원 병력이 도착했다. 그들은 훨씬 무거운 장비를 갖춘 팀이었다.

알랭은 스미드 웨슨 10 클래식을 홀스터에 집어넣고 새로 올라온 지원팀으로 이동했다. 아홉 명으로 구성된 지원팀은 프랑스 육군 기본 편제 화기인 파마스 G2 돌격 소총으로 무장했으며, 그 밖에도 체코 모라비아 사에서 제작한 OP99형 저격 라이플이 편제되어 있었다. 브라우닝 50밀리미터 탄을 쏘는 괴물 같은 총기였다. 그리고 방탄 방패 네 개도 운반되어 왔다.

엘리베이터에 통신병 시체를 실어 내려 보낸 알랭은 확성기를 들고 다시 복도 앞쪽으로 기어 갔다.

"들리는가. 나는 파리 경찰국의 알랭이다."

안에서는 아무 대답도 들리지 않았다.

"로베르 드 레미, 마틴 브라운, 피에르 브루노. 그 안에 있는 것 다 알고 있다. 투항해라. 너희들이 빠져나갈 길은 없다. 3분을 주겠다. 3분 후에 들어가겠다."

"개소리 하지 마."

외침과 함께 안쪽에서 다시 서너 발 정도 자동 소총을 발포했다.

로베르는 늦잠을 자다가 마틴이 흔들어서 깨우자 일어나 거실에 설치된 소형의 흑백 모니터를 통해 복도에 깔린 경찰들을 발견했다. 마틴과 피에르는 이미 권총과 벨기에제 FNC 자동 소총으로 무장하고 있었다.

로베르는 고민했다. 경찰에게 체포되어 개처럼 끌려가는 것은 죽기보다 싫었다. 마틴이 자동 소총을 내밀었다. 한 차례 고개를 끄덕인 로베르는 문 쪽을 향해 적당한 위치를 잡은 다음 통신병을 향해 사격을 시작했다. 아직 충분한 탄약이 있었다. 버틸 때까지 버텨 보자는 생각이었다.

약속한 3분이 지났음을 확인한 뱅상은 작전을 개시했다.

우선 전원이 방독면을 착용했다. 그러고는 산탄총을 문고리 쪽으로 집중적으로 발사해서 문을 제거하는 작업부터 시작했다. 안에서도 응사가 있었지만 직접 타격을 주지는 못했다. 금세 너덜거리던 문이 안쪽으로 쓰러졌다. 동시에 파마스 G2에 장착됐던 고성능 최루탄 네 개가 날아가 터졌다. 그리고 정확히 5초가 지나고 섬광 수류탄을 투척한 돌격조 두 팀이 바닥을 구르면서 안으로 뛰어 들어갔다.

섬광 수류탄은 엄청난 빛을 뿜어 노출된 사람이 5초간 아무것도 볼 수 없게 하는 위력이 있었다. 하지만 마틴과 피에르 역시 특수전에 이골이 난 용병들이었다. 최루탄 발사 후 경찰 쪽에서 던지는 흰색 플라스틱 덩어리를 보는 순간 뒤로 고개를 돌리고 눈을 감은 채 폭발 순간을 넘겼다. 문 정면에 있던 마틴은 섬광 수류탄의 잔광이 사라지기도 전에 고개를 들어서 실내로 뛰어 들어오는 첫 번째 돌격조원의 머리를 겨냥해서 자동 소총을 쐈다.

첫 번째 돌격조원은 그 자리에서 쓰러졌다. 그러나 그 뒤에 있던 대원은 마틴이 두 번째 표적을 겨냥하기 전에 HK MP5를 난사했다. 마틴은 날아드는 총탄에 벌집이 되어 쓰러졌다. 그 모습을 본 피에르는 거실 오른쪽 소파 뒤에 숨어 있다가 방금 마틴을 쓰러트린 대원을 향해 사격을 가했다. 그러다가 포복으로 들어와 사격 위치를 잡은 두 번째 돌격조의 집중 사격을 받고 쓰러졌다.

갑자기 실내가 조용해졌다. 알랭과 로마노는 주방 쪽에 쓰러져서 몸부림치는 로베르를 발견했다. 최루탄과 섬광 수류탄의 위력을 전혀 견뎌 내지 못한 것이다. 알랭은 빨개진 눈을 살짝 뜨고 자신에게 자동 소총을 쏘려 하는 로베르의 어깨를 향해 권총을 쐈다. 다음 순간 로마노가 로베르의 총기를 빼앗고 몸수색을 했다.

인구가 2000명이 조금 넘는 조그마한 프랑스의 마을 리지외가 세계적으로 널리 알려진 것은 성녀 소화 테레사 덕분이었다. 본명이 마리 프랑수아 테레즈인 그녀는 1888년 열여섯 살의 어린 나이에 갈멜파의 리지외 수녀원에 들어갔다. 2년 후인 1890년에 정식 서원을 하고 3년 후인 1893년 겨우 스물한 살의 나이에 결핵으로 세상을 떠났다. 평생을 하느님에 대한 절대적인 신뢰와 복종의 자세로 일관했으며 가난한 이웃에 대한 사랑을 몸으로 실천한 성녀였다. 그녀는 죽은 후 가톨릭 선교 사업의 수호성인으로서 시성되었고 전 세계에서 그녀의 경건한 신앙 자세를 본받기 위해 순례를 오는 신자들이 줄을 이었다.

니콜이 운전하는 차는 리지외 중심가의 성 피에르 성당을 지나 성녀 테레사 기념 성당으로 향했다. 2, 3층 높이의 아담한 개인 주택들이 이어진 언덕길을 조금 오르자 리지외라는 작은 소도시와는 어울리지 않게 느껴지는 거대한 성당이 앞을 막아섰다. 전체적으로 간결하면서도 화사한 느낌을 주는 성당이었다. 1954년에 건설된 테레사 성녀의 기념 성당이었던 것이다.

니콜과 진영은 적당한 곳에 차를 주차하고는 성당 내부로 들어갔다. 사뭇 화려한 느낌의 회랑과 제단 등이 그들을 맞았다. 니콜은 성당 내부의 안내석에 있는 수녀에게 몇 마디 물었다. 그러고는 진영에게 손짓을 한 다음 수녀를 따라 성당 밖으로 나섰다. 진영은 그 뒤를 따라 고즈넉한 정원이 딸린 성당 옆의 조그마한 건물로 향했다.

"여기에서 조금만 기다리시지요. 베로니카 수녀님을 모시고 오겠습니다."

잠시 후 그들을 안내했던 수녀와 함께 중년 수녀 한 사람이 건물에서 나왔다.

"저를 찾으셨습니까?"

50대 초반쯤으로 보이는 기품 있는 분위기의 수녀가 미소를 지으며 말했다. 뚜렷한 이목구비와 가는 얼굴선이 젊은 시절의 미모를 고스란히 드러냈다.

"네, 몇 가지 여쭤 볼 게 있어서 이렇게 왔습니다. 저는 파리 경찰국 특수 수사과의 니콜 형사이고, 이 사람은 제 동료 미셸이라고 합니다."

니콜은 신분증을 꺼내 베로니카 수녀에게 내밀었다. 그녀는 신분증을 잠시 들여다보더니 니콜에게 말했다.

"무엇을 도와 드릴까요?"

"서서 말씀드리기에는 조금 긴 이야기가 될 것 같습니다, 베로니카 수녀님."

"미안해요. 건물 안으로는 외부인이 들어올 수가 없어요. 괜찮으시다면 뒤꼍으로 가시지요. 앉을 만한 자리가 있습니다."

니콜과 진영은 베로니카를 따라 건물 벽을 끼고 후원으로 돌아갔다. 경건한 분위기 속에 나무로 만든 소박한 벤치가 놓여 있었다. 니콜이 가운데 앉고 진영과 베로니카 수녀가 그 옆에 앉았다.

"원래 이름이 캐서린이시지요?"

"아주 오래전에 들어 본 이름이군요. 꼭 남의 이름 같네요."

"아드님이 한 분 계시지요? 로베르라고."

로베르라는 단어를 듣는 순간 베로니카의 얼굴에서는 온화한 미소가 일순간에 사라졌다. 니콜은 속으로 못할 짓을 하고 있다는 생각이 들었지만 예까지 와서 멈출 수는 없었다.

"무슨 일이지요? 그 애한테 무슨 일이 생겼나요?"

베로니카의 말투가 다급해졌다. 하지만 니콜은 아주 침착한 목소리로 말했다.

"아드님을 마지막 본 것이 언제지요? 이혼 이후 본 적이 없으신가요?"

"네, 지난 20년간 그 아이 생각을 하면서 살아왔어요. 하지만 만날 수는 없었어요."

"아드님이 오늘 오전 파리 시내 호텔에서 체포됐어요. 경찰 두 명을 총으로 쏴 죽였습니다. 게다가 지금까지 다섯 명의 살인 교사 혐의를 받고 있고요."

여기로 오는 도중 니콜은 알랭의 전화를 받고 로베르의 체포 소식을 들은 바 있었다. 그 이야기를 듣자 꼿꼿했던 베로니카의 자세가 서서히 무너지면서 그녀는 두 손으로 얼굴을 가리고 흐느끼기 시작했다.

"유감입니다. 이런 소식을 전하게 되어서. 하지만 저는 수녀님 아들을 위해 여기 왔습니다. 마음을 가다듬고 제 이야기를 들어주시지요."

하지만 베로니카가 평온한 모습을 되찾는 것은 불가능해 보였다. 니콜은 연쇄 부녀자 실종 사건에서부터 오늘 오전의 총격 사건까지 있었던 일을 간략하게 설명했다. 드 레미 가문의 개입 가능성에 중점을 둔 설명이었다. 짧지 않은 이야기를 들으면서 베로니카의 표정은 돌처럼 굳어 가고 있었다.

니콜이 이야기를 끝내자 베로니카가 입을 열었다.

"결국 올 것이 왔군요."

"도와주셔야 합니다. 아드님을 위해서요. 드 레미 가문과 그 가문이 속해 있는 조직의 실체를 밝히는 데 실패하면 결국 로베르가 모든 책임을 져야 합니다. 그렇게 되면 아드님은 감형이나 사면이 허용되지 않는 종신형을 받을 겁니다. 법정 최고형이지요. 살아서 두 번 다시는 바깥 공기를 맛볼 수 없다는 이야기입니다."

"형사님이 제게 원하는 것을 해 드리면요?"

"아드님은 조직 사건의 하수인이 됩니다. 20년 형 정도가 최고지요. 스무 살을 갓 넘긴 아드님에게는 하늘과 땅같이 차이가 나는 결과입니다."

"구체적으로 제가 뭘 해 주기를 원하시지요?"

"드 레미 가문의 비밀을 말씀해 주세요. 아시는 대로요. 지금 저한테 얘기해 주시고 마지막에는 법정에서 진술해 주셔야 합니다. 증인으로서 말입니다."

베로니카는 쉽게 대답하지 못하고 있었다. 그녀의 얼굴은 극심한 혼란과 갈등으로 일그러져 있었다.

"20년쯤 전에 이혼을 할 때 약속했어요. 내가 결혼한 후 보고 들은 것들에 대해 절대로 말하지 않겠다고요. 이혼과 동시에 갈멜파 수녀원에 들어가는 것도 조건 중 하나였어요. 실제로 이렇게 밖에 나온 것도 4년밖에 되지 않았어요. 이제 남들을 위해 봉사하려고 했는데……."

"증언해 주시는 것이 진실로 남들을 위해 봉사하시는 길이자 납치된 채 고통당하고 있을 가련한 영혼을 살리는 일입니다. 더구나 아드님 미래까지 걸려 있습니다."

"약속했어요. 아니, 그 약속보다 중요한 것은 제가 마지막으로 들은 말이에요. 제가 입을 연다면, 제가 사랑하는 모든 사람에게 책임을 묻겠다고 했어요. 스코틀랜드에 있는 가족들을 비롯해 로베르까지요. 저는 그 말이 사실이라고 믿고 있어요. 그들은 충분히 그렇게 하고도 남을 사람들이에요."

"알고 있어요. 하지만 우리는 말씀하신 그들을 완전히 소탕할 계획입니다. 깨끗하게……."

"그다지 자신감 있는 말투는 아니군요."

"아닙니다. 우리는 해낼 겁니다. 하느님이 계시다면 그분 도움을 받아서요."

"주여 !"

베로니카 수녀는 고개를 숙여 간단한 기도를 하는 듯했다.

"이것이 주께서 제게 주시는 사명이라면 어쩔 수 없지요. 좋아요. 협조하겠습니다. 그전에 약속해 주실 것이 있어요."

"말씀하시죠."

"전 어떻게 돼도 좋아요. 이미 20년 전에 모든 것을 주님께 바친 몸이니까요. 하지만 로베르와 스코틀랜드에 있는 동생을 지켜 주세요. 부모님은 이미 돌아가셨고 남동생 하나가 살아 있어요."

니콜은 잠시 생각해 보고 대답했다.

"약속하겠습니다. 특히 로베르는……."

"좋아요. 어디서부터 시작할까요?"

"제가 알고 싶은 건 두 가지입니다. 첫 번째는 드 레미 가문이 악마 숭배 단체와 연관이 있는가 하는 것이고, 두 번째는 실종된 여자들이 갇혀 있을 만한 장소를 찾는 거예요."

"두 번째는 도움을 드릴 수 없을 거예요. 저는 실상을 잘 알지 못해요. 그걸 알아챌 무렵에 뛰쳐나온 거니까요. 20년 전에요."

"알았습니다. 그러면 수녀님이 결혼 생활을 하시면서 알게 된 드 레미 가문의 비밀에 대해서 이야기해 주시지요."

베로니카 수녀는 한 차례 성호를 그은 후 이야기를 시작했다.

"제가 그이를 만난 것은 1974년 제네바에서 열린 송년 파티에서였어요. 금융업을 하는 가문 사람들이 모여서 성대한 파티를 했지요. 샤를은 매력적이었죠. 그는 미소를 짓고 다가와 춤을 청했고, 그날 우리는 가장 주목받는 커플이 되었어요. 행사가 끝나 나는 에든버러로, 그는 벨기에로 돌아간 후에도 계속 편지와 전화를 주고받았어요. 그리고 꽃이 피기 시작한 4월에 그가 내게로 왔어요. 우리 집에 손님으로 머물면서 2주일 정도 시간을 보냈지요. 꿈같은 시간이었어요. 같이 걷고, 승마도 하고. 하루는 우리 가문의 사냥 행사에 참가해서 큰 사슴을 잡았어요. 그날 저녁에 청혼을 받았지요. 물론 승낙했고요. 거절할 이유가 전혀 없었지요. 그리고 두 달 후인 6월에 결혼을 했어요. 결혼 장소는 드 레미 가문의 영지 바깥에 있는 작은 시골 성당이었지요. 브뤼헤와 겐트 중간 지역이에요. 결혼 후 키프로스로 신혼여행을 다녀왔고 우리는 잘살았어요. 로베르를 낳을 때까지는요."

"어떻게 되었죠? 아드님을 낳고서요?"

"로베르가 태어나고 한 달 후에 우리는 만난 이후 처음으로 크게 싸웠어요. 그게 시작이었어요."

"무슨 일이었죠? 구체적으로."

"세례 문제 때문이었어요. 독실한 가톨릭 신자인 저는 그이에게 로베르의 유아 세례를 준비해 달라고 했어요. 하지만 그는 차갑게 거절하더군요. 이유를 물어보니까 천천히 알게 될 거라고 하면서요. 어쨌든 세례는 절대 안 된다는 것이었어요. 나는 이해를 못했지요. 결혼 후 미사에 같이 간 적은 한 번도 없었어요. 난 그저 그러려니 했지요. 하지만 아이의 세례 문제만큼은 양보할 수 없었고 결국 크게 싸웠어요. 아주 크게요."

"그랬군요."

"로베르가 태어난 지 3개월 정도 됐을 때 나는 끔찍한 일을 겪었어요. 시부모님들 추모일이었어요. 같은 날 돌아가셨더군요. 그동안 한 번도 들어가 본 적이 없는 저택의 가족 예배당에서 미사를 한다고 하더군요. 아주 늦은 밤에요. 어쨌든 그날 밤 수많은 사람들이 집 안으로 모여들었어요. 아는 얼굴도 있었지만 모르는 얼굴이 더 많았어요. 일하는 사람들은 모두 영지 밖으로 내보낸 상태였고요. 분위기가 조금 이상하더군요. 남자들이 먼저 예배당에 들어갔어요. 의식이 시작되고 시간이 어느 정도 지나자 나도 남아 있던 여자들과 그곳에 들어갔어요. 그곳에 처음 들어선 순간 놀라서 기절할 뻔했어요."

"뭘 보셨는데요?"

"끔찍했지요. 명백한 악마 숭배 장소였어요. 사탄의 역십자가와 짐승의 해골, 그리고 악마의 별 등이 장식되어 있었고 이상한 복장의 남자들이 내게 달려들었어요. 나는 결국 그 자리에서 짐승같이 윤간을 당해야 했어요. 처음에 나를 범한 것은 남편이었지만 결국 그 자리에 있던 모든 남자에게 갖가지 방법으로 난행당하고 말았어요. 남편이 옆에서 지켜보고 있는데도요."

베로니카는 눈시울을 붉히며 목걸이에 걸린 작은 십자가를 손 안에 꼭 부여잡았다. 니콜과 진영은 그저 기다릴 수밖에 없었다. 잠시 후 그녀는 다시 고개를 들고 이야기를 계속했다.

"끔찍한 밤이었어요. 잠시 후 그 자리의 모든 남자와 여자가 난교를 했어요. 저를 중심으로 말이에요. 어느 정도 시간이 지난 다음 다시 정신을 차렸을 때 저는 더 끔찍한 것을 봐야 했어요. 그들이 로베르를 데려온 거예요. 그 어린 것을. 잠시 후에 어린 소녀 하나가 끌려왔어요. 그들은 소녀의 옷을 벗겨서 제단에 묶은 후 가슴을 갈라 심장을 꺼냈어요. 그리고 심장에서 뿜어져 나오는 붉은 피를 로베르에게 부었어요. 순결한 소녀의 피로 세례를 베푼 것이지요. 그 장면을 보고 난 완전히 기절하고 말았어요. 그때부터 지옥 같은 생활은 시작됐어요. 그이는 나를 협박하고 달래고, 모든 방법을 동원해서 그들 조직에 들어올 것을 강요했어요. 자살을 생각해 보기도 했지만 제 신앙에 비춰 보면 불가능했어요. 어린 로베르의 얼굴을 봐서도요."

"바깥에 도움을 청하지는 않으셨어요? 가령, 스코틀랜드의 친정으로요."

"전화는 물론 편지도 받거나 보낼 수가 없었어요. 오직 그이 앞에서만 통화할 수 있었을 뿐이에요."

"그런데 어떻게 이혼을 하고 그 저택을 떠날 수 있었지요?"

"제가 쓴 일기 덕분이에요. 지금 이야기하는 것보다 훨씬 더 자세하고 생생하게 제가 겪었던 일들을 적어 놓았죠. 샤를도 제 일기에는 손대지 못했어요. 그이가 그 사실을 안 다음에는 필사적으로 그걸 저만 아는 비밀 장소에 숨겼거든요. 그걸 빌미로 담판을 지었어요. 사실은 내가 숨겨 두었지만 샤를한테는 바깥에 있는 어떤 사람에게 맡겼다, 만약 내가 죽으면 봉인을 풀고 내용을 세상에 공개해 달라고 했다, 죽어 버리겠다, 이런 식으로 협박을 했죠. 결국 내 말을 믿게 된 샤를이 제안을 받아들였어요. 내 제안에는 갈멜파의 폐쇄 수녀원으로 출가하는 것도 포함되어 있었죠. 평생 사람도 만나지 않고 이야기도 하지 않겠다고 약속한 것이지요. 지금 그 약속을 깨고 있는 거예요."

"어떻게 폐쇄 수녀원에서 나올 생각을 하셨어요?"

"4년 전에 어머니가 돌아가셨어요. 아버지는 그 훨씬 전에 돌아가셨고요. 로베르도 이제 제법 컸을 거라는 생각이 들더군요. 어느 정도 내 생각대로 세상을 살아도 되겠다고 생각했어요.”

“조금 납득이 안 되는군요. 그들은 자신들 실체를 조금이라도 아는 사람들은 모두 죽이고 있어요. 그런데 수녀님은 그 비밀을 몸으로 직접 겪어서 아는데도 이렇게 살아 있잖아요?”

“첫 번째 이유는 그 일기장 때문이겠죠. 하지만 더 중요한 것은 샤를 자신 때문일 거예요. 결과는 나빴지만 그는 나를 사랑했어요. 나는 그것을 믿어요.”

니콜의 눈이 반짝이고 있었다.

“그 일기장은 어떻게 하신 거예요? 아직 가지고 계십니까?”

“아니요. 다른 분이 가지고 계세요. 내가 그분보다 더 빨리 죽는다면 그 일기장을 공개해 주시기로 했어요.”

“언제 그 일기장을 넘기셨어요?”

“이혼을 하고 이 갈멜 수녀원에 온 지 사흘 만에 아주 이상한 분의 방문을 받았어요.”

“면회가 안 되는 상태였을 텐데요. 더구나 밖에 감시자가 있었을 테고요.”

“이 이야기를 해도 될지 모르겠군요. 그분 생명과 관계된 일인데요. 오, 천주님, 저를 인도해 주소서. 그때 저를 찾아온 분은 갈멜파 신부님이셨어요. 이제 막 입문하려는 저희들에게 고해 성사를 받으러 오신 거지요.”

“그 신부님께 모든 것을 말씀드리고 일기를 맡기셨나요?”

“네. 하지만 그분은 이미 드 레미 가문과 그들의 비밀 조직에 대해 모든 것을 알고 계셨어요.”

니콜과 진영은 깜짝 놀랐다. 니콜이 급히 되물었다.

"그분 성함이 혹시 요나단 신부님 아니십니까?"

"어떻게 그분을 알고 계시지요? 만난 적이 있나요?"

"아니요. 문득 떠오른 거예요. 수사 과정에서 그분 이름을 다른 분에게서 들었거든요. 만나려고 했지만 만나 주시지 않았어요."

"그렇군요. 저는 모든 것을 그분께 말씀드렸지요. 그리고 제 일기장을 맡겼어요."

니콜은 브뤼헤로 가서 요나단 신부를 꼭 만나야겠다고 생각하면서 계속해서 물었다.

"그들 조직에 대해서 어느 정도나 알고 계세요?"

"말씀드렸듯이 자세히는 몰라요. 하지만 내가 아는 사람들만 해도 벨기에에서 상당한 부와 지위의 사람들이었어요."

니콜은 가방에서 서류를 꺼내 베로니카 수녀에게 건넸다.

"여기 있는 사람들과 관계가 있습니까? 보신 적 있으세요, 그 악마 의식 때?"

베로니카는 찬찬히 리스트를 훑어보고는 고개를 위아래로 끄덕였다.

"그때 왔던 사람들이 누구누구지요?"

베로니카는 벨가 인터내셔널과 미라벨라를 지목했다.

"이 두 사람만 빼고는 다 그때 본 사람들이에요. 어떻게 이 사람들 명단을 손에 넣었지요?"

"제가 작성한 거예요. 역사 공부를 통해서였죠. 아켈다마라는 이름을 들어 본 적이 있으세요?"

베로니카는 고개를 끄덕였다.

"수사가 제 생각보다 많이 진행됐군요. 물론 들어봤지요. 그 조직 이름이에요. 샤를이 어느 날 이야기해 주더군요. 저를 회유하면서요. 아켈다마 기사단이라고 했어요. 아주 역사가 오래 됐다더군요. 어디서 유래했는지, 왜 그런 짓을 하는지는 잘 모르겠어요. 제가 들으려고 하지 않았거든요. 나중에 성경에서 찾아보니 유다가 죽어 묻힌 피의 땅을 그렇게 부르더군요. 잘 어울리는 이름이라고 생각했어요. 그이는 조직의 우두머리가 아니에요. 자세히는 모르겠지만 어딘가로부터 명령을 받고 있었어요. 우리 이혼 문제조차도요."

"그렇군요. 더 해 주실 말씀은 없으세요?"

"제가 보고 들은 건 거의 다 얘기한 것 같네요."

짧아진 가을 해가 어느덧 서편으로 기울고 있었다. 니콜은 자신이 건넸던 서류를 다시 챙겨 넣었다.

"이제 일어서야겠습니다. 어려우셨을 텐데 많은 이야기를 해 주셔서 감사합니다. 요나단 신부님께 수녀님 일기를 부탁드려도 될까요? 중요한 증거물이 될 것 같습니다. 수녀님이 직접 법정에 출두하지 않아도 될 것 같고요."

"알아서 하세요. 부탁드려 보시고요."

니콜과 진영이 자리에 일어났다. 베로니카 수녀도 뒤따라 일어서면서 니콜에게 질문을 했다.

"로베르를 만날 수 있을까요?"

"물론 가능합니다. 만나게 해 드리는 것은 어렵지 않습니다. 그런데 저로서는 수녀님 신상이 걱정스럽습니다. 아마 그들은 이미 로베르가 체포된 사실을 알고 있을 거예요. 만만치 않은 조직이니까요. 이미 로베르를 감시하고 있을 겁니다. 어쨌든 방법을 강구

해 보지요. 파리로 오시면 연락주십시오. 제 명함입니다."

그 말을 끝으로 니콜은 석양에 물들고 있는 정원을 나섰다. 진영도 목례를 하고 니콜의 뒤를 따랐다. 정원에 선 채 그들을 배웅하는 베로니카의 실루엣이 무척 슬퍼 보였다.

어두워지고 있는 화려한 거실의 책상에 앉아 드 레미는 깊은 고뇌에 빠져 있었다. 불을 밝히려 들어왔던 집사를 쫓아 버린 후였다. 조금 전에 얀 경사에게서 로베르의 체포 사실을 전해 들었다. 프랑스 경찰이 보내 준 혐의 사실도 읽어 보았다.

일생일대의 위기였다. 기사단 전체에 먹구름이 몰려오고 있었다. 기사단이 위기에 처할 때 어떻게 해야 하는지 드 레미는 잘 알았다. 아들을 자기 손으로 처리해야 하는 상황이 된 것이다.

3주 전부터 아들 로베르가 눈에 띄지 않았다. 처음에는 그렇게 심각하게 생각지 않았다. 어디 가서 방탕하게 놀고 있겠거니 했다. 하지만 일 주일이 지나자 은근히 걱정이 되어 수소문을 했다. 그리고 오늘 오전에야 프랑스 파리의 플라토텔에 투숙하고 있다는 통보를 받고 내일쯤 직접 가서 잡아들여야겠다는 생각을 하고 있었던 것이다.

이제 선택의 여지가 없었다. 전화기를 들어서 드 레미는 복잡한 번호를 눌렀다. 도청을 피하기 위해 중계기를 거쳐 가는 번호였다. 집안의 다른 사람은 아무도 모르는, 오직 드 레미의 머릿속에만 있는 번호였다. 잠시 후 묵직한 목소리가 들려왔다.

"무슨 일인가, 남작?"

"안녕하십니까, 단장님. 죄송한 보고를 하나 드려야겠습니다. 제 아들 로베르가 오늘 프랑스 경찰에 체포됐습니다."

"알고 있네. 조금 전에 프랑스 쪽에서 보고를 들었어. 지금 그 문제를 심각하게 논의하고 있네. 내일 아침에 안토니오 보좌관이 형제들을 이끌고 갈 것이야. 그에게 전권을 넘기게. 자넨 잠시 모든 권한을 포기해야 할 걸세. 비상 경계령을 내리는 바이네. 자네 책임은 나중에 다시 묻겠네."

전화가 그대로 끊겼다. 드 레미는 이마에서 식은땀이 흐르고 있음을 깨달았다. 모든 것이 끝장이라는 생각이 들었다. 하지만 이대로 포기할 수는 없었다. 그는 다시 전화를 걸어 벨가 인터내셔널의 클로드 라길 사장을 찾았다. 두 사람의 통화가 길게 이어졌다.

검사와 기사
2005년 10월 6일

알랭은 밝은 얼굴로 어제저녁에 나온《르 피가로》를 읽고 있었다. 사회면 머리기사로 플라토텔 총격전 소식을 다루고 있었다. 체포된 젊은 남자가 경찰차에 오르는 사진이 크게 실렸다. 현장 사진과 범인들이 사용한 총기 사진 등이 같이 게재되어 있었다. 이브 로카르 기자의 특종이었다. 출동하기 전에 알랭은 그에게만 전화를 해서 귀뜸을 했다.

기사는 범인의 신원도 대서특필하고 있었다. 벨기에의 금융 재벌인 드 레미 가문의 유일한 상속자가 여러 건의 살인과 살인 교사 혐의로 체포되는 과정에서 격렬한 총격전을 벌인 것이다. 사살된 두 사람이 벨기에의 용병 에이전트 소속이라는 것도 보도됐다. 이들의 살인 동기를 모종의 악마 숭배 집단과 결부하여 언급하고 있었다. 드 레미 가문과 벨가 인터내셔널은 이제 완전히 언론의 사정거리 내로 들어와서 처분을 기다리는 신세가 된 것이다.

알랭은 오늘 조간부터는 벨기에의 주요 신문들도 이 사건을 다룰 것이라 확신하고 있었다. 이제 로베르의 취조에 모든 것이 달렸다. 쉽지는 않을 것이었다. 상대는 작은 나라 하나에 필적하는 재력과 권력을 지녔기 때문이다. 더구나 지난번 사건도 있고 해서 강압 취조는 엄두도 못 냈다. 그는 로베르의 어머니 베로니카를 떠올렸다. 그녀를 통해 로베르의 심경을 돌려 보려는 것이다.

아침 커피를 채 마시기도 전에 알랭은 방문객 두 사람을 맞이했다. 로베르의 변호사를 자임한 그들은 알랭에게 명함을 건넸다.

거물들이었다. 키가 작고 마른 변호사는 프랑스 변호사 협회장을 지낸 바 있고 형사 소송 분야의 일인자로 알려져 있는 루이 드 몽포르였고, 또 한 사람은 보르도 검사장 출신으로 프랑스 사법계의 큰손으로 불리는 가스통 마르셰였다.

알랭은 절로 긴장이 되었다.

먼저 키가 큰 가스통 마르셰가 환하게 웃는 얼굴로 악수를 청하며 이야기를 꺼냈다.

"어제 수고가 많았지요? 희생자가 있어서 유감입니다. 우선 의뢰인 접견을 요청합니다."

알랭은 접견권을 거부할 아무 권리가 없음을 깨달았다. 하지만 이대로 안내할 수는 없었다.

"자, 우선 좀 앉으시지요. 앞으로 자주 볼 텐데 커피나 한 잔씩 하시고 가시지요. 사건 이야기도 하고요."

"미안합니다마는 우리는 커피에 관심이 없소. 가능하면 빨리 의뢰인을 만나고 싶소. 협조해 주시기 바라오."

옆에 서 있던 루이 드 몽포르가 정중하지만 도전적인 말투로 알랭을 몰아붙였다.

"신사 여러분, 앉으시지요. 지금 의뢰인은 왼쪽 어깨 부분에 총상을 입고 입원 중입니다. 오텔 듀 병원에 있습니다. 물론 알고 계시겠지요. 유감스럽게도 면회 시간은 오전 10시부터이고 지금은 9시 20분입니다. 저도 두 변호사님도 병원 규정을 무시할 수 있는 어떤 권리도 없습니다. 제가 드리는 커피를 드시며 9시 50분까지 이야기나 나누시든지 바깥 복도에서 기다리시든지는 두 분 마음입니다."

알랭은 의자에 털썩 앉으며 두 손을 벌려 보였다.

가스통 변호사가 먼저 자리에 앉았다. 루이 역시 서류 가방을 내려놓고 의자에 걸터앉았다. 알랭은 사무실 구석에 비치된 소형 커피 머신으로 가서 막 거른 원두 커피를 플라스틱 잔에 따랐다.

"설탕 넣어 드릴까요?"

"아니, 필요 없소."

두 변호사가 합창을 하다시피 대답했다. 알랭은 두 사람 앞에 커피를 놓고 자리에 앉았다.

"이번 로베르 건이 심각한 것을 두 분 다 아실 겁니다. 물론 의뢰인 권리를 위해 최선을 다하셔야겠지만 실종된 수많은 여자들에 대해서도 숙고해 주십시오. 로베르가 순순히 자백해서 그들을 무사히 구출해 낸다면 저나 담당 검사가 법정에서 선처를 부탁할 수 있지 않을까 합니다."

"의뢰인을 만나 보기 전에는 아무 얘기도 할 수 없소. 단지 부탁하고 싶은 것은 피의자 인권을 침해하지 않도록 노력해 달라는 거요. 지난번 장 뤽 케트너 건에 대해 알고 있소. 당사자가 죽어서 그냥 넘어간 모양인데 이번은 다르다는 점을 환기해 드리는 바요."

마르세가 조용히 이야기했다. 알랭은 알고 있었다. 이 두 사람이 고함을 지르면 뛰어나와서 가방이라도 들어 줄 사람들이 검찰, 법원, 법무부, 내무부에 수없이 깔려 있다는 것을.

아침에 일어나자마자 진영은 포르트 샹페레의 중고차 시장에 가서 차를 한 대 구입했다. 은색 아우디 A6 콰트로 2.7 터보였다. 사륜 구동 방식으로 2700시시짜리 터보 엔진이 달려 있었다. 속도는 시속 250킬로미터를 넘나들었고, 조절식 공기 서스펜션이 도로 상태에 따라 차체 높이를 자동으로 조절해 주었다. 그 자리에서 차량 등록까지 마친 진영은 곧바로 파리 외곽에 있는 대형 공구 판매점으로 갔다.

진영이 사들인 물건들 중에서 가장 특이한 것은 초대형 십자 스패너였다. 대형 트럭의 바퀴 너트를 풀거나 조이는 데 사용하는 십자형 스패너로 길이는 80센티미터 정도였고, 무게는 8킬로그램 정도 될 듯했다. 진영은 스패너의 한쪽 끝에 두꺼운 면과 고무로 된 절연 테이프를 촘촘하고 두껍게 감아 나갔다. 작업이 끝나자 약 20센티미터 길이의 손잡이가 생겼다. 그는 이 스패너를 격투용 무기로 사용할 셈이었다.

그 밖에도 진영은 휴대용 용접기 등 여러 가지 물건들을 가방에 챙겨 넣었다. 이제 오늘 저녁에 물건을 하나 더 챙기면 모든 준비가 끝나는 셈이었다. 어제저녁에 진영은 생면부지의 남자에게 전화를 받았다. 물건을 줄 테니 만나자며 현금으로 2000유로를 요구해 왔다. 권총 한 자루와 실탄 100발의 가격이었다.

브뤼셀 공항의 자가용 제트기 터미널에 안토니오 일행이 도착했다. 안토니오의 뒤에는 건장한 남자들 열 명이 따르고 있었다. 비즈니스 정장을 빼입고 서류 가방과 노트북 가방을 든 그들이 터미널에 나타나자 꽤 많은 시선이 쏠렸다.

안토니오 일행은 신속하게 전용 주차장으로 갔다. 40대 초반으로 보이는 양복 차림의 사내가 주차장 입구에서 손짓을 했다. 그는 안토니오 일행에게 자동차 열쇠들을 건네주고 주차장 한쪽을 손짓해 보였다. 안토니오 일행은 말없이 자동차 열쇠를 나눠 들고는 그곳으로 갔다. 주차장 구석에 최신형 메르세데스 벤츠 E 클래스 다섯 대가 서 있었다. 그들은 두 사람이 한 조로 승용차에 올랐다. 안토니오는 검은색 차의 뒷좌석에 앉았다.

오텔 듀 병원 내 특수 병동의 한 병실에서 알랭은 변호사들과 팽팽하게 대치하고 있었다. 변호사들은 로베르를 보자마자 손발의 가죽 구속구를 문제 삼았다. 심각한 부상을 입은 환자를 이런 식으로 묶어 놓은 것은 인권 침해라는 것이다. 자해 위험을 고려한 것이라는 알랭의 이야기는 듣지도 않고 당장 병원장을 불러오라고 떠들었고, 결국 병원장이 와서 구속구를 완전히 해체해서 치우라는 명령을 내리게 했다.

변호사들은 사령관처럼 행세했다. 알랭은 속이 부글부글 끓었

다. 곧이어 그들은 알랭을 비롯한 모든 사람에게 병실을 나가라고
했다. 아무도 없는 가운데 의뢰인과 접견하겠다는 것이었다. 알랭
은 물러서지 않았다. 변호사 접견권은 인정하지만 1차 심문도 안
한 상태에서 용의자를 변호사와 단독 면담 하게 할 수는 없었던
것이다. 루이 변호사는 차갑게 관련 법 조항을 들먹이면서 알랭을
압박했고, 알랭은 수사 절차의 관행을 들어 거부했다. 이래서는
제대로 취조 한 번 못하는 것 아닌가 하는 생각이 들었다.

그때 병실 문이 열리며 40대 초반의 남자가 들어섰다. 알랭은
그 얼굴을 보자 환한 웃음을 지었다. 구원군이 도착한 것이다. 남
자는 굵은 뿔테 안경을 쓰고 촌스러운 색깔의 양복에 낡은 가죽
서류 가방을 들고 있었다. 좋게 봐 주어도 보험 세일즈맨이나 주
방용품 방문 판매 사원 정도로 보였지만 그는 어제 오후부터 이
사건의 공소 유지를 맡은 파리 고등 검찰청 소속의 베르트랑 쇼미
에 검사였다. 알랭은 그전부터 그를 잘 알고 있었다.

"안녕하십니까? 두 분 변호사님. 베르트랑입니다. 또 뵙는군
요. 6개월 만인가요? 몽포르 변호사님?"

베르트랑의 인사를 받자 몽포르의 안색이 약간 일그러졌다.

"쇼미에 검사님이 이 사건을 맡으셨소? 이거 조금 피곤하겠는
데, 허허허."

몽포르와는 달리 가스통은 반가운 기색으로 베르트랑과 인사
를 나누었다.

"분위기가 왜 이렇습니까? 알랭, 접대 좀 잘하지 그랬어, 응?"

베르트랑의 목소리는 가는 고음이었고, 약간 더듬는 느낌마저
들었다. 상대방에게 친밀감을 주는 말투였다. 적어도 적대감은 주

지 않는 사람이었다.

"우리는 지금 의뢰인과 단독 면담할 기회를 요청하고 있었습니다. 알랭이 협조하지 않더군요."

"그래요?"

베르트랑 검사는 가방을 내려놓고 뿔테 안경을 치켜 올렸다.

"이분들께 로베르 드 레미라는 친구의 상황을 잘 설명해 드리지 못했군, 알랭. 제가 설명해 드리지요. 이 친구는 현장에서 경찰 둘을 사살한 현행범입니다. 게다가 자동 화기를 사용했고요. 특수 조직 범죄에 해당하고 1급 살인 혐의에다가 공무 집행 방해까지 저질렀습니다. 이론의 여지가 없지요. 공화국 형법에는 특수 조직 범죄의 경우 조서 작성 전에는 누구와도 단독 접견을 못하도록 되어 있습니다. 변호사님들도 잘 알고 계실 겁니다. 안부 인사를 하고 나가셔야 할 것 같습니다, 제 생각에는."

알랭은 눈앞의 못생긴 남자에게 키스라도 해 주고 싶었다. 두 변호사는 반박하지 못했다.

"제 생각에 상처가 진정되고 제대로 된 1차 심문이 끝나려면 한 열흘 걸릴 것 같은데. 그때 오시지요."

알랭은 기쁜 마음으로 변호사들에게 권했다.

"좋소. 돌아갈 수밖에 없군요. 환자 잘 부탁해요. 우리가 돈을 좀 많이 받았거든."

가스통은 능청스럽게 웃으며 상황을 정리했다. 그리고 서류 가방을 들면서 몽포르에게 눈짓을 보냈다.

두 사람이 나가자 알랭은 베르트랑에게 다가가 악수를 권했다. 검사는 싱긋 웃으며 손을 잡아 왔다.

"검사님이 이 사건을 맡아서 정말 기쁩니다. 저 치들을 상대하는 것이 쉽지 않았거든요."

"그랬을 거야. 특히 가스통은 만만치 않아. 고비가 몇 차례 있을 거네. 자, 이제 우리 소년 얼굴 좀 볼까?"

베르트랑은 두 손을 비비며 누워 있는 로베르의 얼굴 쪽으로 다가섰다.

"자알생겼네. 어이, 소년. 눈 좀 떠 봐. 깨어 있는 거 아니까."

여전히 못 들은 척하고 누워 있는 로베르를 잠깐 내려다보던 베르트랑이 갑자기 손을 뻗어 코를 쥐었다. 10초도 안 되어 로베르는 눈을 뜨더니 고개를 흔들어서 베르트랑의 손을 피했다.

"이거 왜 이래요? 숨막혀 죽을 뻔했잖아요."

베르트랑은 호호 웃더니 다시 손을 내밀었다. 로베르는 도리질하면서 피했다.

"귀여운 녀석이네. 넌 지금 공무 집행을 방해하고 있는 거야. 지금부터 네 명줄은 내 손에 달려 있어. 조금 전에 나간 그 친구들 손이 아니고 말이야. 응석을 피운다면 받아 주겠어. 하지만 약속하지. 우리가 원하는 것을 다 토해 낸 다음에야 조금 전 친구들을 만날 수 있을 거야. 넌 운이 나빴어. 나한테 걸리다니. 호호호."

베르트랑은 즐거운 듯이 얘기하고 있었지만 그의 눈빛은 독사 같았다.

알랭은 베르트랑의 이야기에 속으로 수긍하고 있었다. 20년 동안의 검사 생활 중 그가 맡았던 사건이 공소 유지에 실패한 적은 한 번도 없었다. 또 무죄로 빠져나간 경우도 없었다. 프랑스 검찰의 전설적인 존재가 알랭 앞에 서 있었던 것이다.

드 레미 남작은 안토니오와 마주 앉아 있었다. 드 레미는 평소에 즐기던 시가 대신 필터 담배를 연신 피우고 있었다.

"앞으로 어떻게 할 셈인가?"

남작의 머리칼은 엉클어져 있었고, 셔츠의 단추들도 미처 채워지지 않았다.

"정리해 나갈 겁니다. 기사단에 해가 될 것은 모두 정리하고 오라는 명령입니다."

"로베르까지도?"

안토니오는 대답하지 않았다. 남작은 깊은 숨을 내쉬고 손에 든 담배를 다시 빨았다.

"내가 뭘 어떻게 해 주면 되겠나? 자네에게 전권이 있으니 알아서 하겠지만 내가 도울 일은 있겠지?"

"우선 오늘 저녁에 벨기에 지부 전체 회의를 소집하겠습니다. 연락해 주십시오. 뇌샤텔에 모이는 것이 좋겠지요."

"그래야겠지."

"지난번에 제가 이야기한 대로 했어야 했습니다. 이젠 최악을 피하는 일만 남았습니다. 모든 사건의 중심에 로베르가 있습니다. 모든 책임을 그가 져야 합니다. 로베르가 여자들을 납치하고 뒷수습을 하다가 이렇게 된 것으로 말입니다. 변호사를 통해 최대한 묵비권을 행사하라고 하십시오. 시간을 벌어야 하니까요. 그동안 정리 작업을 할 겁니다. 적당한 시기에 로베르는 진술을 시작해야겠지요. 프랑스는 사형 제도가 없습니다. 일단 재판이 완료되고 사태가 진정된 다음 그를 탈옥시키는 것은 그렇게 어렵지 않을 겁니다. 로베르를 죽일 생각은 없습니다. 그럴 필요도 없고요."

안토니오의 이야기를 들으며 고개를 끄덕이던 남작이 안도감을 표하면서 이야기를 받았다.

"좋아. 그렇게 해 보지. 벨가 쪽 직원 두 사람은?"

"이미 죽었잖습니까? 개인 행동으로 정리하면 될 겁니다."

"그럼. 그렇게 전하겠네."

"그러실 필요 없습니다. 이제부터는 모든 명령과 보고는 저를 통해 이뤄질 겁니다."

"그래? 알겠네. 그럼 어디에 묵을 건가?"

"물론 뇌샤텔에 머물 겁니다. 일하러 왔으니까요. 여자들이 있는 곳은 어딥니까?"

"미라벨라 인터내셔널 소유로 되어 있는 브뤼헤 근처의 안전 가옥일세."

"몇 명이나 있지요?"

"자세히는 모르겠지만 스무 명 정도 되지 않겠나? 그보다 적을 수도 있겠지. 얼마 전부터 중단됐으니까. 어쨌든 회의 때 다 올 테니까 그때 물어보게나."

"알겠습니다. 저녁 9시에 모이도록 해 주십시오."

"그런데 어제 저녁에 나온《르 피가로》읽어 봤나?

"아직 보지는 못했고 보고만 받았습니다."

"신문 기사가 우리 기사단의 존재를 암시하고 있네. 냄새를 맡은 거야. 지난번 장 사건부터 말이야."

"그쪽도 정리될 겁니다. 우리식으로 해결할 겁니다."

"자네만 믿겠네. 하지만 언론은 힘으로 상대하면 안 돼. 교묘하게 처리해야 할 거야."

"알겠습니다. 생각해 둔 바가 있습니다, 지난번부터. 이제 가 보겠습니다."

"저녁 회합 때 조금 더 자세히 상의해 보세."

안토니오는 정중하게 인사를 마치고 식사가 끝난 부하들을 이끌고 드 레미의 영지를 떠났다. 안토니오를 보낸 남작은 위스키 한 잔을 따라서 들었다.

폭풍 속의 어머니

2005년 10월 8일

프랑스 북부 일원에는 폭풍주의보가 내린 상태였다. 구름이 빠른 속도로 흘렀고, 고속도로변의 나무들도 몸살을 앓았다. 이른 아침에 브뤼헤를 떠나 파리로 달리고 있는 세 대의 메르세데스 벤츠도 강한 바람의 영향을 받아 차체가 조금씩 흔들렸다. 맨 앞에 있는 검은색 차 뒷좌석에 안토니오가 앉아 있었다.

안토니오는 자신이 이끌고 온 기사단원들을 대단히 신뢰했다. 사르데냐의 기사단 본부에서 기본 교육과 훈련을 마친 그들은 미국과 유럽의 특수전 학교 몇 군데를 이수한 상태였다. 주로 대테러 전술을 가르치는 학교들이었지만 침투, 기습, 체포, 폭파, 교란, 심리전에 이르기까지 필요한 모든 기술을 배울 수 있었다. 거기에 기사단에 전해 오는 기사 수련 과정을 마친 그들은 세상에서 드문 수준의 전사들이었다. 안토니오는 기사 넷을 브뤼헤에 남겨 둔 채 지금 파리로 가고 있었다.

안토니오 일행이 탄 차들이 샤를 드골 공항을 지나 서서히 파리 도심권에 진입했다. 안토니오는 창문을 통해 멀리 몽마르트르 언덕 위의 하얀 성당을 바라봤다. 성심 성당이었다. 앞자리에 앉은 두 남자는 출발 후 지금까지 한마디 말도 없었다.

드 레미 남작은 며칠 만에 화려한 정장을 차려 입고 벤트리 승용차에 올랐다. 브뤼셀 시내로 달리는 차 안에서 그는 상황을 정리해 보았다. 이미 벨기에 경찰청에서 자신을 내사한다는 것을 전해 들었다. 그는 우선 아켈다마 기사단의 벨기에 쪽 조직을 총동원해서 벨기에 주요 언론사들을 견제하는 데 성공했다. 그 결과 이 사건과 관련된 보도는 아직까지 한 건도 없었다. 벨기에 최대의 광고주 여러 명을 동원한 협박과 회유는 위력적이었다.

지금 드 레미는 집권당인 사회 민주당 소속의 유력 인사들과 점심을 먹으러 가고 있었다. 강하게 반발해서 벨기에 사법 당국의 수사 의지를 와해해야만 했다. 남작에게는 무기가 여러 개 있었다. 그동안 그는 집권 사민당의 주요 인사들에게 엄청난 불법 정치 자금을 지원해 왔다. 물론 야당 쪽도 마찬가지였다. 그가 공들인 인사들은 정치인들뿐이 아니었다. 사법부, 군부, 관료 등 벨기에의 주요 권력 계층 전반을 관리해 왔던 것이다.

남작이 그들에게 제공한 것은 돈만이 아니었다. 그가 주최하는 파티가 자주 있었고, 모두들 기꺼이 초대에 응했다. 처음에는 격식을 차린 파티였으나 파티가 거듭되면서 조금씩 변질되어 갔다. 훌륭한 음식과 좋은 술을 즐기며 느슨해진 인간의 도덕심은 쉽사

리 욕망의 유혹에 무너지곤 했던 것이다. 처음에는 파티 후 아름
다운 미녀가 베푸는 간단한 서비스를 받는 수준이었으나 그런 일
이 거듭되면서 그들은 점점 더 높은 강도의 자극을 원했다. 결국
파티의 뒷부분은 상상을 초월하는 변태 성행위로 연결됐다. 주로
아름다운 미녀들을 묶어 놓고 괴롭히는 식이었는데 그들은 거기
에 아주 만족해했다. 그리고 이런 쾌락을 다른 곳에서는 도저히
찾을 수 없음을 안 그들은 드 레미의 올가미에 기꺼이 빠져든 것
이다. 물론 드 레미는 그 모습을 녹화해서 보관해 왔다. 그는 오늘
점심이 자기 뜻대로 될 것을 믿어 의심치 않았다.

알랭은 그동안 병실에 격리되어 있던 로베르를 취조실로 데려
왔다. 로베르의 어깨는 많이 나은 듯했다. 뼈 부분을 피한 깨끗한
관통상이었기 때문에 그렇게 많은 치료가 필요한 것도 아니었다.
로베르를 취조실 의자에 앉힌 후 알랭은 담배를 한 대 피워 물었
다. 옆에는 로마노가 서 있었다.
"자, 이제 본격적으로 시작하자고. 이름은?"
로베르는 침묵할 작정이었다. 그는 아버지를 믿었다. 시간을 벌
면 얼마든지 자신을 꺼내 줄 계획을 세울 수 있을 것이라고 생각
한 것이다. 로베르는 책상 바닥을 보며 딴생각을 했다.
"좋아. 묵비권을 행사하겠다는 거지? 그럼 우리 마음대로 조서
를 꾸며서 재판을 받게 해 주지. 이봐, 도련님! 착각하는 모양인
데, 네 범죄 사실을 입증할 수 있는 증거와 증인들은 아주 많아.
네가 협조하지 않아도 너를 감방에 처넣어서 두 번 다시 바깥 구

경을 못하게 할 수 있어."

"마음대로 하쇼, 형사 양반."

알랭은 답답해졌다. 로베르는 철저히 입을 다물었다. 한참 더 실랑이하던 알랭은 취조실을 박차고 나왔다. 더 이상 있다가는 난 폭해질 자신을 감당할 수 없다는 생각이 들었기 때문이었다.

"역시 어렵겠지요? 저놈 입을 여는 건요?"

취조실 밖 조사실의 유리창을 통해 지켜보던 니콜이 알랭에게 물었다.

"어려울 것 같아. 생각 같아서는 이야기할 때까지 두들겨 패 주고 싶은데 그럴 수도 없잖아."

그때 조사실 전화가 울렸다. 니콜이 전화를 받자 사무실에 있던 가엘 형사의 목소리가 들렸다.

"로베르의 어머니라고 하는데요. 받아 보시지요."

니콜은 자신을 바라보는 알랭에게 한 손을 들어서 O.K 사인을 하면서 전화가 연결되기를 기다렸다.

"여보세요. 니콜 형사님이신가요? 베로니카입니다."

"안녕하세요? 니콜입니다. 결국 전화주셨군요."

"그래요. 로베르를 만나 봤으면 해요. 도와주시겠습니까?"

"물론이지요. 언제 오시겠습니까?"

"오후 2시쯤이면 파리에 도착할 수 있을 거예요. 어떻게 하면 되지요?"

니콜은 이곳 경찰국의 위치와 오는 방법 등을 상세히 설명했다. 그러고는 전화를 끊고 알랭을 바라보았다.

"베로니카 수녀, 저 친구 어머니가 온대요."

"그거 잘됐군. 기대해 볼 만 하겠어."

알랭은 신호를 해서 로마노를 불러내 취조를 끝내고 로베르를 병원으로 다시 돌려보내라고 했다.

안토니오 일행이 파리에 막 도착할 즈음 진영은 아우디 A6 콰트로를 타고 브뤼셀로 향하고 있었다. 어젯밤에 모든 준비가 다 끝난 것이다. 뒤 트렁크에는 여러 가지 물건들이 가득 실렸고, 진영이 입은 방수 재킷의 겨드랑이 부분에는 묵직한 총이 걸려 있었다. 그저께 밤에 넘겨받은 발트로 45 ACP였다.

검은색 두꺼운 외투를 걸친 수녀와 청바지에 가죽 재킷을 걸친 젊은 여자가 특수 병동 쪽으로 걷고 있었다. 베로니카와 니콜이었다. 두 번의 검문을 거치고 나서야 그들은 병실 앞에 닿았다.

"마음 단단히 잡수세요. 꼭 그의 마음을 돌려 주셔야 합니다."

니콜의 다짐에 고개를 끄덕였지만 베로니카의 얼굴은 보기에 딱할 정도로 굳어 있었다. 니콜이 병실 앞의 경관에게 눈짓을 하자 경관은 열쇠를 꺼내 문을 열고는 비켜서 주었다.

니콜과 베로니카가 들어갔을 때 로베르는 침대에 누워 눈을 감고 있었다. 니콜이 먼저 침대 옆으로 다가가 말을 붙였다.

"이봐, 로베르, 손님이 왔어. 눈을 뜨고 일어나 봐."

여자 목소리에 눈을 뜬 로베르는 니콜에 이어 문 앞에 서 있는 수녀를 보았다.

"뭐야. 내가 언제 수녀 따위를 불러 달라고 했어? 변호사를 만나게 해 달라고. 이런 제길!"

일어나 앉아 거칠게 욕을 퍼부어 대고 있는 로베르에게 베로니카가 다가갔다. 눈에서는 벌써 눈물이 흐르고 있었다. 두세 발자국 다가서는 수녀를 보는 로베르의 표정은 일그러졌다.

"이거 왜 울고 난리야! 수녀님, 무슨 볼일이 있는지 모르겠는데 얼른 나가죠. 난 좀 쉬었으면 하니까."

"로베르, 이렇게 얼굴을 보는구나. 나를 봐라. 네 어머니다."

베로니카는 침대에 다가서서 로베르의 손을 잡았다. 눈물이 한없이 흐르고 있었다. 로베르는 순간 말없이 앉아 있었다. 하지만 곧 로베르의 눈빛은 병실의 벽 쪽으로 향했다. 베로니카의 울음 섞인 이야기가 계속됐다.

"애야. 나를 보렴. 죄 많은 엄마가 이제야 널 찾아왔다, 제발."

"무슨 얘기요? 당신이 내 어머니라니."

로베르는 수녀의 손을 뿌리치며 이야기했다. 그리고 니콜을 향해 소리쳤다.

"이봐. 이런 쓸데없는 쇼 하지 말고 이 여자 데리고 여기서 나가. 내 어머니는 20년 전에 돌아가셨단 말이야."

"로베르, 어머니 묘소를 본 적 있어? 이분 얼굴을 잘 보라고. 어머니 사진을 떠올려 보란 말이야. 이분은 진짜 당신 어머니이셔."

로베르는 고개를 돌려 눈물에 흠뻑 젖은 베로니카의 얼굴을 빤히 바라봤다. 그러고는 고개를 가로저었다.

"아니야. 그럴 리가 없어. 어머니라니. 아니야."

"로베르. 나를 보렴. 20년 동안 너를 그려 온 나를 보렴. 아들아.

널 버렸지만 나는 그래도 여전히 네 어머니란다. 용서해 주렴. 제발 나를 보려무나."

베로니카 얼굴을 바라보던 로베르의 눈에서 조금씩 눈물이 흘렀다. 지난 20년간 가지고 있던 몇 장 안 되는 사진의 주인공이 바로 앞에 있는 사람임을 인정한 것이었다.

"진짜 제 어머니세요? 그럴 리가, 이럴 수가 없는데. 이럴 수가 없는데."

로베르는 같은 말을 되뇌며 고개를 흔들었다. 하지만 잠시 후 다시 고개를 들어 베로니카 얼굴을 바라보는 그의 눈에는 더 이상 눈물이 보이지 않았다. 대신 그는 분노에 가득 찬 표정으로 베로니카와 니콜을 번갈아 가며 봤다.

"좋아. 당신이 내 어머니라고 하자고. 그런데 왜 지금 여기 왔는데? 20년 동안 코빼기 한 번 안 비치다가 경찰과 같이 나타난 이유가 뭐야? 나한테 바라는 게 뭔데? 왜 지금 이러는 거야?"

로베르는 격앙된 목소리로 소리를 질렀다. 베로니카는 로베르의 침대 옆에 무릎을 꿇고 그 왼손을 꼭 쥐었다.

"그래. 욕해도 좋다. 하지만 내가 네 어머니라는 사실에는 변함이 없단다. 제발 내 이야기를 들어주렴."

베로니카는 니콜을 향해 몸을 돌려 간절한 목소리로 두 사람만 이야기할 수 있도록 부탁해 왔다. 니콜은 잠시 망설였다. 규정에 어긋나는 일이기도 했지만 베로니카의 신상도 걱정이 되었다. 하지만 그 간절한 눈빛에 저항할 수는 없었다. 니콜은 고개를 끄덕이고는 병실 문을 나왔다. 하지만 문을 닫고는 문에 기대서서 병실 내에서 들리는 소리에 신경을 기울였다.

강풍은 브뤼셀에도 불고 있었다. 진영은 브뤼셀 시내 오페라 하우스 근처에 차를 주차시키고 약속 장소인 슈메 카페를 향해 천천히 걸었다. 바람 때문인지 시내에도 사람들이 그렇게 많지 않았다. 100년이 넘는 역사를 가진 슈메 카페에는 맥주와 관계된 온갖 기념물들이 전시되어 있었다.

진영은 약속 시간보다 약간 일찍 도착했음을 확인하고 카페 구석에 앉아 레몬을 띄운 홍차를 주문했다. 어둡고 넓은 실내 공간에 비해 앉아 있는 사람은 몇 명 되지 않았다. 진영과 약속한 남자는 어제 《해럴드 트리뷴》의 광고란에서 찾아낸 브뤼셀 소재의 탐정 회사 직원이었다. 진영은 경찰과 상관없이 행동하기로 결심했다. 그러자 우선 필요한 것이 정보였다. 그는 유럽에 있는 몇몇 탐정 회사에 대한 평판을 들은 바 있었다. 거의 대부분 베테랑 형사나 국가 기관 정보원 출신의 직원들을 거느리고 있으며 때로는 경찰 조직을 능가하는 정보, 수사 능력이 있다고 들었다. 물론 그들 도움을 받기 위해서는 적지 않은 돈이 필요했다. 진영은 이미 넉넉한 현금을 준비해 왔다.

50대 후반으로 보이는 노신사가 정확한 시간에 카페 문을 열고 들어와 진영의 테이블로 다가와 앉았다. 악수도 없었고 인사도 없었다.

"어제 통화한 김진영 씨지요? 콜브 신용 정보의 알렉스 티로입니다."

신사는 명함을 카페 테이블에 놓았다. 이름과 휴대폰 번호만 있는 간단한 명함이었다.

"의뢰하실 건을 얘기해 주시지요."

진영은 니콜에게서 받은 서류의 복사본을 넘겼다.

"여자를 찾고 있습니다. 이 서류에 언급된 조직에서 납치한 것으로 생각됩니다. 감금된 곳이 어딘지만 알려주시면 됩니다. 쉽지는 않을 겁니다. 보수는 충분히 드리겠습니다."

"가격은 정가대로 처리됩니다. 일의 성격에 따라서요. 우선 선금을 주시지요. 어제 전화로 말씀드린 대로요."

진영은 재킷 안주머니에서 약간 두툼한 봉투를 꺼내 남자에게 넘겼다. 그는 봉투 안의 내용물을 잠깐 살펴보고 주머니에 집어넣었다. 그리고 진영이 건네준 서류를 훑어봤다.

"잘된 서류군요. 가격이 제법 나올 것 같습니다. 좋습니다. 착수하겠습니다. 알려주신 휴대 전화로 연락드리겠습니다."

"가능한 서둘러 주십시오. 목숨이 걸려 있으니까요. 첨부된 사진이 제가 찾는 여자입니다."

"물론입니다. 조만간 연락을 받으실 겁니다. 그럼 이만."

알렉스는 곧 일어나 카페를 나갔다. 진영은 남은 홍차를 마저 마시고 천천히 계산을 마쳤다.

베로니카가 문을 열고 나와 니콜을 불렀다. 니콜은 병실로 들어가 멍한 얼굴로 우두커니 앉아 있는 로베르와 눈물 자국이 역력한 베로니카 사이에 섰다. 베로니카는 한숨을 길게 뿜었다.

"내 이야기를 안 듣는군요. 그렇게 얘기해도."

"20년 만에 나타난 수녀 어머니보다는 그동안 나를 키워 준 아버지가 더 중요해요. 더 이상 저를 찾지 마세요. 어머니의 그 잘난

하느님한테나 가서 사시라고요."

로베르의 말투는 조용했지만 내용은 신랄했다. 베로니카는 벗어 놓은 검은색 코트를 찾아들었다.

"애야. 기회 닿는 대로 자주 오마. 부디 신중하게 이 엄마의 이야기를 생각해 봐라. 간다."

니콜과 베로니카는 병실을 나와 복도를 걸어 나왔다.

"그 아이는 저를 믿지 않아요. 물론 하느님도요. 마치 악마가 그 애 몸 안에 있는 것 같았어요. 오, 주여!"

알랭은 사무실로 들어서는 니콜을 기대 어린 눈빛으로 바라보았지만 니콜은 고개를 가볍게 저었다.

"역시 무리였나? 어머니를 통해서도?"

"이미 뼛속까지 악마예요. 방법이 없을 것 같아요."

알랭은 담배갑을 들어서 니콜에게 하나를 건네고 자신도 꺼내 들었다.

"니콜은 내일 아침 벨기에로 가 줘야겠어. 결국 일은 그쪽에서 해결해야 하는 상황이니까."

두 사람은 담배 연기를 내뿜으면서 천천히 저물어 가는 창 밖을 보고 있었다.

이브 로카르는 오늘자 석간을 훑어보다가 퇴근하기로 마음먹었다. 오랜만에 집에 일찍 들어가서 딸아이의 피아노 연주를 듣고 싶어진 것이었다. 신문사를 나온 이브는 여느 때처럼 8호선 지하철을 타기 위해 그랑불바르드 역 쪽으로 걷기 시작했다. 아침부터 불던 바람이 잠잠해지자 기온이 많이 떨어진 듯했다. 첫 번째 신호등을 건너려고 기다리는데 한 남자가 그에게 말을 붙여 왔다.

"이브 로카르 기자님 아니십니까? 지금 신문사로 찾아가는 길인데 벌써 퇴근하시는 모양이지요?"

이브는 약간 경계하면서 상대를 살폈다. 잘생기고 호감이 가는 얼굴에 멋진 양복을 차려입은 사내였다. 하지만 낯설었다.

"누구시지요? 초면인 것 같은데."

"죄송합니다. 저는 기자님을 봤죠. 작년 송년 행사 때요. 메리디앙 호텔 말입니다. 연설을 하셨지요?"

"그런 것 같은데요."

"전 구석 테이블에서 구경만 했습니다. 《브뤼셀 에투알 주르날》의 얀코 기자라고 합니다."

"그랬군요. 그런데 무슨 일입니까?"

"사실 프랑스 바칼로레아 시험 취재차 왔습니다. 다 끝나서 오늘 저녁 돌아갈 예정이었지요. 그런데 데스크에서 전화를 했더라고요, 조금 전에. 드 레미 가문에 대한 기사를 쓰셨더군요. 저도 잠깐 봤습니다만. 그 얘기 좀 들으러 왔습니다."

"그래요? 그렇다면 하는 수 없군요. 사무실로 가시지요. 지금 막 나오는 길인데."

"그보다는 어디 가서 한 잔 하시지요. 퇴근했던 사무실로 다시 들어가는 건 재미없잖습니까?"

"그럽시다, 그럼. 어디 카페로 가시지요."

“아니, 제가 좋은 데로 모시겠습니다. 평소부터 기자님을 존경했습니다. 얘기도 얘기지만요. 아, 저기 택시가 오네요. 택시!”

이브는 얼떨결에 얀코에게 이끌려 택시를 탔다.

“케베르시로 갑시다.”

택시는 곧바로 출발해서 강변 도로 쪽으로 움직였다.

“그쪽에 괜찮은 선상 카페들이 있더군요. 그리로 가시지요.”

이브도 그쪽에 있는 고급 선상 카페에 여러 번 가 본 적이 있었다. 거리는 퇴근 시간이라 많이 밀렸지만 택시는 전용 차선을 적절히 이용하면서 잠시 후 센 강변에 도착했다. 아직 이른 시간인지 주차장은 텅 비어 있었다. 이브가 내리려고 차문의 손잡이를 잡는 순간 얀코가 뒤에서 거즈로 이브의 입과 코를 막았다. 이브는 순간적으로 놀라 발버둥쳤지만 완강한 손아귀를 빠져나갈 수는 없었다. 오래지 않아 이브는 의식을 잃고 쓰러졌다. 앞자리에 있던 택시 기사가 그제야 뒤로 고개를 돌렸다.

“잘 처리했군. 자, 이제 가자고.”

흰색 푸조 406 택시는 여전히 빈 차 표시등을 끈 채 케베르시를 벗어났다.

기자의 죽음
2005년 10월 9일

파리 서부 외곽에 광대하게 자리 잡은 불로뉴 숲은 파리지앵들이 세상에서 가장 사랑하는 장소 중 하나였다. 울창한 활엽수림 사이로 난 산책길들은 아침 운동을 하는 사람들로 붐볐다.

간단한 조깅 복장을 하고 천천히 뛰던 젊은 아가씨 하나가 갑자기 곤경에 빠져들었다. 갑자기 소변이 마려웠던 것이다. 여자는 어쩔 수 없이 달리던 산책길을 벗어나 적당한 장소를 찾았다. 울창한 숲속이었지만 이용객들을 위해 워낙 많은 길을 뚫어 놓았기 때문에 볼일을 볼 수 있는 장소를 찾는 것은 그리 쉽지 않았다. 더군다나 며칠 전 강풍으로 부러진 나뭇가지들이 여자의 앞길을 끊임없이 방해했다. 하지만 곧 그녀는 적당한 장소를 찾았고 종종걸음으로 그곳을 향해 걸었다. 커다란 활엽수들이 우거진 한적한 곳이었다.

길 쪽을 피해 큰 나무 하나를 돌아선 여자는 놀라운 광경을 발견했다. 발가벗은 중년 남자가 나무에 밧줄로 묶여 있는 모습을 본 것이다. 여자는 이 추운 날씨에 발가벗은 채 서 있는 남자가 불쌍하기도 하고 우습기도 해서 다가갔다. 고개를 숙인 채여서 가운데가 벗겨진 대머리가 보였고 불룩 튀어나온 배와 그 밑에 있는 무성한 털 속의 왜소한 성기도 희극적이었다.

거의 그 앞에 다가간 여자는 조용히 인기척을 내며 남자를 불렀지만 전혀 움직임이 없었다. 그녀는 용기를 내서 턱을 잡고 고개를 들어 올렸다. 눈은 부릅뜬 채로 웃고 있었고 입가로는 흘러나온 침이 말라붙어 있었다. 여자는 다음 순간 비명을 지르며 주저 앉았다. 분홍색 조깅복의 아랫부분이 소변으로 물들어 갔지만 여자의 비명은 결코 그치지 않았다.

출근하자마자 알랭은 티볼트로부터 이브의 사망 소식을 들었다. 순간 그는 또 시작했군 하는 생각으로 지체 없이 사건 현장인 불로뉴 숲으로 떠났다. 강변도로를 질주한 알랭은 오래지 않아 사건 현장에 도착했다. 현장에는 이미 많은 경찰들이 있었다.

길가에 차를 세운 알랭은 경찰 통제선을 지나서 숲속으로 걸어 들어갔다. 커다란 나무에는 나체의 시신이 아직 묶여 있었고 주위에는 증거나 유류물을 찾는 경찰들이 깔려 있었다. 알랭은 잘 아는 파리 서부 경찰서 소속의 피에르 경사에게 걸어갔다.

"어쩐 일이야, 여기까지? 바쁘다면서 요즘."

악수를 나눈 알랭은 나무 곁으로 가서 시신을 살폈다.

"얼어 죽었어. 참 어처구니없군. 《르 피가로》 기자가 여기서 얼어 죽다니. 10월에 말이야."

알랭은 피에르 경사의 이야기에 아무 대꾸도 하지 않고 면밀하게 시신을 살펴 나갔다. 별다른 외상은 없었고 왼쪽 팔목 부분에 난 주사 바늘 몇 개만 발견할 수 있었다.

"당신 말이 맞아. 체온 저하로 숨진 것 같아. 여기에 마약 주사를 맞고 해롱거리다가."

"5년 만에 또 이런 일이 벌어졌군. 상황은 조금 다르지만."

피에르의 말에 고개를 끄덕이며 알랭은 생각에 잠겼다. 이브의 죽음은 단순한 사고라고 쉽게 결론을 내릴 수 있었다. 이곳이 불로뉴 숲이라는 것이 이유였다. 이곳 불로뉴 숲은 철저하게 두 얼굴을 가지고 있었다. 밤과 낮. 각각의 얼굴.

해가 뜨면 이곳은 조깅족들이 넘쳐 난다. 그리고 오전에는 근처 고급 주택가에서 산책 나온 노인들이 걸어 다니고 오후에는 유모차와 아이들을 동반한 주부 내지는 부부들이 산책했다.

평온하고 목가적인 불로뉴 숲에 저녁이 오면 그 모습은 일변했다. 차도를 따라 수많은 사람들이 나와 육체 시장을 개설하는 것이다. 옷을 거의 입지 않거나 아예 입지 않은 팔등신 여자들이 두꺼운 외투 하나만을 걸치고 서 있다가 관심을 보이는 고객들에게 외투 앞섶을 펼쳐서 상품을 선보인다.

인종과 나이, 키, 머리 색깔 등 정말 다양한 선택이 가능했다. 하지만 이곳에서 몸을 파는 여자들에게는 본래부터 여자가 아니라는 공통점이 있었다. 긴 머리칼, 짙은 화장, 훌륭하게 솟아오른 젖가슴, 잘룩한 허리에 이은 풍만한 엉덩이, 그리고 모든 것을 받치고 있는 멋진 각선미의 다리와 하이힐. 하지만 그들은 모두 성전환을 하거나 하지 않은 트랜스 섹슈얼이거나 게이들이었다. 각종 약물과 수술로 여자의 몸을 만들기 위해 노력하지만 목소리는 속일 수 없었다. 자연히 이곳을 찾는 사람들 역시 정상이 아니었다. 온갖 변태 성욕자들이 모여들어 추악한 향연을 벌이는 곳이 밤의 불로뉴인 것이다. 그들은 길가에서 흥정을 하고 장소를 정한다. 간단한 오럴 섹스 정도는 차 안에서 하지만 고객 요구가 까다로울수록 그들은 어두운 숲속 깊이 들어가는 것이었다.

5년 전에 한 노인이 이브 로카르처럼 나체로 밧줄에 묶인 채 발견된 적이 있었다. 물론 죽은 상태였다. 남자도 여자도 아닌 창녀들에게 채찍으로 두들겨 맞다가 흥분을 못 이긴 심장이 멈춰 버린 것이다. 그를 두들기던 놈들은 침을 뱉고 도망쳤고 조깅을 하던 사람들에 의해 다음 날 아침에야 발견되었다.

사건 이후 한동안 이 지역은 낮보다 더 조용한 밤을 보냈다. 20미터 간격으로 서 있던 경찰들 덕분이었다. 하지만 영업 터전을 잃은 창녀들이 파리 시내 곳곳의 조용한 주거 지역으로 가서 영업을 시도하자 문제는 더욱 심각해졌다. 결국 파리 시와 경찰 당국은 조용한 밤 작전을 포기하고 다시 불로뉴 숲의 밤을 그들에게 넘겨주었다.

이브의 죽음은 너무나 불명예스러웠다. 성욕을 해결하기 위해 여기 왔고 옷을 벗고 나무에 묶인 채 다량의 마약 주사를 맞은 것이다. 어떤 쾌락을 즐겼는지는 아직 알 수 없지만 이브의 시신 밑으로는 명백한 사정의 흔적이 남아 있었다. 그리고 근처에는 이브의 옷과 소지품들이 놓여 있었다. 정황을 보아서는 의심의 여지가 없었다. 오늘 저녁부터 이 근처에서 장사하던 놈들을 잡아서 족치면 결국 결과가 나올 것으로 여겨졌다. 하지만 알랭은 다르게 생각했다. 어떻게 포장했든지 이 사건은 아켈다마와 연관된 자들이 저지른 것이다. 자신들에게 불리한 내용의 기사를 계속 써 내는 기자를 교묘하게 위장해서 살해하고 매장한 것이다. 이런 불명예스러운 죽음은 언론에서 보도할 수도 없고 악마 추종 세력과 연관해서 기사를 써 온 대가라고 이야기할 수도 없었다.

1차 수사가 끝났는지 이브 기자를 묶고 있던 밧줄이 제거되고 시신을 옮겼다. 알랭은 피에르를 불렀다.

"이봐. 얘기 좀 하지. 이 사건 관계로 할 이야기가 있어."

알랭은 이 사건을 맡게 된 피에르에게 천천히 이야기를 했다. 자신이 맡은 사건과 최근에 벌어진 일들, 그리고 자신이 이브에게 정보를 제공해서 《르 피가로》에 그런 기사들이 실리도록 한 일들을 설명해 나갔다.

"그럼 자네는 명백한 목적을 위해 벌인 살인 사건이라고 생각하는구먼?"

이야기를 다 들은 피에르가 되물었고 알랭은 고개를 끄덕였다.

"어쨌든 철저하게 수사해 주게. 내 추측이 맞는다면 이브의 죽음은 나에게도 어느 정도 책임이 있으니까."

브뤼헤 시내에 서서히 어둠이 내리면서 골목 이곳저곳에서 생선 굽는 냄새가 났다. 청어 철이 시작된 것이다. 진영은 이전과 달리 호텔에 투숙치 않고 작은 아파트를 전세 냈다. 아주 작은 원룸의 실내에는 침대와 탁자, 의자 등 기본적인 가구들만 놓여 있었다. 주방도 아주 작고 간결했다.

진영은 지금 이른 저녁을 먹고 있었다. 아파트 앞의 시장에서 사 온 두세 가지 요리와 호밀 빵이었다. 레프 맥주도 한 병 곁들였다.

식사를 마친 그는 바로 침대에 누워 잠을 청했다. 침대 머리맡의 시계 알람을 밤 10시 30분에 맞춰 두었다. 그는 바로 잠이 들었지만 선잠이었다.

파리에서는 드문 현대식 고층 건물인 콩코드 라파이에트 호텔 16층의 주니어 스위트 룸에서 안토니오는 전화를 하고 있었다. 호텔 전화도 휴대 전화도 아니었다. 검은색 플라스틱 커버가 있는 가방 안에 설치된 전화기로 위성을 이용해서 통신할 수 있는 특수 전화였다. 상대는 드 레미였다.

"내일 로베르가 이송된다는 정보를 얻었습니다. 조치를 취할 예정입니다."

"잘 부탁하네. 알아서 잘하겠지만."

"최선을 다하겠지만 장담할 수는 없지요. 그보다도 오늘 놀라운 얘기를 들었습니다. 남작님 부인, 아니 전 부인께서 어제 로베르를 면회하고 가셨더군요."

안토니오의 말에 남작은 충격을 받은 듯 대꾸가 없었다.

"부인께서 거기 나타났다는 것은 프랑스 경찰측과 이미 교류가 있다는 증거입니다. 용납할 수 없습니다."

"그랬는가? 처리해야겠지. 자네가 하겠는가? 아니면 내가 할까?"

"물론 제가 처리하겠습니다. 이 건은 단장님께 이야기하지 않 겠습니다. 하지만 제가 들은 바로는 부인께서 작성하신 서류가 있 는 것으로 알고 있습니다. 그것도 회수해야겠지요? 아시는 대로 설명해 주시지요."

"나는 잘 몰라. 그녀가 일기를 쓰는 것은 알고 있었네. 하지만 우리 조직의 기록을 남긴 것을 알아채고 조치를 취하려고 할 즈음 에는 이미 내 손을 빠져나간 다음이었지. 그것이 지금 어디에 있 는지는 그 사람밖에 모를 거야. 어쨌든 그 사람을 처리하는 것 못 지않게 그 일기장이 중요하네. 그게 경찰 쪽 손에 들어간다면 나 나 우리 조직은 치명타를 입을 수 있어."

"알겠습니다. 그럼 또 연락드리지요."

전화가 끊어졌다. 드 레미는 커다란 서재에 앉아 혼자 코냑을 마셨다. 오늘따라 서재가 너무 크게 느껴졌다.

 # 밀리언셀러 클럽을 펴내면서

지난 수백 년 동안 소설은 기묘하면서도 교양 넘치고, 자유로우면서도 현실에 뿌리 박고 있으며, 흥미진진하면서도 감동적인 이야기로 독자들의 사랑을 독차지해 왔다.

민담이나 전설 등에 비해 비교적 최근에 탄생한 이야기 형식인 소설이 순식간에 이야기 왕국의 제왕으로 올라선 것은 현대인들이 살아가면서 느끼는 희망과 절망, 불안과 평화 등 온갖 삶의 양상들을 허구 속에 온전히 녹여 내어 재창조함으로써 이야기를 읽는 기쁨과 더불어 삶을 재발견하는 즐거움을 주어 온 까닭이다.

사실 이야기를 읽음으로써 삶을 다시 생각하고, 삶을 생각함으로써 이야기를 다시 만들어 온 것은 인간이라면 피할 수 없는 숙명이다.

그런데도 최근 이야기의 제왕이라는 소설의 위기를 말하는 목소리가 점점 늘어나고 있다. 만약에 이 말이 사실이라면, 그리하여 사람들이 소설을 점차 외면하고 있다면, 핏속에 스며들어 있으며 뼛속에 틀어박힌 이야기 본능이 무언가 다른 것에 흘려 있음에 틀림없다.

사람들은 이제 이야기를 소설이 아니라 거리에서, 인터넷에서, 영화에서, 드라마에서, 광고에서, 대중가요에서 즐기고 있는 것이다.

'밀리언셀러 클럽' 은 이러한 소설의 위기를 넘어서려는 마음에서 기획되었다. 국내뿐만 아니라 전 세계 각국에서 독자들의 사랑을 한껏 받은 작품들을 가려 뽑아 사람들 마음을 다시 소설로 되돌리고 이야기를 한껏 즐길 수 있도록 배려하였다.

'밀리언셀러' 라는 이름을 단 것은 소설이 다시 사람들의 마음을 끌어 널리 읽히기를 바라기 때문이고, '클럽' 이라는 이름을 단 것은 소설을 사랑하는 독자들이 이 작품들을 가운데 놓고 오랫동안 이야기를 나누기를 바라기 때문이다.

앞으로 '밀리언셀러 클럽' 에는 예로부터 오늘날까지, 동양에서 서양까지 시대와 장소를 가리지 않고 널리 독자들의 사랑을 받아 온 작품들 중에서 이야기로서 재미에 충실할 뿐만 아니라 인간 본연의 모습을 확인시켜 줄 수 있는 소설들이 엄선되어 수록될 것이다.

이 작품들이 부디 독자들을 소설의 바다로 끌어들여 읽기의 즐거움을 극대화함으로써 이야기 본능을 되살려 주어 새로운 독서 세대를 창출하기를 바라는 마음 간절하다.

아켈다마 1

1판 1쇄 찍음 2006년 7월 25일
1판 1쇄 펴냄 2006년 7월 29일

지은이 ǀ 김명섭
편집인 ǀ 이지연
발행인 ǀ 박근섭
펴낸곳 ǀ (주) 황금가지

출판등록 ǀ 1996. 5. 3. (제16-1305호)
주소 ǀ 135-887 서울 강남구 신사동 506 강남출판문화센터 5층
전화 ǀ 영업부 515-2000 / 편집부 3446-8773 / 팩시밀리 515-2007
홈페이지 ǀ www.goldenbough.co.kr

값 9,000원

© (주) 황금가지, 2006. Printed in Seoul, Korea

ISBN 89-8273-974-2 04810
ISBN 89-8273-973-4 (세트)